KB113809

너의 옷이 보여

너의 옷이 보여 5

킹묵 현대 판타지 소설

초판 1쇄 찍은 날 § 2019년 12월 10일
초판 1쇄 펴낸 날 § 2019년 12월 17일

지은이 § 킹묵
펴낸이 § 서경석

총괄팀장 § 노종아
편집책임 § 박현성

펴낸곳 § 도서출판 청어람
등록번호 § 제387-1999-000006호
등록일자 § 1999. 5. 31
어람번호 § 제1-3068호

주소 § 경기도 부천시 부일로 483번길 40 서경B/D 3F (우) 14640
전화 § 032-656-4452   팩스 § 032-656-4453
http://www.chungeoram.com
E-mail § chungeorambook@daum.net

ISBN 979-11-04-92101-8 04810
ISBN 979-11-04-91989-3 (세트)

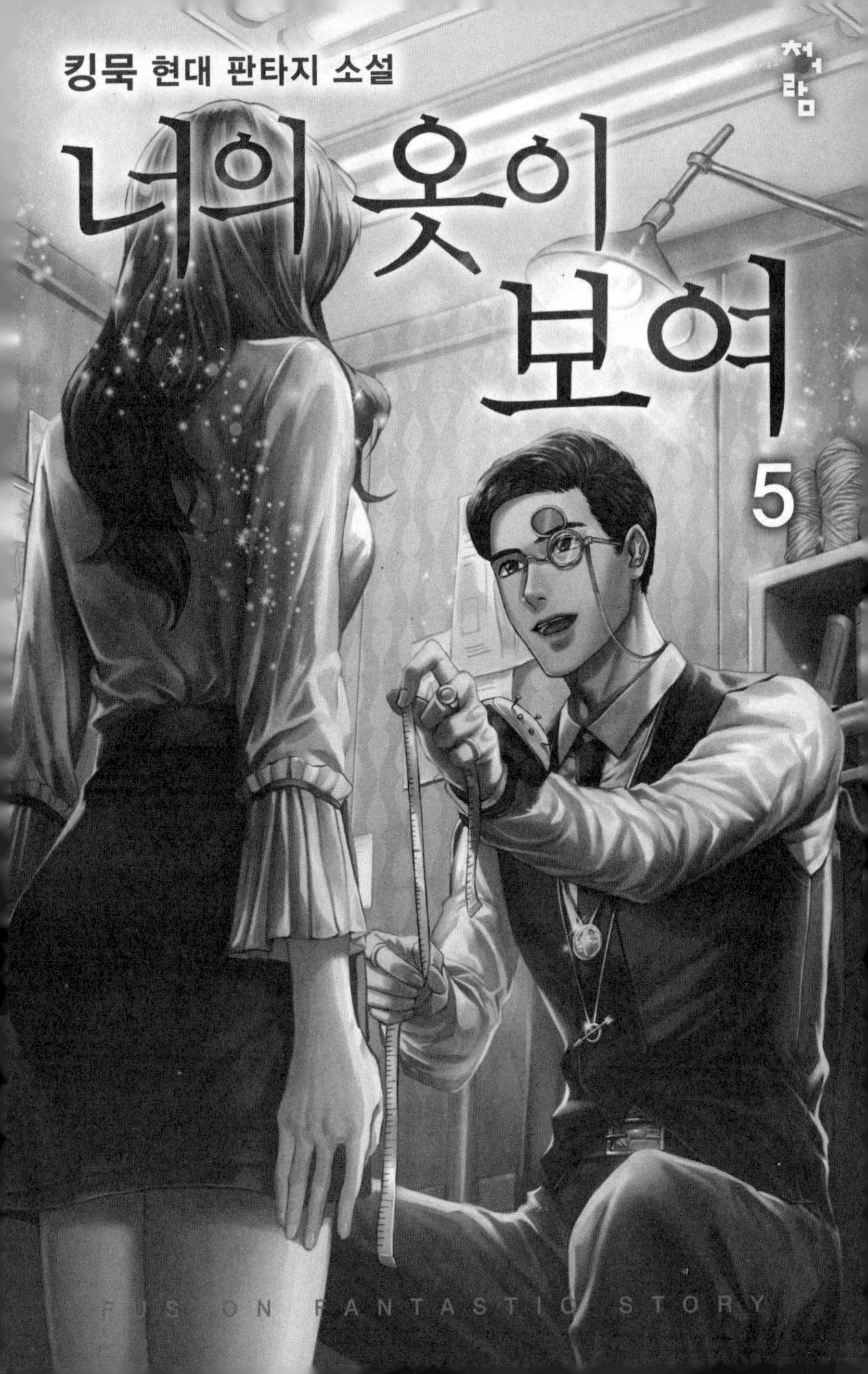
킹묵 현대 판타지 소설
너의 옷이 보여
5
청어람
FUSION FANTASTIC STORY

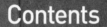

Contents

제1장

유니폼 II

　다시 호텔 커피숍에 자리한 우진은 최동훈과 마주했다. 동훈은 우진이 억지로 붙잡아놓은 세운을 매우 반가워하며 인사를 나눴고, 그 뒤로도 한 명씩 정중히 인사를 건넸다. 전에도 느꼈지만, 굉장히 반듯한 사람이란 게 느껴졌다.

　인사치레로 몇 마디 안부를 나누자 최동훈이 마음이 급한지 본론을 물었다.

　"그런데 저희하고 일적으로 하실 말씀이라는 게……."

　"별건 아니고요. 혹시 저희하고 협업하실 수 있는지 해서요."

　"음… 저희 Position하고요?"

우진이 고개를 끄덕이자, 동훈은 생각이 많아지는지 궁금한 게 많을 텐데도 쉽게 질문을 하지 못했다. 한참을 생각하던 동훈이 우진을 물끄러미 봤다.

"I.J 위치가 상당한데 저한테까지 그런 얘기가 왔다는 건, 이미 다른 업체들은 거절했다거나 조건이 마음에 들지 않으신 모양입니다. 일단 어떤 일인지 들어볼 수 있겠습니까?"

단번에 날카롭게 상황을 파악한 모습에 우진은 내심 놀랐다. 그러고는 스파이크와 장비에 대한 얘기를 꺼냈다. 그러자 한참을 듣던 동훈이 고개를 끄덕였다.

"아쉽지만 저희나 I.J나 그다지 좋은 선택은 아닌 것 같습니다. 저희가 현재로써는 선생님이 만나셨던 업체들에 비해 상당히 낮은 수준입니다. I.J가 원하는 결과물에 만족하지 못할 게 분명합니다."

그러자, 옆에서 듣고 있던 세운이 고개를 절레절레 저었다.

"뭐 저렇게 양심적이야. 나 같으면 죽어라 하겠다고 하겠네."

"하하, 형님이 계신 곳인데 제가 그러면 되겠습니까."

"형님은 무슨. 그리고 영어로 말해! 여기 매튜가 계속 물어보잖아."

"하하."

"신발이 신발이지, 뭐 대기업이라고 다른 줄 알아? 오히려 구린 것도 있더라. 인체공학은 개뿔. 내가 지금 만들어도 그것보다 잘 만들겠네."

세운은 답답했는지 아예 딴 곳을 봐버렸다. 하지만 그 말을 들은 우진은 세운을 보며 씨익 웃었다.

"매튜 씨, 우리가 아제슬에서 했던 것처럼 하면 안 될까요?"

우진이 조용히 물었고, Position과의 거래를 못마땅하게 여기던 매튜는 잠시 고민하더니 대답했다.

"선생님, 아무리 후원을 하실 생각이라고 해도 브랜드 위치란 게 있습니다. 지금 I.J가 비록 규모는 작긴 해도 상위 그룹에 속해 있으니, 그에 비슷한 기업이나 그보다 나은 기업을 상대로 해야 발전합니다. 이럴 바엔 차라리 우리 돈을 주고 제작해서 후원하는 편이 좋습니다. 물론 이것도 차선이지 찬성은 아닙니다."

"우리도 처음부터 유명하진 않았잖아요. 고작해야 몇 개월 안 됐는데. 그리고 제프 우드 씨하고 데이비드 씨가 아니었으면 우리 이름을 아는 사람도 없을 거예요."

"분명 두 곳에서 큰 도움을 받았지만, 그건 선생님의 실력으로 이뤄낸 결과입니다. 엄연히 다릅니다."

"그러니까 저도 실력 좋은 기업이 있으면 제프 우드나 헤슬처럼 도와줄 수 있잖아요. 거기도 우리 인지도를 보고 함께한 건 아니잖아요."

최 사장을 앞에 두고 직설적으로 말을 뱉던 매튜는 우진을 가만히 봤다. 매튜가 계속 못마땅한 얼굴로 있자, 옆에서 전해 듣던 장 노인이 입을 열었다.

"최 사장한테 미안하지만 나도 같은 생각일세. 그래도 정
거래를 하시겠다면 비용을 받고 기술이전을 해주는 게 적당
할 거 같고만? 마 실장 같은 경우 아드리아노 씨 기술하고 똑
같은 방법이라고 알고 있네. 아마 내가 보기엔 마 실장 기술
을 알고 있다 하더라도 전부 따라 할 순 없을 거 같은데."

아드리아노가 워낙 유명한 장인이다 보니 연구가 많이 이뤄
졌고, 현재는 그걸 토대로 발전된 기술들이 많은 상태였다. 그
래서 20년 존속기간이 이미 지난 상태였음에도 특허 존속기
간 연장을 할 필요도 없었다. 다만 기술 원조라는 차이가 있
을 뿐이었다.

"발바닥 부분. 다들 느끼는 그 편안함. 새로 생긴 브랜드라
면 욕심이 날 만한 기술 아닌가? 물론 마 실장님 허락이 있을
때나 가능한 일이고."

우진이 다시 설명할 필요도 없었다. 아예 대놓고 말한 장
노인이었기에 세운과 동훈은 이미 얘기를 다 들은 상태였다.
다만, 서로 어떻게 반응해야 할지 모르겠는지 다들 쉽게 대답
하지 못했다.

장 노인은 이런 경험이 있었는지 익숙한듯 상황을 설명했
다.

"그런데 문제가 있고만. 마 실장이 I.J 소속이라고 해도, 기
술이 I.J에 존속되어 있는 것이 아니고 그전부터 갖고 있던 기

술이지 않은가. 그럼 무상 지원을 해준다고 해도 우리가 말릴 수 없을 게야. 일단 마 실장 의견이 중요한 게지."

세운은 이런 경우가 처음이다 보니 어떻게 해야 할지 몰랐다. 무엇보다 당사자가 옆에 있는데 말을 꺼내는 것이 더 어렵게 느껴졌다. 그러자 눈치 빠른 최동훈이 미소를 머금더니 입을 열었다.

"대화 중에 죄송한데 잠시 자리 좀 비워도 되겠습니까? 급하게 왔더니 화장실이 급하네요."

"아, 그러시게나."

세운은 최동훈이 나간 걸 확인까지 하고서야 입을 열었다.

"아니! 이 사람들이 앞에다 사람을 두고! 뭔 소리를 해요."

"왜 나한테 소리를 지르느냐! 얘긴 임 선생이 먼저 꺼냈고만."

"그래서 어떡해야 하는데요?"

"제프 우드, 헤슬과는 경상 기술료 형식으로 거래했지만, 저기 저 최 사장하고 거래한다면 IJ 이름으로 정액 기술료를 받아야 할 게다. 일단 가치평가를 받는 게 좋겠지만, 시간도 오래 걸리고 비용도 2, 3천 정도 들 게다. 그냥 생돈 나가는 게지. 그나저나 마 실장 자네 생각이 중요한데."

그러자 세운이 잠시 망설이더니 우진을 보며 물었다.

"내가 기술이전 하면 우리한테 피해 오는 게 없을까?"

"제가 보기엔 제품만 괜찮다면 문제없을 거 같아요. 우리도 아제슬로 도움 많이 받았잖아요. 그리고 전부 알려주는 건 아니니까. 가죽 재봉 방법 같은 건 알려준다고 해도 할 수 있을 거 같지도 않은데요?"

"그렇긴 하지, 하하. 뭐 내 기술이 워낙 특별해야지. 그런데 어떻게 보면 가장 기본적이면서 가장 중요한 부분이 발바닥이야. 그냥 실리콘으로 찍어서 만들면 되는 게 아니거든. 너무 똑같으면 또 발이 아파요. 그걸 적당히 맞추는 게 문제지."

"그래서 알려주실 순 있으세요?"

"알려줄 수야 있지. 뭐 아까 상무님 말대로 전부 쓰는 방법이니까. 거기서 조금씩 변형한 거거든. 거기서 발전시키느냐 아니냐는 그쪽 문제고. 거기에 우진이 네 디자인까지 사용해서 만들면 뭐 잘 팔리긴 하겠다."

우진은 고개를 끄덕였다. 세운도 동의하는 듯 보였지만, 최 이사와 세운 사이에 있었던 일 때문에 우진은 확인차 다시 물었다.

"그런데 괜찮으시겠어요?"

"최 이사 때문에?"

"꺼려지시면 다른 곳하고 해도 돼요."

"꺼려질 게 뭐 있어. 그 개… 후, 최 이사 놈하고는 완전 딴판인데. 저놈이 그런 것도 아니잖아. 어떻게 보면 저놈도 피해자고. 그리고 무엇보다! 난 일개 직원인데 대표가 시키는 대로 해야지."

"그럼 기술이전 비용은 얼마나 받아야 할까요?"

"나도 잘 모르겠네. 기술을 알려준 적이 있어야지. 아… 직업학교에서 수업할 때 알려주긴 했구나."

우진은 어이가 없다는 얼굴로 세운을 봤다. 직업학교에서 가죽공예를 가르치던 건 알고 있었지만, 수업에서 그런 기술을 알려줬다니.

"뭐, 알려줘도 할 줄 아는 사람 없더라. 그렇게 보지 마라."

그때, 장 노인이 피식 웃더니 대답을 내놓았다.

"수업 비용이 얼마였는지 몰라도 그 정도를 받는 거 자체가 말이 안 되네. 회사 규모부터 알아야 거기에 맞게 제시를 할 수 있으니 일단 기다려 보게나. 그리고 이제 임 선생 디자인이 문제란 말인데… 그건 기술이전 문제가 아니거든. 공장에서 찍어내면 최소 몇만 켤레는 찍을 텐데, 그게 문제인 게지. 그래서 내가 매튜 말에도 동의한 거고."

"아… 맞다."

"아예 우리 하청 업체나 마찬가지인 게다. 그럼 우리로서는 맞춤옷에서 SPA가 돼버리는 거지. 'Position'이 신생 업체이다 보니 그쪽에서는 아예 우리 이름으로 파는 게 도움은 되겠지. 대신 우리 브랜딩이 아무래도 조금 내려갈 게다. 매튜도 그걸 걱정하는 게야."

같은 디자인을 판매할 땐 매번 한정판으로 내놓았고, 아제슬 때도 한정판으로 판매했었기에 당연히 한정판으로 생각하던 우진은 아차 싶었다. 그 생각을 하고 나니 다른 브랜드들이 난감해하던 얼굴을 이해했다.

한정판이었다면 I.J의 로고를 단다 하더라도, 이벤트로 가격을 저렴하게 내놨다고 할 수도 있었다. 하지만 대량생산이 문제였다. 매튜 말대로 브랜드 포지셔닝 작업을 힘들게 해놨는데 싸게 팔기도 어려웠다.

분명 큰 실수였다. 유명 브랜드라면 신경 쓰지 않아도 될 문제였는데 짧은 생각으로 모두를 곤란하게 만들었다. 처음부터 말을 하지 않았다면 모를까, 이미 모두 동의하고 그 문제에 대해 한참을 상의한 상태였다.

그때, 아버지에게 전화가 왔다. 대구에 있으면서도 며칠 동안 집에 들르지도 않고 전화도 하지 않았기에 우진은 머리를 긁적이며 전화를 받았다.

—아들, 뭐 하고 있길래 연락도 안 돼!

"일 때문에 조금 바빠서요. 무슨 일 있으세요?"

—고생이네. 집까지 내려와서 일하고. 그럼 바빠서 안 되겠네.

"무슨 일 있으세요?"

—아니, 별일은 아니고. 저번에 말한 성지 보육원 있잖아. 주말에 못 가서 오늘 직접 가려고 했거든. 엄마가 우진이 너한테 안 바쁘면 같이 가자고 전화하라고 성화네. 내가 바쁠 거라고 했는데. 그냥 물어나 본 거니까 괜히 신경 쓰지 말고

일 잘하고. 그런데 집에 언제 올 거야?

"서울 가기 전에 들를게요. 죄송해요."

—죄송은! 너무 무겁게 듣지 마. 시간 되면 가는 거고 없으면 어쩔 수 없는 거지. 아무튼 일 잘하고.

전화를 끊은 우진은 괜히 목을 긁적였다. 어렸을 때 몇 번 따라가 본 적 있었던 우진은 그때를 떠올렸다. 자신의 부모님이라서 하는 말이 아니라 정말 베풀 줄 아는, 본받을 만한 분들이었다.

그때, 옆에서 듣고 있던 창수가 장 노인에게 묻는 말이 들렸다.

"할아버지… 그럼, 그렇게 되면 스파이크 하나에 몇십만 원 이렇게 하는 거 아니에요……?"

"그렇게까진 안 해도 가격은 좀 나가겠지? 그래도 후원 명목하에 하는 일인데 돈은 걱정 말거라."

"그래도요. 너무 안 비쌌으면 좋겠다. 스파이크가 튼튼해도 금방 떨어지는데, 가격이 부담돼서 그냥 떨어진 거 신는 애들도 있거든요. 학교에서 지원해 주는 걸로 부족하다 보니까."

"흠, 그렇긴 하겠고만."

"조금 안 좋더라도 쌌으면 좋겠는데… 예전에 동문회에서 '프로' 유니폼을 하청하시던 분이 비밀로 저희 유니폼을 만들어주신 적 있었거든요. 그때도 상표만 없지 옷은 좋았는데, 개인 구매하려고 하니까 너무 비싸서 못 사는 애들이 있었어요."

"누가 들으면 네가 야구부 초창기 멤버인 줄 알겠고만?"

"아… 매일 구경하다 보니까……."

부모님이 후원하는 보육원만 하더라도 큰 후원보다는 장기적인 후원이 필요하다는 말을 자주 들었었기에 우진도 나름 생각하던 부분이었다. 그러다 창수의 말 중에서 일을 해결할 만한 힌트를 얻었다.

지금까지 했던 생각이 겹쳐지며 우진은 손가락을 튕겼다. 그러고는 대뜸 가방에서 스케치북을 꺼냈다. 이미 그려놨던 스파이크를 보더니 바로 옆에 똑같은 스파이크를 그렸다.

"그건 왜 또 그려?"

"어? 조금 다른데? 여긴 왜 로고 안 그려? 우진아! 대답 좀!"

언제나와 마찬가지로 우진은 주위의 질문을 듣지 못한 채 스케치에 몰두할 뿐이었다.

한참을 그리던 우진이 고개를 들었다. 어느새 시간이 꽤 지났는지 이미 최동훈이 자리하고 있었다.

"Position 로고가 뭐예요?"

"우리 로고 대신 'Position' 로고를 쓴다고? 그럼 아까 만났던 'Hive'하고 하지, 뭐 하러 'Position'이랑 해?"

우진은 멋쩍게 웃고는 여전히 못마땅한 얼굴로 있는 매튜를 보더니 영어로 말했다.

"두 가지 버전으로 해서, 우리 로고가 달린 신발은 판매가 아닌 후원으로! 그러면 I.J 로고가 달린 신발은 아예 판매하지 않으니까 브랜딩에 영향이 적을 거 같은데… 괜찮을까요?"

말하는 내내 우진은 매튜의 얼굴을 살폈고, 이내 안도의 한숨을 뱉었다. 매튜의 얼굴이 전부는 아니지만 점점 풀리는 중이었다. 그러더니 이내 이해한다는 얼굴로 고개를 끄덕였다.

"노블레스 오블리주. 사회적 기업이 되기 위한 첫발치고는 빈약하지만, 그 정도라면 이해하겠습니다."

"뭐야. 그런 생각 하고 있던 거야?"

"괜찮은 거 같고만? 세금도 자연스럽게 낮출 수 있고."

IJ 식구들 전부 최동훈을 바라봤다. 그러자 동훈도 미소를 지으며 입을 열었다.

"저희야 기회만 주신다면 최선을 다하겠습니다."

"그럼 저희도 준비를 해야 해서, 지금 서울 올라가서 공장하고 시설들 좀 볼 수 있을까요?"

"물론입니다. 공장하고 창고 전부 시흥에 있습니다."

우진은 말이 나오기 무섭게 서울로 갈 채비를 했다. 짐도 없었거니와 볼일은 전부 마쳤기에 남은 것은 제작뿐이었다. 나머지 사람들도 그런 우진을 보며 군소리 없이 짐을 챙기기 시작했다.

그때, 먼저 일어서 있던 최동훈이 테이블에 머리가 닿도록 허리를 숙였다.

"감사드립니다. 저였다면 선택하지 못했을 거 같은데… 다시 한번 저희 아버지를 대신해 사과드립니다… 그리고 감사합니다."

"사과 좀 그만하세요. 최 사장님 아버지는 지금 벌받고 계 시잖아요."

"그래. 그만 사과해라, 좀. 이상한 것들도 그만 보내고. 힘쓸 곳도 없는데 자꾸 장어 같은 거나 보내고, 어휴."

아직 정식 계약을 한 건 아니었지만 오해 덕에 후원까지 하 게 된 우진은 안도감에 가슴을 쓸어내렸다.

*　　　　　*　　　　　*

며칠 뒤.

우진은 공장에서 보내온 스파이크를 신었다. 이리저리 뛰어 보던 우진은 역시 세운이라는 생각을 했다. 세운은 공장장이 라도 되는 듯 'Position'의 신발 공장에 24시간 붙어 있었다. 함께 간 홍단아 말로는 거기서 얼마나 잔소리를 하는지, 며칠 되지 않았음에도 악마라는 별명까지 생겼다고 한다.

그 때문인지 지금 우진의 발에 맞춘 스파이크의 질은 맞춤 신발이 아님에도 상당히 좋은 편이었다. 일단 발이 편하다는 것에서 세운이 만들었다는 느낌을 주었다.

또각또각―

모두가 가게에서 스파이크를 신고 다니느라 징이 바닥에 부 딪치는 소리가 계속해서 들렸다. 그리고 그 소리와 함께, 미자 가 박스를 들고 들어왔다.

"선생님, 유니폼 다시 왔어요. 그런데 좀 자신 없는 거 같더라고요."

"그래요?"

우진은 박스를 뜯어 유니폼을 꺼냈다. 외관만 놓고 보면 우진이 만든 것과 큰 차이가 없었다. 다만 누빔이 들어간 허벅지 부분이 문제였다.

"하, 또 이렇게 해서 보냈네. 이거 아니라고 말했는데."

신발이 문제가 될 줄 알았는데 유니폼이 문제였다. 우진은 섬유 연구원에 누빔 처리한 원단을 보내고 확인까지 받았다. 직물이 아니고 가공한 제품이라 강도를 측정할 필요가 없다고 했지만, 장 노인은 직접 연구원까지 찾아가 부탁했다. 그리고 일반 야구 유니폼에 사용되는 마름모꼴 누빔보다 훨씬 튼튼하다는 결과까지 받아왔다.

그래서 내심 기대했는데, 그 누빔이 문제가 됐다. 원래 유니폼을 제작하는 업체가 아니어서 수정고 유니폼에 한해서만 제작해 주겠다고 한 상태였다. 그런데, 다른 곳에선 문제가 없었는데 유독 자수로 처리한 누빔만 문제였다. 다행히 비싼 쿨베이스 원단이 들어가는 상의는 문제가 없었다. 그렇다고 바지 메모리 200수가 싼 건 아니었지만.

"하, 저 좀 나갔다 올게요. 매튜 씨 있죠?"

"네, 면접 신청한 분들 서류 보고 계세요."

"아… 그것도 있구나. 매튜 씨한테, 죄송한데 공장 가자고 말씀 좀 해주세요."

우진은 유니폼 하의를 보며 인상을 찡그렸다.

*　　　*　　　*

보통 해외에 봉제 공장을 두고 있는 것과 다르게 'Position'의
공장은 동대문에 있었다. 돈이 얼마나 많은지 최동훈은 동대문
에 있던 봉제 공장을 아예 인수해 버렸던 것이다. 그러다 보니
숍에서 상당히 가까워 금방 도착했다.

예전에 부모님이 하시던 공장보다 두 배 정도 큰 규모였다.
그 공장에 들어서자 부모님 공장에서 봤던 것과 다르지 않은
모습이 보였다. 쉴 새 없이 돌아가는 재봉틀과 산더미처럼 쌓
인 원단들, 그리고 그 원단들을 옮기는 사람들.

따지러 왔는데 막상 오니 부모님 공장이 떠올라 오히려 마
음이 짠해졌다.

"오셨습니까!"

"네, 안녕하세요. 바쁘신데 또 찾아왔네요."

"아닙니다. 아… 저희가 죄송하죠."

처음에 왔을 때 봤던 'Position' 공장 책임자는 우진이 들고
온 쇼핑백을 보고 문제를 단번에 알아차렸는지 안색이 안 좋
아졌다.

"저희 공장에서 가장 실력 있는 직원들이 했는데… 마음에

안 드시죠?"

"제가 다시 알려 드리려고요."

"그게… 알려주신다고 해도 잘 안 되더라고요. 워낙 복잡해서… 사람이 기계도 아니고……."

"그래도 일단 저번에 만났던 분들 좀 불러주시겠어요?"

그러자 책임자가 직원들 중 다섯 명을 불러왔다. 사실 이 정도라면 우진 혼자 해도 될 수량이었지만, 계속해서 맡아줄 시간은 없었기에 이들이 반드시 필요했다.

"이모님들, 어려우시죠?"

"보통 어려운 게 아니던데요. 안으로 갈수록 8 모양이 너무 쪼그맣다 보니까 손에 힘도 들어가고."

"맞아요. 선생님이야 디자인만 하시고 한두 벌 만드니까 모르시겠지만, 저희 같은 경우는 하루 종일 붙잡고 있잖아요."

우진은 이해한다며 고개를 끄덕였다. 조심스러운 공장 책임자와 달리 직원들은 우진을 편하게 생각하고 투정까지 부렸다. 우진도 부모님 공장에서 익숙하게 겪었던 일이기에 피식 웃어넘겼다.

"일단 그래도 한 번만 다시 봐주세요. 저희 로고라서 그런 게 아니에요. 누빔에서 가장 작은 로고가 중심이 되거든요? 그러면서 천을 더 튼튼하게 만들어주는 역할이라 그래요. 튼튼해야 아이들이 슬라이딩해도 쉽게 안 찢어지죠. 야구 보셨죠?"

"봤죠. 우리 남편이 허구한 날 야구 보는데."

"야구에서 보면 막 미끄러지고 그러잖아요. 그런 거 버티려고 그러는 거니까 이해 좀 해주세요."

"아이고, 선생님은 다른 선생님들하고 달라. 알았어요. 다시 해볼게요."

우진은 씨익 웃고는 재봉틀이 있는 자리로 향했다. 재봉틀에는 다른 작업을 하고 있었는지 작업하던 옷이 끼어 있었다.

"아이고, 오늘 물량 맞추느라 작업하던 중이라서."

"괜찮아요. 넥홀 담당이신가 봐요. 재봉 잘하시네요."

"이 짓으로 밥 먹고 사는데. 잘해야죠, 호호."

우진은 힐끔 보고선 곧바로 재봉틀을 작동시켰다. 그러고는 부모님 공장에서 하던 대로 한번에 밀어버렸다.

"…어?"

"와……."

자수를 배우러 온 직원들은 우진의 실력을 보고선 혀를 내둘렀다. 우진은 아무렇지 않은 듯 완성된 옷을 빼 한쪽에 쌓아둔 옷 위에 올려놓았다.

"어쩜 미싱질도 잘해요? 보통 디자이너라고 하면 입만 살았지, 미싱 만질 줄도 모르는데. 자수는 그렇다 해도… 박음질도 선수네, 선수야."

"부모님께 배웠거든요."

"그랬구나."

우진은 피식 웃고는 준비한 메모리 200 원단으로 바지 원형부터 만들었다. 직원들은 이번에도 역시 놀랍다는 반응을 보였다. 그러다 보니 공장에 있던 직원들 모두가 우진이 앉은 재봉틀 쪽을 기웃거렸다.

"이제 잘 보세요. 먼저 제일 중요한 게 가장 작은 로고예요. 여기 주머니 보이시죠? 주머니 끝에서 30㎜ 옆으로 이동해서 240㎜ 내려오는 지점이 시작이에요. 이걸 꼭 지켜주셔야 해요."

"맞다! 그거 신경 쓰느라 더 힘들어요!"

"하하, 익숙해지시면 금방 하실 거예요. 그럼 시작해 볼게요."

우진은 최선을 다해 친절하게 알려준 뒤 자리에서 일어나 직원 아주머니에게 직접 시범을 시켰다. 하지만 결과물을 받아 든 우진은 나지막이 한숨을 뱉었다.

"조금 이상해요? 시키는 대로 했는데……."

"잘하셨는데 간격이 조금 안 맞네요."

"그래요? 이상하다… 재봉틀이 고물이라서 그런가."

직원 아주머니는 부끄러운지 얼굴이 빨개진 채 변명을 늘어놓았다. 우진은 그런 직원을 다독인 뒤 공장을 가만히 살폈다. 아니나 다를까, 아주머니 말대로 재봉틀이 전부 낡은 상태였다. 지금 현재 I.J에서 우진이 사용하는 오래된 재봉틀까지 보였다. 물론 우진은 그런 재봉틀을 아주 잘 사용하고 있었지만.

"공장장님, 여기 재봉틀이 전부 오래된 것뿐이에요?"

"그게, 회사에서 공장 전체를 인수한 그대로라고 들었습니다. 저도 온 지 얼마 안 돼서 자세히는 모릅니다……."

예전에 아버지가 공장에서 사용하던 재봉틀을 팔러 다니실 때, 오래된 건 잘 안 팔린다고 했던 게 떠올랐다. 이곳에 최신식 재봉틀만 있어도 일이 한결 편할 것이다.

그때 우진의 머릿속에 대구에 있던 재봉틀이 떠올랐다. 입력만 하면 자수가 그대로 나오는 재봉틀. 아직 창고에 수량이 남아 있다고까지 했었다.

"잠시만요."

우진은 전화를 꺼내 곧바로 아버지에게 전화를 걸었다.

─어, 우진아.

"아버지, 혹시 창고에 있는 재봉틀, 아버지 수선 가게에 있던 거랑 같은 거예요?"

─다른 것도 있고 같은 것도 있지.

"가게에 있는 거랑 같은 건 몇 대나 있어요?"

─LCD 모니터 달린 거? 그거 5대 그대로 남아 있어. 왜 그래? 아들 필요해?

"아니요. 그런데 얼마에 파실 생각이세요?"

─필요하면 그냥 가져다 써. 어차피 팔리지도 않는데. 이것도 투자해 놓는 셈 치지 뭐, 하하.

"그런 거 아니에요. 한 백만 원 정도 해요?"

─살 때 대당 백칠십 조금 넘게 주고 샀거든. 그래도 일 년 정도 쓴 중고니까 백 정도 팔려고 했지. A/S까지 싹 다 받아 놔서 새것이나 다름없거든.

"알았어요, 아버지. 제가 다시 전화드릴게요."

우진은 고개를 끄덕이더니 공장장을 봤다. 그러고는 대뜸 입을 열었다.

"자동 자수 되는 재봉틀. 중고인데 개당 100만 원에 5대 구매하실래요?"

"네……?"

"그거로 하면 손 아플 일도 없는데. 제가 직접 봤는데 엄청 좋더라고요."

공장장은 난감한 얼굴로 입을 열었다.

"일단… 본사에 결재 올려보겠습니다."

*   *   *

며칠 뒤. 숍에 있던 우진은 아버지와 통화 중이었다.

─하하, 우진아 네 덕에 나머지 재봉틀마저 싹 다 처분했어. 아, 이제 좀 속 시원하다.

"다행이네요."

─아들 소개라서 좀 싸게 줬어. 그런데 거기 공장이 알고 보니까 친친네였더라고.

"아는 곳이셨어요?"

―그럼. 친하진 않았는데, 거기 사장이 중국하고 거래했거든. 호정에서 물건 떼다가 친친이라는 중국 메이커에 납품했는데 거기도 망했나 보네. 하긴 경기가 어려우니까 살아남기 힘들었을 거야. 그런데 포지션? 거기는 뭐 하는 곳인데 한국에 공장을 뒀대? 거기 대표하고 잘 알아? 대표가 직접 왔더라고.

우진도 궁금하던 부분이었기에 마땅한 대답을 하지 못했다. 혹시라도 최 대표에 대해서 설명하면 아버지 입장에선 껄끄럽게 느낄 수 있었다. 사람 자체는 괜찮다고 생각하고 있었기에 괜한 선입견은 좋지 않겠다 싶었던 우진은 말을 돌렸다.

"그냥 조금 아는 사람이에요. 그런데 정말 바로 내려가실 거예요?"

―가야지. 나중에 너 집 생기면 그때 자고 갈게, 하하. 지금은 남의 집에 얹혀사는데 예의가 아니잖아. 아들 얼굴을 본 지 며칠 되지도 않았고.

"그래도 얼굴이나 좀 보고 가시지. 제가 마중 나갈까요?"

―됐어. 기차표 벌써 예매했어. 아무튼 용돈 만들어줘서 고맙다, 아들! 하하.

우진은 전화를 끊고는 피식 웃었다. 자수에 대한 걱정도 한시름 놓자 마음이 편안해졌다. 이제 완성되면 검수한 뒤 보내기만 하면 끝이었다. 그동안 신경을 써서인지 마음이 놓이자 몸이 나른해졌다.

그때 매튜가 우진에게 서류를 내밀었다.

"총 면접 인원을 30명으로 추렸습니다."

"30명이요? 1명 뽑는데요?"

"네. 기본적으로 한국어 가능에 영어나 스페인어 가능, 그리고 홈페이지 구축 및 관리까지 가능한 사람들로 추렸습니다. 총 지원은 12만 명 정도 됩니다. 그것도 중간에 중단해서 그 정도입니다."

그동안 면접에 신경 쓰지 못하고 있던 우진은 도대체 매튜가 무슨 일을 벌인 건지 알아들을 수 없었다. 아무리 취업난에 허덕이고 있더라도 고작 1명 뽑는데 12만 명은 말도 안 되는 숫자였다. 우진은 떨리는 마음으로 매튜가 건넨 서류를 봤고, 그제야 이해할 수 있었다.

"전 세계에서… 모집하신 거예요……?"

"세계적으로 이름 있는 숍이니까 당연한 겁니다. 그래도 면접 비용 관계상 아시아에서만 모집했습니다. 면접 날짜는 한국 날짜로 이틀 뒤 오전부터입니다. 면접을 제가 직접 볼 예정이니 참관만 하시면 됩니다."

"그런데 원래 면접비도 주는 거예요?"

"당연한 겁니다. 보시면 아시겠지만, 전부 능력 있는 분들입니다. 아마 이쪽 업계에서 스카우트하고 싶어 하는 사람도 있을 겁니다."

우진은 말은 못 하고 고개를 저었다. 그런 사람을 30명이나 추리고, 그중에서 한 명을 뽑겠다는 생각을 어떻게 했는지.

우진은 다시 몸이 피곤해지는 걸 느끼고 서류를 봤다.

매튜 말대로 이름만 대면 알 법한 학교 출신도 있었고, I.J하고 비교하기 어려울 정도로 글로벌 대기업 출신까지 있었다.

그중 한국인이 반 정도 되고, 나머지는 아시아 각국에 몰려 있었다. 그리고 무엇보다 그들의 이름이 가장 문제처럼 느껴졌다.

"팟사라곤 찌라티왓… 잉락 스리사이… 는 태국… 라므 치카느?"

"람치캉입니다."

"하아……."

우진은 알았다며 손을 들어 올렸다. 이런 사람들을 뽑아버리면 같이 일하면서 부르지도 못할 것 같았다.

*   *   *

며칠 뒤. 아침부터 전 직원이 숍을 단장하느라 바빴다. 고작 직원을 한 명 뽑는데 이렇게까지 해야 하나 싶으면서도, 제대로 된 절차를 밟아 들어오는 첫 직원이기에 이해도 됐다.

"선생님, 사무실도 준비 다 끝냈어요."

"유 실장님, 수고하셨어요. 개강하셨는데 도와주시고."

"아니에요. 오늘 가서 교수님들한테 얘기하면 당분간 출석은 안 해도 될 거예요. 면접 전까지 돌아올게요. 그럼 다녀오겠습니다. 그리고 오늘… 멋있으세요."

"아, 그래요? 고마워요."

우진은 피식 웃고는 옷을 쓰다듬었다. 면접 보는 사람도 차림새가 중요하지만, 대표도 중요하다는 매튜의 말에 부랴부랴 리폼한 정장이었다. 왼쪽 눈으로는 자신을 볼 수 없어서 가지고 있던 정장을 리폼했는데, 다른 사람들의 평가가 내심 궁금하던 차에 미자의 칭찬이 우진을 웃게 만들었다.

우진이 활짝 웃으며 숍 쇼윈도에 비친 자신의 모습을 보는데, 쇼윈도 앞에 정말 처음 본다 싶을 정도로 거대한 사람이 멈춰 서 그늘을 만들었다. 그리고 그 사람이 숍의 문을 열었다. 들어오다 문틀에 끼진 않을까 걱정스러울 정도로 거대했다.

"안녕하세요? 팟사라곤 찌라티왓입니다?"

*　　　*　　　*

바비보다 키가 더 큰 건 둘째 치고, 세상에 저렇게 뚱뚱한 사람이 있을 수도 있다는 것이 신기했다. 태국인이라고 해서 TV에서 봤던 태국인을 상상했는데, 생각하던 것과 전혀 다른 모습에 약간 당황했다.

"면접 보러 왔어요? 일찍 왔어요?"

일단 한국말이 굉장히 자연스러웠다. 다만 아직 익숙하지 않아서인지 악센트가 조금 이상하긴 했지만, 우진은 곧바로 알아듣고 시계를 봤다. 면접 시간보다 이르긴 했지만, 얼추 시간이 다 되었기에 그를 응접실 소파로 안내했다.

"TV에서 많이 봤어요? 꼭 오고 싶었어요?"

"아… 고마워요. 태국에서 꽤 멀 텐데 와줘서 고마워요."

"태국 안 멀어요? 가까워요?"

약간 질문을 하는 듯 말하는 것만 빼면 한국어를 곧잘 했다. 우진은 알았다는 듯 고개를 끄덕이고는 사무실로 향했다. 사무실로 가자 오늘 면접자들의 서류를 다시 확인하는 매튜가 보였다.

"매튜 씨, 면접 보시는 분 왔어요."

"벌써 왔습니까? 일단 선생님은 여기 앉아 계십쇼."

"그럼 누가 안내해요. 마 실장님은 공장 가 계시고 할아버지랑 삼촌은 영어를 못 하셔서."

"남들 보기 안 좋습니다. 그냥 그대로 내버려 두시면 제가 알아서 하겠습니다. 앉아 계시죠."

"괜찮아요."

매튜가 무슨 뜻으로 말하는진 이해했지만, 괜히 딱딱한 분위기를 연출하고 싶지 않았다. 여기서 뽑히는 사람은 오랫동안 같이 일할 예정인 데다가, 먼 곳에서 온 사람이 많아서 괜히 근엄하게 보이고 싶지 않았다.

"11시부터 바로 시작하실 거죠?"

"흠… 그렇게 하겠습니다."

매튜는 곤란한 얼굴로 우진을 살폈다.

"유 실장님 오실 때까지… 그것보다 이참에 비서도 뽑는 게 좋겠군요."

"아! 됐어요. 비서는 없어도 돼요! 아무튼 11시부터 시작하는 걸로 알게요."

우진이 매튜를 뒤로하고 다시 응접실로 나오자, 응접실 소파에는 언제 왔는지 사람들이 가득 있었고, 처음에 왔던 태국 사람은 그 큰 몸으로 우뚝 서 있는 상태였다. 다들 우진을 발견하고 곧바로 인사를 건넸다. 한국 사람들은 우진을 TV로 자주 접해서 그런지 면접을 보러 왔다는 긴장감을 느끼기보다 연예인을 보는 것처럼 신기해했다.

우진도 면접 지원자들에게 인사를 건넨 뒤 다시 땀을 뻘뻘 흘리며 서 있는 태국 사람을 봤다.

"왜 서 계세요?"

"제가 앉으면 3인분입니다?"

"아…….."

"괜찮았습니다. 그런데 화장실이 알고 싶습니다?"

우진은 피식 웃었다. 기분 나쁠 법도 한데 상당히 긍정적인 모습이었다. 우진은 면접자들에게 잠시 기다려 달라고 한 뒤

화장실을 안내했다. 그러자 태국인은 환하게 웃으며 칸으로 들어갔고, 우진은 다시 피식 웃었다. 화장실 들어가는 것조차 버거워 보였다.

우진은 겨우 닫힌 문을 보며 미소를 짓고 거울을 봤다. 마침 화장실에 온 김에 거울을 보며 렌즈를 뺐다. 같이 일할 사람이라면 I.J 유니폼이 보일 것이 분명하다는 생각으로.

그리고 다시 응접실로 향한 우진은 실눈을 뜨고 면접자들을 보고는 순간 휘청거렸다.

'아… 익숙해지지가 않네.'

적응하려고 해도 한꺼번에 많은 사람이 들어오면 역시 어지럽고 속이 메슥거렸다.

어쩔 수 없이 우진은 천천히 한 명씩 살폈다. 아쉽게도 지금 온 사람 중에서는 유니폼이 보이지 않았다. 어쩌면 오늘 오는 사람들 중 모두가 안 보일 수도 있었다. 하지만 마냥 유니폼이 보이는 사람을 기다릴 수도 없었다.

잠시 뒤, 미자가 헐레벌떡 들어왔다. 그녀는 늦지 않았음에도 응접실에 나와 있는 우진을 보고 늦어서 미안하다는 사과를 했다. 그리고 빠르게 안으로 들어가더니 유니폼을 갈아입고 사무실에서 서류까지 들고 나왔다.

"선생님, 이제 제가 맡을게요."

우진은 서류까지 들고 있는 미자를 보고 고개를 끄덕였다. I.J에서 가장 여러 가지 일을 하는 사람이 미자였다. 우진은 그런 미자가 있어서 고맙고 든든했다.

"그럼 부탁할게요."

우진이 사무실로 들어가자 매튜가 시계를 보더니 미자에게 신호를 보냈다. 그리고 첫 번째 면접자가 들어왔다. 한국 사람으로, 보안 업체에 근무하던 사람이었다. 지금 뽑으려는 분야는 패션에 관련한 분야가 아니었기에 이쪽 종사자가 아니었더라도 상관없었다.

면접이 계속되는 동안 우진은 이곳까지 시간을 내서 온 사람에 대한 최소한의 성의라고 생각하며 면접 내용을 조용히 메모했다.

매튜는 오로지 그 사람에 대한 이야기를 중심으로 면접을 보았다. 가족이나 사적인 질문은 일절 없었다. 그리고 대부분 I.J의 문제점에 대한 질문을 던졌다. 그러다 보니 앞에 있는 사람이 어떻게 대답해야 할지 어려워하는 게 눈에 보였다.

첫 번째 면접자가 나가고 두 번째 면접자가 들어와서도 마찬가지였다. 그리고 그 뒤로도 매튜는 계속 I.J의 문제점에 대해서 물어봤다. 면접이 계속될수록 메모가 늘어났고, 우진은 적어놓은 메모에서 차이점을 발견했다.

한국 사람들은 문제점 말하기를 꺼려하는 반면, 다른 나라에서 온 사람들은 있는 그대로 대답했다. 옷 가격이 너무 비싸다느니, 옷을 좀 더 대량생산 해야 한다느니 별의별 대답이 나왔다. 매튜는 무슨 생각을 하는지 모를 얼굴로 대답을 들으며 그저 고개만 끄덕거렸다.

오전에 보기로 한 인원이 끝나갈 때쯤 거대한 팻사라곤이 들어왔다. 제일 빨리 왔는데 순서상 마지막이었다. 그리고 그의 모습을 본 우진은 입이 찢어질 정도로 환하게 웃었다.

'저 사람이구나!'

그러고 보니 화장실에 들어가 있어서 그 사람만 왼쪽 눈으로 보지 못했었다.

왼쪽 눈에 비치는 팻사라곤은 I.J의 유니폼을 입고 있었다. 지금까지 만든 유니폼을 모두 합쳐도 될 만큼 커 보이는 유니폼을 입은 모습이었다. 지금까지 유니폼이 보인 사람치고 도움이 안 된 사람이 없었기에, 우진은 반드시 팻사라곤을 뽑아야겠다고 생각했다.

그리고 매튜의 질문이 시작되었다. 처음에 시작한 질문들은 어렵지 않았고, 우진은 기분 좋게 대답을 들었다.

"프로그래머도 하셨고 3D 그래픽도 하셨고. 서버 관리 및 여러 곳에서 일을 하셨네요."

"여러 곳이 아니라 전부 같은 회사였습니다."

"그렇군요. 그럼 I.J에 지원한 동기가 있습니까?"

"잠시 쉬면서 일자리를 찾다가 여기라면 제가 잘할 수 있을 거 같아서 지원했습니다."

이력서 내용이 다른 사람에 비해 굉장히 많았다. 경력 증명서와 보유 자격증 등, 한국 면접에 대해서 조사해 왔는지 엄청

난 분량의 이력서였다. 그리고 자꾸 질문을 하는 것처럼 어미를 올리는 한국어와는 다르게 영어는 상당히 자연스러웠다. 매튜의 질문은 계속되었고, 팻사라곤은 한 번도 미소를 잃지 않고 대답했다.

이윽고 다른 면접자들과 마찬가지로 매튜가 그에게 I.J의 문제점을 물었다. 우진도 그가 어떻게 생각할지 궁금했기에 귀를 기울였다. 그런데 지금까지 잘하던 것과 다르게 팻사라곤의 얼굴에서 미소가 사라졌다.

"문제점이요?"

"네. 팻사라곤 씨가 보기에는 I.J의 어떤 점을 고쳐야 하고, 또 앞으로 어떻게 나아가면 좋을까요?"

"혹시 제가 잘못 알고 왔나요? 전 서버 관리 및 홈페이지 관리자에 지원했는데요."

"압니다. 말씀해 보시죠."

"저는 잘 모르죠. 완전 다른 일인데. 저는 패션 쪽에서 일해본 적도 없고 완전 다른 분야인데 문제점을 논하는 것도 웃긴 거 같아요."

"그럼 홈페이지 문제점은 뭡니까?"

"하하, 그건 대답해 드릴 수 있겠네요. 첫째, 아무리 많은 사람이 몰린다고 해도 툭 하면 트래픽이 초과돼요. 그건 그냥 분산처리 해버리면 되거든요. 서버가 1부터 10까지 있다고 하면, 1서버에 가득 차면 2서버로 넘어가게 하는 식으로. 지금 홈페이지가 돈 주고 의뢰해서 만든 거라면 사기당한 거예요."

우진은 조심히 매튜를 봤다. 홈페이지를 만든 장본인을 앞에 두고 적나라하게 지적하고 있었다. 하지만 매튜는 여전히 표정 없이 고개만 끄덕거렸다.

"그러고요?"

"그리고 두 번째는 보안이 너무 취약해요. 네트워크부터 시작해서 안티바이러스 솔루션도 없고. 물론 그런다고 해도 작정하고 뚫으면 뚫릴 테지만, 그래도 너무 취약해요. 맘만 먹으면 그냥 폭파시켜 버릴 수 있을 정도니까요. 정말 사기당하신 걸지도 몰라요."

"크흠, 알겠습니다. 또 있나요?"

어플리케이션부터 문제점이 한두 가지가 아니었다. 그걸 듣는 우진도 과연 어떻게 숍이 돌아갔는지 궁금할 정도였다. 점점 대답이 계속될수록 매튜의 얼굴이 조금씩 찡그러졌다.

우진은 더 이상 문제점을 말하다가는 매튜가 잘라 버릴 것 같은 불안감에 초조하게 지켜봤다.

마침내 지적이 끝났는지 팻사라곤이 다시 환하게 웃으며 입을 열었다.

"문제점이 많지만 그 문제들을 해결하려고 채용하려는 거 아닙니까. 그래서 저도 잘할 수 있을 거 같아 지원했고요."

"알겠습니다. 수고했어요."

인사를 하고 팻사라곤이 나가자 매튜는 서류를 정리했다.

　　　　　*　　　　*　　　　*

　다음 날. 오전 면접을 마치고 IJ 식구들이 함께 식당에 들렀다.

　"그놈의 불고기 백반은… 그래서 면접은 잘했고?"

　"네, 잘했어요."

　"그래서 면접 끝이라고?"

　"네, 오늘 아침까지 해서 30명 전부 봤어요."

　"마음에 드는 사람은 있고?"

　우진은 식사에 여념 없는 매튜를 힐끔 보고선 입을 열었다.

　"괜찮은 사람은 있더라고요."

　"한국말은 할 줄 알고? 매튜는 다 좋은데 한국말을 못 해서 좀 답답한데."

　"전부 조금씩은 할 줄 알더라고요. 전부 다 굉장하신 분들이고."

　"하긴. 매튜가 워낙 깐깐해야지. 이미 저기 오피스텔까지 계약해 놨더만. 그나저나 시간이 딱 맞겠어. 내일 공장에서 유니폼하고 스파이크하고 보낸다고 했으니까. 홍 대리가 하루빨리 오고 싶은가 보더라, 껄껄."

　"왜요?"

"왜긴. 마 실장이 거기서 하도 뭐라고 하니까 홍 대리도 공장 사람들 눈치가 보이는 게지. 숍에 있을 때랑 다른 사람인 줄 알았다고 하던데, 하하."

우진은 피식 웃었다. 신발에 관해서는 그 누구보다 진심을 다하는 세운이었기에 당연했다. 그래서 생각보다 첫 제품이 빠르게 나올 수 있었다. 만약 제품이 괜찮다면 창수의 바람대로 전국체전 개막식에 입고 나갈 수 있을 것이다.

"그나저나 매튜는 오늘따라 더 말이 없고만? 면접 보면서 무슨 일 있었던 건 아니지?"

"그런 거 없었어요."

우진은 멋쩍게 웃으며 매튜를 살폈다. 그 순간 식사를 마친 매튜가 숟가락을 내려놓았다.

그는 면접을 보기 시작하면서부터 말을 아꼈다. 매튜를 믿지만 만약 팻사라곤의 대답으로 기분이 나빠져 안 뽑게 되면 큰일이기에, 우진은 조심스럽게 질문했다.

"마음에 드시는 분 있었어요?"

"네, 다들 능력 좋은 분들이시더군요. 선생님은 어떠셨습니까?"

"저도 있었어요."

"누구입니까?"

"팻사라곤 씨라고, 어제 오전에 제일 마지막으로 보신 분이요. 그런데… 저희 쪽 일을 너무 모르는 게 약간 걸리죠?"

우진은 매튜를 살폈고, 매튜는 아니라는 듯 고개를 저었다.

"저도 면접만 놓고 봐선 그 사람이 가장 괜찮더군요."

"그래요?"

"경력도 경력이지만, 무엇보다 이쪽 일을 모른다는 점이 좋게 보였습니다. 선생님 의견이 가장 중요하고, 그 의견을 사견 없이 적용시켜야 한다고 생각합니다. 그 점에서는 합격점이더군요. 어쭙잖게 회사 운영에 대해 문제 삼는 사람들보다는 나아 보였습니다."

우진은 우겨서라도 팻사라곤을 뽑으려 했는데, 매튜도 그를 좋게 봤다는 것에서 안도의 한숨을 내쉬었다.

"다만 일에 대한 분리가 명확하다 보니 그게 걱정이군요. 지금 IJ 같은 경우 이름값에 비해 직원 수가 상당히 적습니다. 그렇다 보니, 지금만 하더라도 자신의 일 말고도 가끔씩 다른 업무를 봐야 할 텐데… 아마 그렇지 않을 확률이 높아 보입니다. 유 실장님 같은 분이 가장 적합하죠."

"아직 안 겪어봤는데 어떻게 알아요."

"그걸 알아보려고 문제점에 대해서 질문했습니다. 참고로 사기꾼이라고 해서 그러는 건 아닙니다."

우진은 매튜가 물어보지도 않는 말을 꺼내자, 혹시 꽁해 있는 건 아닐까 하는 생각이 들었다.

*   *   *

다음 날. 아침부터 세운이 직접 스파이크를 들고 동대문에 들러 유니폼까지 찾아왔다.

"이거 더 이상은 안 돼. 그 아줌마들… 나 죽이려고 그래."

"하하, 수고하셨어요. 디자인은 완전 제대로 나왔는데요."

"일단 우리 로고 달린 후원품은 전부 손바느질로 했어. 홍 대리가 수고했지. 하하."

홍단아는 아직 공장에 남아 있었다. 피식 웃은 우진은 일 단 스파이크부터 살폈다. 디자인은 역시 세운이라는 말이 나 올 정도로 제대로 만들어졌다. 다만 발바닥을 수정고 선수들 에 맞춰 제작한 것이기에, 정확히 착용감이 어떤지는 아직 알 수 없었다. 조만간 모두 완성하면 직접 확인할 예정이었다.

그리고 유니폼까지 확인했다. 원하던 대로 IJ 로고로 누빔 처리가 되어 있었다. 세세한 부분은 직접 만들 때보다 오히려 기계가 조금 떨어지는 느낌이었지만, 딱히 흠잡을 만한 곳은 없었다. 그 모습을 지켜보던 세운이 피식 웃으며 입을 열었다.

"그래서 어떻게 할 거야? 최 사장이 혹시 계약 엎어질까 봐 노심초사하더라. 내가 됐다고 그랬는데도, 계약대로 기술 이 전비까지 넣어준다더라. 말 들어보니까 아직 준비 중이라 돈 들어가는 곳투성인데도 미안하게… 그만큼 열심이야. 이대로 만 나오면 지금 있는 스포츠 브랜드 수준은 되는 거 같아. 스 파이크에 한해서지만."

우진은 최 대표를 도와주고 싶어 하는 세운의 마음이 느껴졌다. 그리고 무엇보다 다른 업체는 자신의 의견을 이 정도까지 반영해 주지 않았을 거란 생각이 들었다.

*　　　*　　　*

며칠 뒤.

대구로 내려온 우진은 미리 준비한 인터뷰 내용을 보는 중이었다. 옆에 학교 측 인사들이 자리한 건 당연했고, 최 대표와 'Position'에서 나온 직원들도 함께였다. 다들 삼삼오오 있는 반면, I.J는 우진과 매튜 단둘뿐이었다.

우진은 그 무리들에게 감사 인사를 끊임없이 받는 중이었다.

"선생님 덕분에 홍보도 할 수 있게 되어 정말 감사하게 생각하고 있습니다."

"저희 수정고 동문회도 학교 이름을 알릴 수 있게 되어 영광으로 생각합니다, 하하."

"아니에요. 그런데 이렇게 많이 오실 필요 없는데."

우진은 각기 다른 트럭에서 바쁘게 상자를 옮기는 사람들을 봤다. 동문회에서는 선수들을 위해 음식 및 야구 장비를 지원했고, 'Position'에서도 기본 장비 및 새로 만든 유니폼을 옮기는 중이었다.

그들이 끝이 아니었다. 훈련하는 선수들을 촬영하던 Moon 매거진 촬영 팀들까지 함께였다. 선수들은 아직 유니폼을 받지 못해 본래 수정고 유니폼을 입고 있었는데, 오늘따라 유독 훈련이 힘들어 보였다. 그런데 촬영 팀은 그 모습이 뭐가 좋은지 열심히 촬영했다.

한참이나 촬영이 이어진 뒤 감독이 선수들을 모아 전부 씻고 오라는 지시를 내렸다. 그러자 전부 같은 머리 모양을 한 선수들이 단체로 뛰어올라 갔다. 그제야 Moon 매거진 장 기자와 고 기자가 우진에게 다가왔다.

"하하. 선생님, 정말 기대됩니다. 벌써 제목도 뽑았습니다! '프로선수가 되기 위해 불철주야 훈련 중인 꿈나무들을 위한 선행! I.J의 임우진 디자이너!' 하하, 어떠십니까?"

"감사해요."

"저희가 감사하죠! 매번 저희한테 특종도 주시고! 아, 그 얘기 들으셨어요? 선생님이 옷을 만들어주신 부부 있잖아요. 내년 3월에 미국 간다고 그랬는데! 그것도 저희가 맡기로 했거든요."

"아, 그래요? 요즘 바빠서."

"하하, 그러시죠. 정말 후원도 하고, 대단하십니다. 그런데 아예 시골 학교를 후원하시는 편이 그림이 더 살았을 건데, 하하. 하긴 I.J 입장도 있으니까요."

우진은 멋쩍은 미소를 지으며 매튜를 봤다. 우진은 그렇게 자랑할 만한 일이라고 생각하진 않았고, 그냥 조용히 후원한 다고만 알렸으면 했는데, 매튜의 성화로 인터뷰까지 준비했다. 전부 'Position'과의 계약 내용 때문이었다.

보통 디자인 외주를 받으면 그 값을 받고 거래가 끝나고, 덧붙여 인센티브를 받는 형식을 취했다. 하지만 이번 계약은 달랐다. 사실 우진은 자신의 디자인을 'Position'이 제작하고 후원하는 걸로 끝내려 했다. 많은 디자이너들이 흔히 하는 재능 기부의 일환으로 삼으려 했지만, 매튜와 장 노인은 물론이고 최 대표까지 그럴 순 없다고 했다. 하지만 이미 기술지원비까지 받았으니 따로 비용을 받긴 그랬다.

물론 I.J의 로고가 들어간다면 얘기가 달라진다. 하지만 로고를 사용하는 것은 아니기에, 서로 이해가 필요한 부분이었다. 게다가 'Position'은 아직 안정적이지 않아 자금 여유도 없을 것이다.

그 때문인지 'Position'은 계약금이 없는 러닝개런티를 제안했고, 장 노인이 곧바로 찬성해서 계약이 이루어졌다. 비율은 5년간 매출의 10%로 높은 수준은 아니었지만, 많이 팔리면 많이 팔릴수록 돌아오는 금액이 늘어났다.

스파이크 가격이 대략 20만 원 안팎이었기에, 그 정도만 받는다 해도 한 켤레당 2만 원이 들어왔다.

보통 운동화면 모를까, 스파이크라면 전문적으로 운동하는 선수나 사회인 야구단 정도만 사용했다. 거기에다 기존 업체들과 경쟁하는 입장이다 보니, 일 년에 1,000켤레만 팔아도 많이 팔린 수준일 것이다. 우진도 그 정도면 부담 없을 거라고 생각했다.

그때, 샤워를 마친 선수 전부가 우진이 디자인한 유니폼을 입고 마치 군인들처럼 열을 맞춰 주장 인솔하에 계단을 내려왔다.

또각또각.

시멘트 계단을 발맞춰 내려오니 스파이크 징이 부딪히는 소리가 유난히 크게 들렸다. 우진은 그 모습을 보자 이상하게 가슴이 찡한 느낌이었다. 50명 정도 되는 선수들 모두가 자신이 디자인한 옷을 입고 내려오는 모습은 장관이었다.

"와… 뭐데! 아까 그 꼬질꼬질하던 놈들 맞아?"

"프로선수들… 아니, 국가대표 같다……."

옆에서 사람들이 선수들을 보며 웅성거렸고, 선수들도 그 반응이 싫지 않은지 붉어진 얼굴로 유니폼을 쓰다듬었다. 선수들이 모두 내려오자 우진은 앞으로 한 발 다가갔다. 보통 가봉을 하는데, 이번 경우에는 가봉 없이 완성한 옷이기에 걱정스러운 마음이 있었다.

"어디 불편한 곳 있어요?"

"없습니다!"

"괜찮으니까 불편한 곳 있으면 바로 말해줘요."

"정말 없습니다! 감사합니다!"

좀 편하게 했으면 좋겠는데 군인들처럼 동시에 같은 말을 뱉었다. 우진은 멋쩍은 얼굴을 하고 선수 모두를 일일이 살폈다. 그리고 감독과 코치까지 살피고는 이상 없음을 확인했다.

"그럼 슬라이딩 한번 해볼래요?"

우진은 누빔이 제대로 됐는지 확인하고 싶은 마음에 물었다. 그 순간 선수들이 서로 눈치를 봤다. 그 모습을 본 감독이 큰 목소리로 버럭 했다.

"이 자식들! 유니폼이 새것이라고 시합 중에 슬라이딩 안 할 거야? 기껏 누빔도 해주셨는데! 안 되겠어! 전부 집합!"

우진은 선수들 표정을 이해하고 피식 웃었다. 아무리 선수라고 해도 새 옷인데 흙바닥에 미끄러지는 게 달갑지 않을 것이다. 감독의 명령으로 마지못해 모여들었지만, 옷을 만들어 준 장본인인 자신을 향해 원망하는 눈빛을 보냈다. 그때 다행히 장 기자가 끼어들었다.

"안 돼요! 일단 촬영부터 하고 뛰어다니든지 하세요. 아까 꼬질꼬질한 모습이랑 비교해야 한다고요. 자, 선수들! 앞에는 좀 작은 선수들이 쪼그리고 앉고, 뒤에는 큰 선수들로 이 열로 좀 맞춰주세요! 슬램덩크 봤죠? 그런 느낌으로!"

선수들은 감독을 힐끔 보더니 잘됐구나 싶었는지, 바로 장 기자 말대로 위치를 움직였다.

"옆에 감독님하고 코치님도 서야죠! 그럼 하나, 둘, 셋 하면 파이팅 포즈 짓는 겁니다! 하나, 둘, 셋!"

"수정고 파이팅!"

"자, 그대로 계세요. 몇 번 더 촬영해야 하니까."

우진의 옆에서 그 모습을 지켜보던 최 대표도 활짝 웃으며 말을 걸었다.

"이대로 전국체전 우승까지 하면 정말 홍보 효과가 엄청날 것 같습니다. 일반 고등학생 야구부는 대부분 상하의 모두 메모리 100이나 150으로 만드는데 수정고 선수들은 옷만 봐도 잘할 거 같네요, 하하."

"누가 그러더라고요. 분명 우승할 수 있다고."

"그렇습니까. 하하."

촬영 중인 장 기자가 우진을 보며 소리쳤다.

"자, 주전선수들만 남고. 선생님은 이리 오세요! 최 대표님도 오십쇼. 유니폼하고 스파이크 준비한 거 있죠? 그거 자연스럽게 전달하시면 됩니다, 하하."

그러자 최 대표가 우진에게 손을 내밀며 웃었다.

"가시죠."

*　　　　*　　　　*

며칠 뒤.

수정고에 대한 소식이 Moon 매거진에 실렸고, 그에 따라 우진은 몇몇 방송국과 가벼운 인터뷰를 해야 했다. 전처럼 크게 보도되진 않았지만, 우진은 오히려 그쪽이 편했다.

단지 그 일이 있고 나서 숍에 찾아오는 부류가 늘었다.

전에 한 번씩 만났던 브랜드 쪽 사람들은 그나마 편한 쪽에 속했다. 문제는 후원을 원하는 문의가 끝도 없었다. 전국에 후원이 필요한 사람들이 얼마나 많은지. 그렇다고 전부 후원해 줄 수도 없어 곤란했다.

우진은 미안하지만 곤란한 일들은 사무실 식구들에게 떠넘기고 응접실에 나와 있었다. 그런 우진의 앞에 거대한 팻사라곤이 자리했다.

"하루 일찍 불러서 미안해요. 집은 괜찮아요?"

"집 좁긴 하지만 좋아요? 그리고 오늘부터 출근한 걸로 쳐 주시면 되죠?"

계속 질문하듯 말하는 팻사라곤이었다. 그냥 넘길 수도 있는 말이었지만, 우진은 문득 매튜가 팻사라곤의 공적인 태도를 언급한 것이 생각나 장난처럼 들리지 않았다.

"그런데 유니폼도 제가 구매해야 하는 건 아니죠?"

"아니에요. 어우. 잠깐 팔 좀 올려보시겠어요?"

시간이 있을 때 팻사라곤의 유니폼을 만들 생각이었다. 그런데 몸이 얼마나 큰지 치수 재는 것도 버거웠다.

"키가 2m 9cm네요."

"크죠? 별명이 거인이에요? 아버지가 러시아 사람이라 아버지 닮아서 그래요?"

"아, 그러시구나."

키를 감안하더라도 몸무게가 엄청났다. 배둘레나 허리둘레로 봐서는 150㎏은 족히 나갈 것 같았다. 우진은 지금까지 옷을 만들면서 허리둘레 55인치를 만들게 될 줄은 생각도 못 했다.

"둘이 있으니까 편하게 영어로 말하세요. 그리고 여기 좀 잡고 계세요. 제가 팔이 짧아서……."

"제가 뚱뚱해서 그런 거죠."

우진이 그의 기분이 상할까 돌려 말했음에도 팻사라곤은 거리낌 없이 말을 받아쳤다. 그걸 보면 이기적인 것처럼 보이진 않았다. 일단 겪어봐야 알 것 같다고 생각한 우진은 다시 치수를 재기 시작했다.

그때, 숍 문이 열리며 홍단아가 들어왔다.

"어? 이제 온 거예요?"

"선생님! 으앙! 반가워요! 너무 반가워요… 손님 계셨네요……."

"손님 아니에요. 인사하세요. 내일부터 출근할 팻사라곤 찌라티왓 씨예요."

"아! 그럼 저보다 막내 생기는 거예요?"

우진은 대답하지 못하고 멋쩍게 웃었다. 팻사라곤은 다른 사람들과 마찬가지로 실장이 될 예정이었다. 그래도 홍단아는 기쁜지 환하게 웃으며 다가왔다.

"와, 엄청 크네요? 팟사라다 씨? 이름이 너무 어렵다."

"홈페이지랑 앱 담당하실 실장님이세요."

"실장님… 이셨구나… 네… 그래서 유니폼도 바로 맞춰주시는구나… 쏘리, 미스터 팟."

우진은 또다시 침울해진 홍단아를 보며 고개를 저었다.

"그런데 마 실장님은요?"

"심부름 온 거예요……"

"아… 네."

홍단아는 말없이 치수 재는 걸 도와주더니 끝나자마자 곧바로 2층으로 올라갔다. 바빴다고 해도 홍단아의 유니폼을 늦게 만들어준 건 사실이었기에 우진은 약간 미안해졌다.

"다 됐어요. 팟사라곤 씨?"

팟사라곤의 고개가 홍단아가 올라간 계단에 멈춰 있었다. 혹시 홍단아가 우울하던 모습이 마음에 걸린 건가 하는 생각에 우진은 피식 웃으며 말했다.

"걱정하지 않으셔도 돼요."

"저 아름다운 분도 같이 일하는 분이십니까?"

"누구요?"

"조금 전에 귀엽게 입술 내미시던."

"홍단아 씨요? 같이 일하는 분 맞아요. 너무 신경 쓰지 않으셔도 돼요."

우진은 아무래도 매튜의 짐작이 틀린 것 같았다. 이렇게 착한 사람이 다른 사람 일이라고 모른 척하진 않을 것 같았다. 역시 왼쪽 눈으로 유니폼이 보인 이유가 있었다. 우진은 기분 좋은 얼굴로 입을 열었다.

"그럼 내일, 아! 맞다. 내일은 I.J 전체가 야구 구경 가거든요. 가시는 김에 같이 가시죠?"

"내일… 그럼 아름다운 여성분도 오시는 겁니까?"

"아, 홍단아 씨는 아마 못 올 거예요. 전북 익산이라 아침에 출발할 거예요. 한 12시쯤 출발할 거니까 그때까지 오세요."

"아닙니다. 그럼 화요일에 출근하겠습니다."

우진은 약간 당황했지만 이내 수긍했다. 아직 익숙지 않을 텐데 사람들이 어려울 거라고 생각한 우진은 더 이상 강요하지 않았다.

*　　　　　*　　　　　*

다음 날. I.J 식구들은 익산까지 내려와 경기장에 자리했다. 좌석은 프로야구와는 다르게 얼마 없었다.

가을이긴 하지만 아직 햇볕이 뜨거운데도 관중들은 생각보다 많았다. 보이는 좌석이 거의 가득 차 있었다. 선수들의 가족들로 보이는 사람도 있었지만, 중간중간 우진이 아는 얼굴도 보였다.

"저 사람들은 왜 온 걸까요?"

"궁금한 게지. 그냥 무시해도 될지, 아니면 자신들도 발맞춰 다른 디자이너와 손잡아야 할지 각 재고 있는 게야. 이번에 잘되면 자기네들도 바로 하겠지."

우진은 고개를 끄덕이며 장 노인을 봤다. 그렇게 손자인 창수를 못마땅하게 여길 때는 언제고, 시합에 나오지도 않는 창수를 응원하는 플래카드까지 준비해 왔다. 장 노인은 플래카드를 든 채 창수를 찾느라 기웃거리는 중이었다.

경기가 시작되기 전, 선수들이 인사를 하러 나왔다. 역시 창수는 후보에도 없었다. 우진은 실망했을 장 노인을 위로해 주려고 했다. 그때, 함께 있던 미자가 아무렇지도 않게 말을 툭 뱉었다.

"전략 분석원은 경기에 안 나와요."

"뭐? 나올지 안 나올지 유 실장이 어떻게 아나!"

"전력 분석원은 뒤에서 팀을 서포트하는 역할이거든요. 경기장에는 못 나와도 굉장히 중요한 역할이에요. 아마 경기장 어디서 지금 보고 있을 거예요."

이해는 했지만, 그래도 서운한 건 어쩔 수 없었다. 미자는 야구 경기를 많이 봤는지 익숙하게 중계방송을 연결했다. 야구에 대해서 잘 모르는 우진은 잘됐다고 생각하며 미자 옆으로 다가갔다. 그러자 미자는 방송이 더 잘 들리게끔 휴대폰을 우진의 옆으로 옮겼다.

그렇게 한참 경기가 흘러갔다. 우진은 생각보다 재미없다고 느껴 그냥 지켜볼 뿐이었다. 그때, 미자가 한숨을 뱉었다.

"저것도 못 잡네. 이러다가 1회전 탈락하겠어요."

휴대폰에 들리는 중계방송도 비슷한 말을 뱉었다.

—청룡기에서 힘을 너무 뺀 건가요? 아니면 많은 관객들 때문에 제 실력을 발휘하지 못하는 걸까요? 우승 후보인 수정고가 무너지기엔 너무 이른 거 같지만, 전국체전이라면 이런 게 가능하죠. 그래도 오늘 수정고가 보여주는 내야 수비진의 실책과 소극적인 주루 플레이는 문제가 많아 보입니다.

*　　　*　　　*

우진은 방송에서 창수에게 들었던 얘기가 나오자 조용히 기다렸다. 수정고와 관련된 사람들 역시 1회전에서 질 거라 생각하지 않는지 응원 소리가 더욱 커졌다.

—수정고 타자들, 슬라이더 대처를 못 합니다. 지금 제가 보는 게 맞는지 확인이 필요할 정도로 충격적이네요. 3학년이 빠진 첫 경기인데 이렇게 돼버린다면, 수정고는 벌써부터 내년이 걱정되겠는데요. 상대 팀에 3학년 두 명이 끼어 있다고 해도 거의 신인들이나 다름없습니다. 멘탈 부분에서 차이가 너무 크게 나네요.

상대 팀은 선발부터 운영까지 전부 창수가 말한 대로였다. 다만 수정고 선수들이 제 실력을 못 내고 있었다. 전광판에 적힌 2 : 0이라는 숫자가 좀처럼 변하지 않았다. 그리고 어느덧, 9회 말 수정고의 마지막 공격이 되었다.

"선생님, 정말 지겠는데요?"

"이번 공격이면 끝이죠?"

"네, 벌써 투 아웃이에요. 진 거 같아요."

미자의 설명을 들으며 지켜보던 우진은 상당히 난감했다. 기껏 후원까지 했는데 첫 경기에서 져버리면, 우진은 그렇다 쳐도 제품이 노출되어야 하는 최 대표의 'Position'으로서는 상당한 타격이었다.

그때, 큰 소리가 경기장에 울렸다.

따악!

"쳤다!"

"아웃이에요. 졌네요."

정말 이렇게 져버릴 줄은 몰랐던 우진은 이 상황을 어떻게 받아들여야 할지 난감하기만 했다. 문제를 알아보고 싶은 마음은 굴뚝같았다. 선수들이 고개 숙인 채 경기장으로 나와 인사를 하고 경기장을 빠져나갈 때까지 지켜보던 우진은 깊은 한숨을 뱉었다.

"선생님, 선수들이 지고 싶어서 진 건 아닐 거예요. 이번 대회가 크긴 하지만 내년도 있으니까 잘 준비하면 될 거예요."

우진은 일어서서 선수들을 향해 박수까지 보내는 미자의 말에 그나마 위안을 삼고 고개를 끄덕였다. 그때, 옆에서 지켜보던 장 노인이 잔뜩 화가 난 얼굴로 입을 열었다.

"에이, 매가리가 없어! 괜히 봤고만! 우리도 이만 가지!"

우진은 씁쓸한 얼굴로 자리에서 일어났다.

*　　　*　　　*

1회전에 탈락하고 학교로 돌아온 수정고 학생들은 누구 하나 오늘 경기에 대해 말을 꺼내는 사람이 없었다.

감독과 코치들까지 있었지만, 그들도 입을 열지 않는 건 같았다. 문까지 닫아놔 찜통 같은 부실에서 다들 땀도 닦지 않은 채 침묵했다.

그때, 야구부 문을 열고 창수가 들어왔다.

"감독님… 교장 선생님이 찾으세요."

"그래?"

감독은 그제야 일어나더니 선수들을 주욱 둘러봤다.

"나야 계약직이니까 다른 곳에 가도 상관없다. 그런데 너희는 아니야. 한 경기, 한 경기가 시험받는 무대이고 너희 앞날이 달린 경기이다. 오늘 진 건 어쩔 수 없다고 해도, 지금 너희들이 흘리는 땀이 눈물이라고 생각하며 반성하고 자책해

라. 그리고 오늘 패배를 밑거름 삼아 더욱 훈련에 매진하길 바란다. 이상. 오늘은 훈련 없으니까 전부 들어가라."

감독이 나가자, 코치들까지 뒤따라 나갔다. 선수들끼리 남아 있게 되자 3학년 야구부원들이 들어왔다.

"이 새끼들 전부 엎드려."

선수들은 이미 예상이라도 한 듯 엄청난 속도로 엎드렸다. 물론 끼어 있던 창수도 빠질 수가 없어 함께였다.

"쓰레기 같은 새끼들! 강원도 대표? 두진고? 이름도 없는 학교한테 졌어? 그래, 질 수 있다고 쳐. 너희가 한 게 야구야? 시발, 중학생들 데려다 놔도 너희처럼은 안 해! 야, 주영이 넌 일어나. 공 던지느라 수고했다. 집에 가서도 찜질 잘하고 먼저 들어가라."

"아니에요… 저도 같이 있을게요."

창수는 엎드린 채 오늘의 투수인 주영을 봤다. 창수가 보기에도 주영은 아무런 문제가 없었다.

흔한 땅볼도 못 잡는 내야 수비수들, 잡을 만한 플라이조차 놓치던 외야 수비수들. 전체적으로 수비가 문제였다.

그때, 3학년 중 한 명이 창수를 발견하고 일으켜 세웠다.

"넌 누구냐?"

"네? 아! 전… 야구부에 새로 들어온 장창수입니다."

"포지션은?"

"그게… 전력 분석원입니다."

"뭐야? 우리 학교에 그런 것도 있었어?"

3학년은 창수를 물끄러미 보다가 질문을 했다.

"그래, 분석원 네가 보기에 왜 졌냐? 부원이라고 감싸지 말고 제대로 말해라."

창수는 엎드려 있는 선수들을 봤다. 아무래도 현실을 제대로 받아들여야 발전할 수 있다는 생각에 창수는 입술을 꽉 깨문 뒤 입을 열었다.

"전체적으로 문제가 있지만, 그 문제가 저도 왜인지는 모르겠습니다."

"뭐야? 너 전력 분석원이라며."

"아, 그게 선수들이 왜 제 실력을 발휘하지 못했는지를 모른다는 겁니다. 경기 전 슬라이더를 집중적으로 연습하고 공략하기로 했는데, 오늘 타자들 전부 어깨가 굳어 보였어요. 구일이 같은 경우만 해도, 평소엔 레벨 스윙으로 휘두르는데 몸이 경직됐는지 다운스윙으로 치더라고요. 그래서 계속 쳐도 땅볼이 되고. 다른 선수들도 마찬가지고요. 그리고 수비도… 평소라면 슬라이딩 안 하고 스텝으로 충분히 잡을 만한 공도 아예 발이 굳은 것처럼 움직이질 못하더라고요. 선수들 옷을 보시면 알겠지만 전부 슬라이딩을 해서, 송구가 느려지고 자세도 불안정하고……."

창수가 본 대로 줄줄 설명하자 3학년들이 모여들었다. 그러더니 창수를 신기한 얼굴로 쳐다봤다.

"너 뭐냐……? 해설 위원이야?"

"아니요… 그냥 그렇게 보여서……."

"알았어. 일단 넌 앉아 있어."

창수는 어정쩡하게 서 있다가 결국 조용히 엎드렸다. 그러자 옆에 있던 같은 반 최구일이 시뻘게진 얼굴로 조용히 입을 열었다.

"야, 앉아 있지. 왜 또 엎드려."

"나도 야구부원이잖아."

최구일은 창수의 대답을 듣더니 자신도 모르게 씨익 웃었고, 당연히 3학년들에게 걸렸다.

"최구일 웃어? 일어나. 이 자식이 제일 문제야. 너 지금 스카우터들이 너 찍어놨다고 못해도 된다고 생각하는 거냐?"

"아니요……."

"근데 오늘 왜 그따위로 했어?"

최구일은 짧은 머리를 비비적거리며 입을 내밀었다.

"그게 경기 전부터 기자들이 계속 촬영하고 시합 전인데도 인터뷰하고 그래서……."

"뭐? 운영진은 뭐 하고!"

"그게, 협회에서 허락했다는데요… 그래서 애들이 좀 들뜬 것도 있고… 그런 상태에서 지고 있다 보니 플레이가 초조해진 거 같아요. 저도 그렇고."

"변명 집어치우고. 기자가 와봤자 얼마나 왔다고."

"정말이에요. 라커 룸 앞에서 대기하고 막 그랬어요. 화장실만 가려고 해도 붙잡고. 라커도 막 두드리고……."

3학년에게는 쉽게 이해가 되지 않는 말이었다. 스포츠 기자라면 선수들의 컨디션 관리 문제 때문에 조심스럽게 접근하지, 이렇게 막무가내로 취재하는 기자들은 없었다.

"어디 기자냐? 우리 학교 담당하던 그 기자야?"

"아니요… 진짜 많았는데. 체육회에서 직접 붙인 기자도 있고. 또 패션 잡지에서 나온 기자도 있고… 저희 우승하면 모델로 쓴다는 얘기도 하고……."

"이런 미친놈들이! 감독님은 뭐 하시고!"

"체육회에서 어떤 사람이 와서 감독님 붙잡고 있어가지고……."

3학년들의 얼굴이 찌푸려졌다. 이유를 듣자 어느 정도 수긍이 갔다. 하지만 그렇다 하더라도 져서는 안 되는 경기인 건 변함없었다.

*　　　　*　　　　*

내년에 있을 신인 드래프트를 염두하고 전국체전 경기를 봤던 에이치 이글스의 스카우터와 프런트는 오늘 경기에 대해 논의 중이었다. 지긴 했지만, 아직 한 경기를 졌을 뿐이라 크게 개의치 않는 분위기였다.

"우리 성적이 좋다 보니까 그것도 문제네요, 하하. 내년에는 지명권이 젤 마지막으로 올 수도 있겠습니다, 하하하."

"그래서 일단 투수보다는 수정고 최구일을 봤는데, 일단 수비가 굉장히 안정적이에요. 당장 1군에 올려도 될 정도로. 발도 빠르고. 타격이야 가르치면 되니까."

"그 자식 저번에 볼 때는 날아다니더니 오늘은 아주 죽 쑤던데요? 하하."

"아직 고등학생이잖아요. 오늘 아마 단단히 데었을 겁니다. 프로야구에 오면 매스컴부터 팬들까지 아주 난리를 칠 텐데 미리 경험해 봤다고 생각해야죠."

"그런데 수정고가 아무리 잘한다고 해도, 왜 다들 갑자기 고교 야구에 관심이 많아졌지?"

"아! 그거, 하하하. 그 유명한 디자이너 있지 않습니까. 엄청 유명한데 이름을 까먹었네. 아무튼 그 사람이 유니폼 만들었답니다. 인터넷 한번 보세요. 오늘 이긴 두진고 얘기는 없고 죄다 수정고 얘기지. 하하하."

프런트 직원들이 인터넷을 검색하자, 정말 오늘 경기에 이긴 두진고 얘기는 없었다. 그렇다고 수정고 패배에 대한 얘기가 있는 것도 아니었다. 그냥 수정고 선수들에 초점이 맞춰져 있었다.

"우리 선수들도 이렇게는 안 해주겠는데? 유명세가 엄청나네요."

"와, 얘네 옷 봐요. 하하하, 무슨 프로선수들보다 더 좋은데요?"

"그러게요. 재질도 우리랑 비슷하네. 가만 보자. 하하, 무슨 고등학생이 쿨 베이스를 써. 우리도 쿨 베이스로 입은 지 얼마 안 되는데. 여기 허벅지는 뭐야. 요즘 고등학교 야구복에도 누빔 처리해요?"

"하는 학교도 있고, 슬라이딩 팬츠만 입는 학교도 있고. 다양하죠."

"무슨 옷만 보면 프로선수들 같네. 애들이 잔뜩 얼 만도 하네. 우리 선수들이나 입혔으면 좋겠네."

프런트 직원들은 모두 동의한다는 듯 고개를 끄덕였다. 그렇다고 저들에게 유니폼 제작을 맡길 순 없었다. 2015년까지만 해도 스포츠 브랜드에서 협찬을 받았지만, 지금은 아예 자체적으로 생산하고 있었다. 그 편이 구단으로서는 훨씬 이득이었다. 팬들이 사는 유니폼으로 벌어들이는 수익이 생각보다 굉장했고, 유니폼에 부착하는 광고만으로도 구단 운영비를 상당 부분 충당하고 있었다.

"참, 선수들한테 좋을 게 있어도 입히질 못하네."

"하하, 그래도 이번에 성적이 좋아서 신인 선수들한테도 협찬 제의가 들어온다고 하지 않습니까. 그런데 여긴 어디예요?"

"'Position'이라고 새로 생긴 신생 브랜드입니다. 스파이크도 제작한다고 그러더라고요."

"그래요? 괜찮으려나?"

"아직 모르죠. 우리로서는 선수들이 원하는 걸 맞춰줘야 하니까요."

"한번 물어나 봐요. 우리 서산 애들한테도 지급해 줄 수 있는지."

"2군이요?"

"선수들 개인 장비 다 각자 사는데, 신생 브랜드면 그 정도도 고마워할 거 아니에요. 2군 선수들도 써보고 괜찮으면 계속 쓸 테고, 그럼 서로 윈윈이잖아요."

"오! 좋은데요? 어차피 2군 유니폼도 맞춰야 하는데, 그것도 부탁해 봐야겠네요."

"일단 한번 만나나 보고 판단하죠. 하하."

에이치 이글스의 프런트 직원들은 2군 선수들을 생각하며 열의를 불태웠다.

*　　　　*　　　　*

인터넷 중계로 야구 경기를 본 최 대표는 설마 이런 경기 결과가 나올 줄은 상상도 못 했다.

대표실이 따로 있는 게 아니어서 함께 야구를 봤던 직원들도 탄식을 뱉으며 난감해했다. 몇 없는 직원이지만 그동안 모두 힘들어도 활기 넘치는 얼굴이었는데, 활기 대신 근심이 가득한 얼굴이 가득했다.

최 대표도 걱정되었지만, 자신까지 실망하는 표정을 지으면 직원들이 흔들릴 수 있다는 생각에 애써 표정 관리를 했다. 그러고는 다시 야구 결과를 확인했다.

유니폼이나 스파이크 자체는 상대편에 비교하기도 힘들 만큼 눈에 띄었다. 다만 그런 옷을 입고 실력 발휘를 못 했다.

처음부터 큰 기회가 왔다 생각하고 잘 풀릴 거라고 여겼는데 아무래도 너무 이른 판단인 모양이었다. 조금만 더 노출이 됐더라면 분명 각광을 받았을 텐데, 하는 아쉬움이 가득했다. 이미 투자까지 받았고, 지금도 열심히 스파이크를 제작하고 있는 공장을 생각하니 아무래도 적자가 나는 건 아닐까 걱정되었다.

그렇다고 먼저 제안해 준 IJ를 원망할 수도 없었다. 애초에 천천히 시작했으면 모를까, 자신의 욕심도 한몫 거든 셈이다.

'좀 더 안정하고 천천히 시작했어야 했어… 후……'

그렇다고 여기서 멈춰 있을 순 없었다. 그러다 정말 시작도 못 해보고 망할 수도 있었다.

그때, 사무실에 전화가 울렸다. 직원은 사무실 분위기 탓인지 조용하게 전화를 받았다. 그리고 잠시 뒤 고개를 갸웃거리며 최 대표에게 다가왔다.

"대표님, 에이치 이글스 프런트라는데 우리 쪽하고 한번 만나보고 싶다고 그러는데요?"

"에이치 이글스요? 프로야구 구단?"

"네, 우리가 제품 뭐 만드는지 확인하는 거 보면, 스폰해 달라는 거 같아요!"

최 대표는 벌떡 일어났다. 한국에서 가장 인기 있는 스포츠가 야구였다. 그런 곳에서 먼저 연락을 할 줄은 생각도 해보지 않았고, 먼저 제의할 생각조차 못 했다. 동아줄이 끊어진 줄만 알았는데 알고 보니 튼튼한 사다리가 눈앞에 있었다.

*　　　　*　　　　*

다음 날, 최 대표가 아침부터 I.J로 찾아왔다. 우진도 걱정하던 부분이었기에 자신의 일처럼 기뻐했다.

"잘됐네요! 그럼 야구 중계에도 나오는 거예요?"

"하하, 아닙니다. 2군 선수들이니까 TV에 나오진 않지만, 저희 스파이크가 마음에 들어 계속 신다 보면 1군에 올라갔을 때도 TV에 나오지 않겠습니까?"

"그렇구나. 축하드려요."

"감사합니다, 하하. 그런데 저희가 유니폼을 제작하는 업체는 아니지만, 에이치에서 2군 유니폼을 제작해 주길 원하더군요. 그래서 선생님 의견을 여쭤보려고 왔습니다. 다른 건 디자인 자체가 크게 변형되지 않는데, 누빔 처리가 I.J 로고라서 저희가 사용해도 되는지 허락을 구하는 게 맞다고 생각해 찾아왔습니다."

우진은 씨익 웃었다. 만들기만 하면 특허에 등록하는 매튜였다. 당연히 지금 누빔 처리 방식도 등록 중이었다. 그래서 약간 미안한 마음도 들었다. 후원이라는 명목으로 수정고에 지원했는데, 1회전 탈락으로 어디에서도 I.J 로고를 볼 수 없게 되었다. 쓸모없어졌다고 생각했는데 다행히 더 큰 이득을 보게 되었다.

최 대표 말로는 유니폼에 부착하는 광고 하나가 일 년에 몇억, 많게는 10억까지 간다고 했다. 즉 돈도 들이지 않고 I.J 광고를 할 수 있게 되었다.

지금도 저절로 유명해지고 있는 덕에 광고가 절실히 필요하진 않았지만, 자신이 벌인 일 때문에 그동안 하지 않아도 될 고생을 한 직원들에게 미안했다. 그런데 유명 야구 구단 선수들이 유니폼을 입게 된다면, 다들 고생도 아니라고 생각할 게 분명했다. 우진은 미소가 가득한 얼굴로 고개를 끄덕였다.

*　　　　　*　　　　　*

며칠 뒤.

2군 정규 리그가 끝났음에도 에이치 이글스 2군 선수들이 서산 연습장에 모였다. 그리고 몇몇으로 나뉘어 스파이크를 보며 대화를 나눴다.

"스파이크를 만들면서 발을 본떠 가는 건 처음 봤어요."

"유명한 선수들은 그렇게 하잖아. 맞춤 신발. 그런데 우리한 테까지 그럴 줄은 몰랐네."

"그러게요. 디자인도 마음에 들고."

전부 다 지급받은 건 아니었고, 필요한 선수들에 한해서 지급했다. 부상으로 잠시 2군에서 재활 중인 선수들은 자신이 쓰던 장비를 그대로 사용했고, 1군과 2군을 왔다 갔다 하는 선수도 마찬가지였다. 운동선수는 쓰던 장비를 함부로 바꾸지 않기 때문이다. 다만, 2군 퓨처스 리그에 오래 있었거나 신인 선수들은 자신들에게 들어온 후원이 감사했다.

2군 선수들은 스파이크를 착용했고, 이내 서로의 얼굴을 보며 고개를 갸웃거렸다.

"장난 아니다. 뭐야, 길들일 필요도 없겠는데?"

"진짜요. 뭐 이렇게 편해. 신기하네."

"이름 없는 데라서 조금 걱정했는데 미안할 정도로 마음에 드네."

"저도요. 와, 장난 아닌데요? 점프해도 편한데요?"

"다른 장비는 없나? 보호대도 하나 사야 하는데. 한번 찾아 봐야겠다."

"없더라고요. 그냥 오로지 스파이크만 만드나 봐요."

그때, 직원들과 함께 와 있던 최 대표가 미소가 가득한 얼굴로 선수들에게 다가갔다.

"어떠십니까?"

"일단 뛰어봐야 알겠지만, 느낌은 좋은데요?"

"하하, 저희 제품이어서가 아니라, 다른 업체 제품에 비해 편하면 편했지 결코 부족하지 않을 겁니다. 열심히 써보시고 판단해 주십쇼. 저희하고 계약하신 분에 한해서 무한 협찬해 드립니다."

스파이크 징만 교체해서 신는 선수도 있었기에, 최 대표의 말에 다들 얼굴이 밝아졌다. 모든 스포트라이트를 받는 1군과 달리 2군에서 이런 관심을 받은 적은 처음이었다.

"내일부터 일주일간 훈련해 보시고 그 뒤에 간단히 계약하는 게 좋으시겠죠?"

"저희야 뭐 고마운데……."

"그리고 유니폼은 구단에 먼저 드렸습니다. 경기복하고 훈련복하고 따로 차이를 두지 않았습니다, 하하."

이곳에 있는 2군들은 시즌이 끝났지만, 에이치 이글스의 일정이 전부 끝난 건 아니었다. 만년 꼴찌였던 1군이 가을 야구를 하게 되었고, 다음 주부터 준플레이오프를 치렀다. 그래서 2군 선수들도 언제 불려 갈 줄 모르는 대기 상태였다.

최 대표는 자신의 할 일이 끝나자 선수들에게 일일이 인사를 했다. 아직 안면이 없어서 서먹했지만, 선수들도 최 대표에게 인사를 건넸다. 최 대표가 사라지자 곧바로 프런트 직원과 코치, 감독까지 모두 나와 선수들을 불러 모았다.

"치수는 말 안 해도 된다. 각자 박스에 이름 쓰여 있으니 그
거 들고 가."

선수들은 새로운 유니폼을 궁금해하며 상자를 뜯었지만,
디자인 자체가 변한 게 아니어서 이내 상자를 닫았다.

"그리고 투수 차우승, 정시원, 유격수 최찬민 1군 엔트리 등
록했으니까 오늘 훈련할 때 안 다치도록 조심하고. 10분 뒤에
훈련 시작할 테니 각자 모이도록."

감독의 말이 끝나자 선수들은 곧바로 박스를 들고 로커로
향했다. 다들 연습에 늦을세라 부랴부랴 이동했다. 그리고 잠
시 뒤, 선수들은 각자 포지션에 맞게 훈련 장소에 모였다.

"찬민아, 너답지 않게 왜 그렇게 얼어 있어. 하하, 너 그러다
경기하기도 전에 다친다."

"1군 오랜만이라 긴장되잖아요. 게다가 준플레이오프인데
실수하면 어떡해요."

"넌 실수할 생각부터 하냐. 아마 용주 선배 컨디션이 안 좋
아 보여서 여차하면 너 쓰려고 그러는 거니까 걱정 마라. 네
가 콘택트도 좋고 달리기도 엄청 빠르잖아."

1군에 등록된 최찬민은 가볍게 1루 베이스 러닝을 하고 돌
아와 다시 순서를 기다렸다.

"그런데 너, 새 유니폼 입고 나왔냐?"

"네. 이거 무상 지원이라면서요."

"이 바보야. 하하하, 그건 스파이크만이랬잖아."

"뭐야! 속았네."

"속기는… 네가 잘못 들었지. 그런데 새 유니폼을 입어서 그런가. 어찌 너 좀 날렵해 보인다?"

"형도 입어봐요. 생각보다 편해요. 치수도 재더니 잰 이유가 있어요. 스파이크도 그렇고, 유니폼도 그렇고. 여기서 장비 나오면 한번 사볼 만할 거 같아요."

그때, 주루 코치가 최찬민을 불렀다.

"최찬민부터 들어가. 1차 리드 벌리고 바로 스탠스 취해."

"네!"

"고! 야! 숏피치잖아. 지금! 다리도 긴 놈이! 다음!"

최찬민은 고작 1루에서 2루로 뛰었을 뿐이지만, 그만큼 전력 질주를 했기에 숨을 헐떡였다. 슬라이딩까지 마치고 돌아온 최찬민은 옷에 묻은 흙먼지를 털며 입을 열었다.

"아, 개힘들어."

"야, 너 다리 왜 그렇게 좁아?"

"아! 이거 신발 때문에! 형은 안 그랬어요? 아, 형은 스파이크 안 받았지."

"왜?"

"이거 장난 없어요. 그냥 맨발로 뛰는 거 같아요. 원래 쓰던 스파이크 생각하고 밀릴 줄 알았다가 순간 넘어질 뻔했다니까요. 봐요. 중호 형도 저러네. 이거 진짜 좋아요. 형도 써봐요."

"됐어. 그런데 뭐냐? 엉덩이에."

"뭐가요?"

"네 엉덩이에 이상한 거 생겼는데? 뭐야?"

최찬민은 허리를 꺾다시피 돌려서 허벅지 부분을 살폈다. 흙이 묻은 곳에는 전에 보이지 않던 무늬가 생겨나 있었다.

"어? 뭐야, 이게? 좀 간지 나는데요?"

"미친놈."

최찬민은 자신의 엉덩이를 쓰다듬으며 씨익 웃었다.

*   *   *

며칠 뒤.

팟사라곤이 첫 출근을 했지만, 1층 사무실에는 아무런 변화가 없었다. 덩치가 덩치인 만큼 1층이 좁을 거라고 생각한 매튜는 팟사라곤을 아예 2층에 배치했다. 무엇보다 팟사라곤이 그리길 원했다.

팟사라곤은 첫 출근을 하고 하루 종일 2층에 있다가, 퇴근할 때가 되어서야 서류를 들고 내려왔다. 기존에 있던 것들을 전부 갈아엎겠다는 내용이었고, 새로 필요한 계약에 대한 내용들이었다. 우진은 전혀 모르는 내용이라, 매튜에게 넘긴 상태였다.

"원래 홈페이지에 홈페이지 이전을 걸어두고 아예 옮긴다는 말씀이시죠?"

"여기보단 제가 알아본 곳이 훨씬 낫습니다. 서버를 직접 관리하는 게 좋겠지만, 그러려면 저 혼자는 불가능하고 호스팅 해야죠. 거기 적혀 있는 것들 다 해서 글로벌 호스팅, 디도스 방어 호스팅까지 한국 돈으로 월 450만 원 정도 들어갑니다."

그 대화를 들은 우진은 속으로 열심히 계산을 했다.

제프 우드와 헤슬 덕분에 여유가 생기긴 했지만, 아직까지 우진이 만드는 옷은 여전히 기본 100만 원이었다. 게다가 거의 한 달 넘는 기간 동안 돈이 되는 일을 하지 않았다. 나중을 보고 하는 일이지만, 지금 당장이 걱정되는 건 어쩔 수 없었다.

'하루에 한 벌씩 만든다고 해도 5일…….

생각을 안 하려고 해도, 숍을 운영할수록 배보다 배꼽이 더 커졌다.

그때, 밖에 나갔던 홍단아와 미자가 쇼핑백을 들고 들어왔다.

"카우 실장님, 지금 퇴근하세요? 그럼 너무 많이 사왔네. 야구 보면서 먹으려고 치킨하고 맥주 사왔는데!"

우진은 두 사람이 누구한테 하는 소리인지 몰라 상황을 파악했다. 그때, 팟사라곤이 활짝 웃으며 대답했다.

"야구 보고 퇴근할 겁니다?"

그 모습을 보던 우진은 고개를 갸웃거리며 입을 열었다.

"팟사라곤 씨가 카우예요? 소? 왜요?"

그러자 홍단아가 웃으며 말했다.

"이름이 어려워서 태국에선 예명처럼 부른다던데요. 팟사라곤 실장님 얼굴이 하얘서 카우로 불렀대요. 태국 말로, 흰색이라고 그랬던 거 같아요."

"아, 그래요?"

우진은 팟사라곤의 이름이 어려우니 잘됐다고 생각했다. 카우도 이상하긴 했지만, 팟사라곤보다는 백배 나았다.

"이제 시작할 때 됐어요! 먼저 올라가서 준비할게요. 실장님, 저희 먼저 올라가요!"

"선생님, 천천히 올라오세요."

미자와 홍단아가 올라가자 우진도 사무실을 정리했다. 우진은 매번 그렇듯 칼같은 정리를 하고 나서야 매튜와 팟사라곤을 돌아봤다. 매튜는 의사 표현이 확실하기에 걱정이 없었지만, 팟사라곤은 오늘이 첫 출근인데 억지로 야구를 보는 건 아닌가 싶어 질문을 던졌다.

"올라가시죠. 참, 카우 씨는 야구 안 좋아하는데 억지로 계시는 거 아니시죠?"

"팟사라곤입니다?"

"네……?"

"제 이름, 카우 아니고 팟사라곤입니다?"

팟사라곤이 갑자기 정색하는 통에 우진은 머쓱한 미소를

지었다. 그래도 다행히 야구 시청을 거절하지는 않았다.

함께 3층으로 올라가자 다들 벌써 상까지 펴놓고 한창 준비 중이었다. 언제나 그랬듯이 집주인인 세운은 소파에 앉아 있었고, 나머지 사람들이 준비하고 있었다.

"저러니까 저 나이까지 장가를 못 가는 게야, 쯧쯧."

"아니! 못 간 게 아니라 안 간 거거든요. 우진아, 이 영감님 좀 어떻게 해줘라. 하루 종일 잔소리네."

우진은 피식 웃으며 자리에 앉았다. 그러자 다들 상에 둘러앉아 회식 아닌 회식이 시작되었다.

"아니, 이 양반은 자리도 넓은데, 왜 이렇게 끼어들어. 이봐, 카우! 넓게, 넓게 앉자고!"

"팟사라곤입니다?"

"아, 안다고! 어이가 없네. 참."

우진은 세운과 팟사라곤의 모습을 보고 팟사라곤이 카우라는 호칭을 싫어하나 보다 생각했다. 그때, 야구가 시작되었다.

─준플레이오프, 에이치 이글스 대 SiA 타이거즈의 경기가 있는 SiA 챔피언스 필드에 관객이 모두 들어섰습니다. 과연 오늘 경기로 에이치 이글스가 승리를 따내느냐, 아니면 SiA 타이거즈가 플레이오프로 올라가느냐. 그 행방이 결정되는 중요한 경기인데요.

에이치 이글스는 5전 3선승제로 이뤄지는 준PO에서 벌써 2패를 했다. 우진은 야구에 큰 관심은 없었지만, 최 대표가 밝은 목소리로 전한 소식을 떠올리고 다시 집중했다.

"그런데 오늘도 안 나오는 거 아니야? 최 대표가 분명히 1군에 올라갔다고 말했어?"

"네, 지원받은 선수 두 명이 올라갔다고 하더라고요."

"그런데 왜 그렇게 안 나와."

그때였다.

—에이치 이글스 한재영 감독이 아주 큰 모험을 하고 있네요. 최찬민 선수가 퓨처스 리그에서 괜찮았다고 해도 아직 신인인데, 이런 큰 무대에서는 분명 부담감을 느낄 거거든요? 지금 타석에 들어서는 얼굴도 굳어 보입니다. 긴장감을 좀 풀어줄 필요가 있어요.

전부 신발만 보고 있는 통에, 다들 단번에 최찬민이 스파이크를 지원받은 선수임을 알아챘다.

"뭐야! 좀 좋게 말해주지!"

우진은 수정고처럼 설레발치지 않기 위해 내색하지 않고 마음속으로 응원했다. 그때, 최민한이라는 선수가 1루에 나갔다.

—초구 기습 번트라니요! 완전 상상도 못 했습니다. 타구가 잘 멈춘 것도 있지만, 그것보다 엄청난 속도네요. 포구가 되기 전에 이미 1루에 도착했어요. 하하, 정말 빠르네요. 이러면 시작부터 에이치 이글스의 분위기가 좋은데요? 어? 주자 뛰었습니다! 하… 지금 제가 본 게 맞습니까? 포수 송구가 늦은 것도 아닌데 여유 있게 세이프입니다.

우진은 조용히 박수를 보냈지만, 마음만은 TV 속에 보이는 관중들처럼 환호했다.

—

제2장

팟사라곤

이미 승패는 결정되었다. 9회 초인 지금, 벌써 점수는 11 : 2였다. 그동안 패배한 설움을 쏟아내듯 에이치 이글스의 타석이 불을 뿜었고, 그 중심에 2군에서 올라온 최민한이 있었다.

"저렇게 잘하는데 왜 2군이야! 툭 쳐도 살아나가네. 오늘 도루 3개지?"

우진은 고개를 끄덕거리며 지금도 3루에 나가 있는 최민한을 봤다. 주로에 깔리는 인필드 믹스라는 흙은 모래와 진흙을 섞어 쓰는데, 푹신하긴 해도 슬라이딩을 하면 옷에 그대로 묻었다.

그리고 최민한은 오늘 헤드퍼스트슬라이딩부터 레그 슬라

이딩까지 가리지 않고 엎어진 결과, 지금 온몸 전체에 흙이 묻어 있었다. 그러다 보니 자연스럽게 허벅지부터 종아리에 LJ의 로고가 새겨진 것이 보였다. 특이한 모양이라 최민한이 화면에 나올 때마다 자연스럽게 중계석에서 언질을 했다.

　

　—하하, 이제야 박승지 리포터한테서 정보가 들어왔네요. 지금 3루 주자 최민한 선수가 입고 있는 옷이 2군 유니폼이라고 하는군요. 얼마 전에 있었던 전국체전에서 수정고가 입은 유니폼하고 같은 유니폼인데, 이번에 에이치 이글스의 새롭게 보급된 유니폼이라고 합니다.

　—아! 그랬군요. 역시 선수들 복지가 최고라는 에이치 이글스답네요. 그런데 2군 유니폼을 입고 뛰어도 되는 건가요?

　—규정상 문제는 없다고 하네요, 하하. 예전에 허영민 선수만 하더라도 관중석에서 자기 이름이 적힌 유니폼을 빌려 입은 경우도 있으니까요, 하하.

　—어! 폭투입니다. 다행히 포수가 몸을 날려 블로킹했네… 홈스틸! 홈스틸! 세이프입니다!

　

　"우와! 최민한! 최민한!"

　관중석이 떠나갈 듯 고함이 쏟아졌다. 관중들은 최민한의 이름을 끊임없이 연호했고, 최민한은 더그아웃에 들어오며 관중들을 향해 헬멧을 벗고 인사했다.

—이거 SiA 선수들 화나겠습니다. 오늘 경기가 끝난 건 아니지만, 내일 경기가 기대되는군요. 하하, 오늘 MVP는 보지 않아도 알겠습니다. 대단하네요.

상대편은 홈스틸을 당했다는 것에 화가 나는지 전부 입술을 깨물고 있었다. 해설자들의 말대로, 경기는 에이치 이글스의 승리로 끝이 났다. 당연히 3차전 MVP는 2군에서 올라온 최민한이었다.

최민한은 흙이 잔뜩 묻은 유니폼을 입은 채 MVP 인터뷰 자리에 섰다.

—정말 놀랐어요! 이런 말 해도 될지 모르겠는데 관중석에서 사람이 아니라는 말까지 나오더라고요.

—그랬나요? 하하.

—오늘 도루만 4개네요. 그중 하나는 홈스틸! 두 번째 타석만 제외하면 주루에 나갔을 때 무조건 도루를 하셨는데 성공률도 100%고요. 대단하세요. 오늘 작전에 있었던 건가요?

—아, 그건 아니었는데요. 하하, 사실 첫 타석에선 엄청 얼었어요. 몸이 굳어서 칠 수 있을 거 같진 않더라고요. 그렇다고 그냥 물러설 순 없었거든요. 기회를 주신 감독님에게 보답하고 싶었어요. 그래서 번트를 댔고, 운 좋게 살아 나갈 수 있

었습니다. 일단 살아 나가니까 그다음부터 긴장이 풀리더라고요. 그러다 보니까 좋은 결과가 있었던 것 같습니다.

―대단하시네요. 오늘 팬들에게 최민한이라는 이름을 각인시키셨는데, 앞으로의 포부를 말씀해 주세요.

―포부라고 할 것까진 없고요. 일단 한국 시리즈 우승하는 데 도움이 되는 게 일 차 목표고요. 두 번째는 더 열심히 해서 제가 타석에 들어섰을 때, 저만의 응원가를 들어보는 게 꿈입니다, 하하.

―호호호, 지금 당장 팬들이 응원가 만들라고 난리 나겠는데요? 응원 팀이 바빠지겠어요. 호호, 감사합니다. 지금까지 Sport TV 박승지였습니다.

매튜에게 간단히 통역해 준 우진은 기분 좋은 얼굴이었다.

최민한이 유니폼이나 스파이크에 대해 언급하지 않았지만, 해설진을 통해 언급되었기에 충분히 만족했다. 좋은 성적으로 대중들에게 노출해 준 것만으로도 감사했다. 그런데 인터뷰가 끝나려는 참에, 최민한이 급하게 입을 열었다.

―아! 맞다! 오늘 야구장에 부모님이 오셨거든요! 아빠, 엄마! 나 MVP 먹었어! 하하, 그리고 아무런 조건 없이 저희 에이치 이글스 2군을 후원해 주신 최 대표님 감사합니다! 하하하, 저만 그런 게 아니라 다른 2군 선수들도 최 대표님 덕분

에 프로선수라는 자부심을 느낄 수 있었어요.

"우리는, 우리는! 더 말해! 우리도 말해줘!"

세운을 비롯해 모두가 TV에 바짝 붙었다. 하지만 기대와 달리 I.J에 대한 언급은 없었다. 그래도, 최 대표를 언급한 내용만으로도 고마웠다.

비록 한 경기 승리지만, 관심이 높은 준플레이오프에서 대중들에게 제대로 각인되었다.

"이거, 이거. 앉아서 돈 들어오는 소리가 들리는고만?"

* * *

다음 날.

'Position' 최 대표는 정신이 나갈 정도로 바빴다. 정규 방송으로 경기를 본 탓에 인터뷰까진 보지 못했는데, 아침에 회사로 오니 난리도 이런 난리가 아니었다.

에이치 이글스의 프런트에서 2군 선수들을 후원해 주는 곳이 'Position'이라고 밝힌 모양이었다. 회사까지 찾아오는 기자들은 당연했고, 전화로까지 인터뷰 요청이 쇄도했다.

"저희가 알아본 바로는 첫 발걸음이나 마찬가지셨는데, 2군 선수들을 후원해 준 이유가 있으신지요?"

"사실 처음은 아닙니다."

"그런가요?"

"하하, 기억하실지 모르겠는데 얼마 전에 있었던 전국체전에서 한 팀을 지원했습니다."

"그랬나요?"

기자들은 고개를 갸웃거렸고, 최 대표는 당연히 그럴 줄 알았다는 얼굴로 고개를 끄덕였다.

"수정고라고, 아쉽게 1회전 탈락한 팀입니다."

"어? 거기면 디자이너 임우진 씨가 디자인한 유니폼이잖아요. 체육회에서 그거로 홍보했다가 1회전 탈락해서 망했다는 소리까지 나오는데. 그런데 그때 'Position'도 같이 후원했었나요?"

"하하, 당연히 모르실 겁니다. 그때는 스파이크에도 I.J 로고를 사용했거든요. I.J에서 함께하지 않겠냐고 제의해 주셨고, 저희는 거기에 응했을 뿐입니다. 그런데 다행히 에이치 이글스에서 기회를 주셨고, 선수들을 후원할 수 있는 영광을 얻었네요."

"아……."

많은 기자들이 몰려 함께 인터뷰를 진행했다. 기자들은 생각보다 재미있게 얽힌 얘기에 흥미진진한 얼굴이었다.

"I.J라면 편한 옷으로 인지도가 세계에서 급상승한 브랜드인데, 디자인만 넘긴 건가요?"

"하하, 아니죠. 유니폼은 규격이 있으니, 임우진 선생님이 특별 고안하신 누빔 처리를 제외하고는 특별히 다르지 않습니다. 선수들이 좀 더 안전하게 경기할 수 있도록 많은 신경을 쓰셨습니다. 스파이크는 기존 스파이크와 조금 다릅니다. 선수용과 일반용으로 나뉘었지만, 일반용도 고객이 원할 시엔 발 모양을 본떠 제작할 수 있습니다. 선수용처럼요."

"그렇군요! 이게 그 스파이크군요."

"네, I.J의 구두 디자이너이신 마세운 씨가 저희 'Position'에 기술이전을 해주셔서 상당한 노하우가 들어가 있는 제품입니다."

"와… 신어봐도 될까요?"

"물론이죠. 일반용이라 선수용보다 편하진 않겠지만, 그래도 충분히 편하실 겁니다."

최 대표는 미리 준비해 놓은 스파이크를 기자들에게 나눠주었다. 스포츠 기자들답게 많은 관심을 보였다. 그중엔 직접 사회인 야구팀에 몸담고 있는 사람도 있었다. 그러다 보니 관심이 많을 수밖에 없었다.

"와… 굉장히 좋은데요? 가격이 상당하겠는데요?"

"하하, 일반용은 11만 원입니다."

"11만 원? 생각보다 저렴한데요? 선수용은 더 비싼가요?"

"네. 선수용은 저희가 직접 본을 뜨기 때문에 아무래도 가격이 상승할 수밖에 없습니다. 요구에 따라 달라지지만 보통 25만 원 정도 합니다."

기자들은 스파이크를 내려놓았지만, 무척이나 아쉬운 얼굴이었다. 부탁하면 최 대표는 당장에라도 스파이크를 줄 것 같았는데, 김영란법 때문에 함부로 받을 수 없었다. 그러자 최 대표가 활짝 웃으며 입을 열었다.

"기자분들도 여러 가지로 곤란하시겠죠. 그렇다고 저희도 법을 어길 순 없고요. 저희가 직원 할인이 50%입니다. 그리고 이번에 제가 할당받은 쿠폰이 다행히 10장이네요. 구매하신다면 직원 할인가로 드리겠습니다."

그러자 기자들이 고민하는 듯하더니 이내 번쩍 손을 들었다.

"혹시 선수용도 할인 적용되나요?"

"아쉽지만, 선수용은 안 되네요, 하하."

"아… 그렇구나. 그럼! 265 일반용! 부탁드려요!"

최 대표는 활짝 웃으며 직원에게 손짓했다. 대기업에 몸담고 있어서인지 물이 들어오자 노가 아닌 모터를 달고 있는 중이었다.

*   *   *

며칠 뒤.

에이치 이글스의 기세가 하늘을 찔렀다. 2 : 0으로 지던 시리즈를 역전해 플레이오프에 진출했다. 당연히 3회전부터 선발 출전해 뛰어난 경기력을 선보인 최민한에게 관심이 쏠렸다. 그러다 보니 자연스럽게 Position과 I.J에도 관심이 쏟아졌다.

우진은 매번 관심이 쏟아질 때마다 피곤함을 느꼈기에 당연히 최 대표도 피곤할 거라 생각했는데, 전혀 아니었다.

"대단한 거 같아요. 오늘 강남에 1호점 오픈한다던데."

"벌써 체인점 문의도 많이 들어왔다고 합니다. 그리고 내년부터는 프로야구 구단 한 곳에 더 서포트해 주기로 했답니다."

"정말 대단하네요."

우진이 진심으로 감탄하자, 사무실로 내려와 있던 세운이 피식 웃었다.

"감탄할 때야? 참."

"대단하잖아요. 역시 경험이 중요한가 봐요."

"그런 것도 있지. 그런데 우리하고는 다른 구조니까. 그리고 그놈이 고민을 안 해. 앞에 보이면 무조건 부딪치고 봐. 직원 수 엄청 늘리고, 투자받아서 공장도 하나 더 인수한다더라. 아예 스포츠 용품 전문으로 나가려고 그러는지, 방망이 만드는 회사랑 콘택트 준비 중이래. 역시 큰물에서 놀던 놈이라 달라."

우진도 인정하는 얼굴로 고개를 끄덕였다.

"그리고 수정고 얘기도 엄청 나오더라고. 정작 중요한 선수들은 제쳐두고 오로지 전국체전 홍보에만 힘쓴다고, 지금 한

국체육회가 욕 엄청 먹더라. 앞으로 무슨 규정도 바뀐다고 그
러던데. 대회 전 취재 금지? 이런 식으로."

"그래요?"

"뭘 그렇게 남 일처럼 물어봐."

"그냥요. 어차피 프로선수가 되려면 겪어야 할 일이잖아요.
전 잘 모르겠어요."

"이럴 땐 또 차갑네."

우진은 피식 웃으며 말을 돌렸다.

"그런데 저희 SNS하고 홈페이지 괜찮아요? 이제 예약받아
도 되겠죠?"

"네. 생각한 것보다 대단하더군요. 며칠 동안 저희 기사가
많아서 걱정했는데 아무런 문제없었습니다. 어제 일일 방문자
가 7만 명 정도 됐는데도 거뜬하더군요."

그러자 세운이 입술을 씰룩거렸다.

"맨날 노래 들으러 오는 애들이지. 이제 우리도 일해야지."

"해야죠. 그런데 팟사라곤 씨는 2층에서 한 번을 안 내려오
네요."

"그 이상한 놈! 내가 뭐라고 해도 못 들은 척해! 어제 가죽
왔잖아. 놓고 있는 거 확인하고 정리하는 것 좀 도와달라니까
바쁘다고 그러더라!"

매튜의 예상대로였다. 하지만 맡은 업무가 아니었기에 딱히
뭐라고 할 말은 없었다.

"그래서 홍 대리랑 정리하는데, 그 자식 웃긴 놈이야! 홍 대리가 든 건 죄다 뺏어서 지가 정리해. 키도 커서 사다리도 필요 없지! 힘도 얼마나 좋은지 아주 날아다니더라. 아주 홍 대리 부하야, 부하."

"그래요? 왜 그렇게 홍 대리님한테만 잘해주지?"

"몰라서 물어?"

"실장님은 아세요?"

우진은 자신을 한심하게 보는 세운의 눈빛에 고개를 갸웃거리며 매튜를 봤다.

"매튜 씨는 아세요?"

"압니다. 자꾸 징징대니까 듣기 싫어서 그런 거 아니겠습니까?"

"아… 그렇구나."

세운은 우진과 매튜를 보며 경악한 얼굴로 몸을 떨었다.

"아주아주… 둘 다 늙어 죽을 때까지 혼자 살겠어. 아주 끼리끼리 모여서 대단들 해."

우진은 모르겠다는 얼굴을 하고선, 말이 나온 김에 팟사라곤을 보러 갈 생각으로 일어났다. 그러자 매튜도 따라나섰고, 두 사람은 옆문을 통해 나란히 2층으로 올라갔다.

문을 열자 홍단아의 웃음소리와 팟사라곤의 웃음소리가 들렸다.

"카우 실장님! 완전 대단해요! 호호호."

"그렇습니까? 하하, 잠시만요?"

"어! 춤도 추게 할 수 있어요?"

"당연하죠?"

안에서 들리는 화기애애한 대화에 우진이 고개를 갸웃거렸다. 뒤늦게 올라온 세운이 고개를 저었다.

"저것들 하루 종일 저러고 있네. 야, 홍 대리, 카우 실장!"

"괏사라곤입니다?"

"아! 열받아!"

우진이 안으로 들어가자 홍단아가 급하게 모니터를 가렸다.

"뭐 하셨어요?"

"아니에요……"

홍단아가 말을 못 하자 세운이 혀를 차며 대신 말했다.

"하루 종일 이상한 만화 그려놓고 움직이네, 마네 그러고 있지."

"만화요?"

"몰라, 뭐 이상한 만화 쪼가리 같은 거 만들어서 그게 홍단아래."

*   *   *

우진은 모니터에서 움직이는 캐릭터를 가만히 바라봤다. 몸보다 두 배는 커 보이는 머리를 가진 캐릭터였다. 솔직히 비슷해 보이는 구석은 없었지만, 뒤로 묶은 머리와 I.J 유니폼을 입고 있는 것으로 홍단아라는 것을 추측할 수 있었다.

우진이 한참이나 모니터를 보고 있자, 팟사라곤이 시큰둥한 얼굴로 입을 열었다.

"할 일 다 하고 만든 겁니다?"

자꾸 질문하듯 말하는 팟사라곤이었다. 우진은 따로 할 말이 없어 고개만 끄덕거렸다. 게임이나 애니메이션에 관심이 없었던 우진은 모니터에서 시선을 뗐다.

"게임 회사에 있으셨다고 하더니 잘 만드시네요."

우진은 말에 팟사라곤은 별거 아니라는 듯 웃어넘겼다.

"그럼 이제 주문란 열고 주문 받아도 문제없나요?"

"지금 당장 열어도 문제없습니다?"

"네, 알았어요. 그럼 내일부터 여는 걸로 해요."

그때, 우진의 휴대폰이 울렸다. 번호를 보니 최 대표였다.

*　　　　*　　　　*

'Position'에 자리한 우진은 따로 응접실이나 사무실이 아닌 뻥 뚫린 공간에서 회사 전반적인 모습을 볼 수 있었다. 'Position' 직원들은 늦은 시간에도 퇴근도 못 하고 이리저리 바쁘게 뛰어다니는 중이었다. 함께 온 매튜는 그를 뿌듯한 얼굴로 지켜봤다.

"저분들이 바쁠수록 저희에게 돌아오는 러닝개런티가 늘어 납니다."

아직까진 금액이 가늠되지 않았다. 하지만 IJ를 유지하기 데 도움이 될 것 같은 마음에 기분 좋은 얼굴을 했다.

그때, 커피를 사 온 최 대표가 돌아왔다.

"하하, 탕비실이 따로 없거든요. 자, 드시죠."

최 대표는 며칠 못 본 사이에 얼마나 일이 많았는지 수척해 보였다. 얼굴 표정에서 바쁘다는 게 그대로 드러난 최 대표는 곧바로 업무 얘기를 꺼내놓았다. 매튜가 함께이다 보니 당연 히 영어로 대화가 오갔다.

"지금은 스파이크보다 유니폼에 대한 문의가 더 많이 들어 오는 중입니다."

이미 통화로 들었던 얘기였다.

"저희도 생각하지 못한 부분이라서 조금 당황스럽긴 했습니 다. 스파이크만 해도 지금 눈코 뜰 새 없이 바쁜데, 과연 이게 될까 싶더군요. 그래도 직원들과 회의 결과, 유니폼도 제작하 기로 했습니다, 하하."

"그럼 저번에 봤던 공장에서 하실 거예요?"

"아! 그럼요. 아예 그곳을 유니폼 전문 제작 공장으로 바꾸 고, 새롭게 공장을 알아보려 하고 있습니다. 그런데 아무래도, 디자인은 조금씩 바뀐다고 해도 기본 베이스가 선생님 디자인 이라서. 그리고 무엇보다 누빔에 IJ 로고가 들어가다 보니 저희 마음대로 할 수가 없어서 뵙자고 했습니다."

처음에는 창수의 옷 한 벌로, 나중에는 창수를 야구부에 넣으려고 시작한 일이 엄청나게 커져 버렸다. 매튜 역시 이렇게 반응이 빠르게 올 줄은 예상하지 못한 모양이었다.

"아까 전화로 간단히 말씀드리긴 했는데. 음… 염치없게도 부탁을 하나 하려고 합니다. 스파이크는 계약금 없이 매출의 10% 러닝개런티라는 좋은 조건으로 해주셨는데, 이번에도 러닝개런티 계약이 가능할까 여쭤보고 싶습니다."

이미 전화로 간단히 얘기한 사항이었다. 이후 숍에서 직원들과 회의를 했고, 일단 조건을 들어본 후 판단하기로 했었다. 최 대표의 말이 끝나자 매튜가 나섰다.

"CMF가 되겠군요. 색채, 소재, 마감까지, 전부 우리 선생님이 관여하셨다 보니 아무래도 10% 선은 무리라고 봅니다."

"하하, 당연하죠. 이런 경우 보통 20% 선으로 맞춘다고 들었습니다. 그런데 저희도 더 좋은 계약을 해드리고 싶지만, 20%는 현재 저희로서는 무리입니다. 색상은 조금 변경할 예정이라, CMF에서 C를 뺀 나머지로 17%가 어떠신지."

우진은 가만히 얘기를 듣다가 질문을 던졌다.

"유니폼이 원래 만들었던 것하고 다르진 않죠?"

"물론입니다. 골든사에서 안정적으로 쿨 베이스 원단을 받을 수 있는지 알아본 결과, 다행히 긍정적인 대답을 받았습니다. 유니폼 공장에 새로 오시는 직원분들도 교육할 예정이니 그 부분에 관해서는 걱정하지 않으셔도 됩니다."

유니폼에 I.J 로고가 보이기에 품질이 나쁘면 당연히 I.J도 타격을 받게 된다. 걱정이 담긴 질문에 자신 있게 대답하는 최 대표를 보자 조금은 안심이 됐다.

"그럼 저희도 따로 얘기를 해봐야 할 것 같아요."

"하하, 물론이죠. 긍정적인 대답 기다리겠습니다."

긍정적이라는 말을 넣어가며 무언의 압박을 보내는 최 대표의 말에 우진은 피식 웃었다.

그때, 사무실 직원들이 갑자기 전부 밖으로 나가더니 박스를 나르기 시작했다. 우진이 신기하게 쳐다보자 최 대표가 웃으며 입을 열었다.

"아무래도 선수용 제작할 때 본뜨는 작업이 너무 번거롭고 오래 걸리더라고요. 그렇다고 그 과정을 생략할 수도 없고요. 그래서 생각 끝에 시범적으로 구입한 겁니다."

"저게 뭔데요?"

"인체용 3D 스캐너입니다. 휴대용이라 주문이 왔을 때 들고 가서 찍으면 컴퓨터에 자동으로 스캔이 되는 형식입니다. 그리고 그걸 바탕으로 형틀을 만들고, 거기에 맞춰 발바닥 모양을 맞추게 되는 형식이죠."

"아, I 패션."

"맞습니다. IT 시대에 맞게 발전해야죠. 하하, 먼저 시범용으로 사용하던 제품이 있는데 한번 보시겠습니까?"

우진이 궁금증이 생겨 고개를 끄덕이자, 최 대표가 일어나더니 3D 스캐너와 노트북을 들고 왔다. 그는 마치 과속 카메라처럼 생긴 카메라를 들고는, 신발을 벗더니 카메라로 찍었다. 그러자 노트북에 발 모양이 그대로 옮겨지기 시작했다.

"와, 신기하다. 이런 건 얼마예요?"

"이 제품은 별도로 구매해서 휴대용이라고 해도 조금 비싼 편입니다. 그래도 자리만 잡는다면 인력 문제가 상당 부분 해소될 거라 생각합니다."

우진은 고개를 끄덕거렸다. I.J에 꼭 필요한 것은 아니지만, 막상 눈으로 직접 보니 한 대 정도 갖고 싶었다. 고객을 처음 만나서 찍어두면 번거롭게 가봉하러 다시 만나지 않아도 될 것 같았다. 그렇게 된다면 지금보다 더 많은 옷을 만들 수도 있고 말이다.

"하하, 한 대 가져가 보시죠."

"정말요?"

"하하, 아, 그런데 이것도 프로그램을 만질 수 있는 전문가가 필요합니다. 저희도 지금 그 부분에서 인력을 모집하고 있는 중이고요."

우진은 아쉽다는 얼굴을 하다 말고 팻사라곤을 떠올렸다.

"그럼, 한번 써보려고 하는데 한 대만 구매할 수 있을까요?"

"하하, 아닙니다. 그냥 가져가시고 궁금한 점이 생기면 저희한테 연락 주시면 됩니다. 최대한 도움을 드리도록 하겠습니다."

"아니에요. 구매할게요."

살 거면 직접 사지 왜 여기서 이러는 건지.

달라는 건지, 산다는 건지 쉽게 파악하지 못한 최 대표는 우진을 보며 어색하게 웃었다.

"그럼 숍으로 가서 확인하고 보내 드릴게요."

"네… 그러시죠."

＊　　　　＊　　　　＊

다음 날.

어제 들뜬 마음으로 스캐너를 들고 숍으로 돌아갔건만, 팻 사라곤은 이미 퇴근해 버려 만날 수 없었다. 그래서 우진은 아침부터 숍에 나와 기다리던 중이었다. 함께 내려온 세운이 모닝커피를 마시며 소파에 앉았다.

"내가 봤을 땐 그놈 안 하려고 할 거 같은데."

"왜요?"

"지 일만 하잖아."

우진은 저 말을 듣고 나니 약간 걱정이 들었다. 그때, 숍 문이 열리며 팻사라곤이 들어왔다.

"안녕하세요?"

"아! 오셨어요!"

출근만은 일찍 하는 사람인 듯했다. 팻사라곤은 인사만 하고서 곧바로 옆문을 통해 2층으로 올라가려 했다. 우진은 그런 팟사라곤을 붙잡았다.

"저기 팟사라곤 씨! 잠시만요! 혹시 이거 만질 줄 아세요?"

"네? 3D 스캐너군요? 휴대용이네요? 예전에 게임 캐릭 모션 따느라 몇 번 만져본 적 있습니다?"

"역시! 그럼 한번 만지는 거 보여주실 수 있으세요?"

세운은 자꾸 질문하듯 말하는 팟사라곤을 보며 고개를 절레절레 저었다. 그럼에도 우진은 한껏 기대하는 얼굴로 팟사라곤을 봤다. 그런데 팟사라곤은 뚱한 얼굴로 고개를 저었다.

"제 일 아닌데요?"

"아, 그렇긴 한데요. 한번 해주실 수 없을까요?"

그나마 대표인 우진의 부탁이여서인지 쉽게 거절하진 않았다. 하지만 그렇다고 한다는 말을 한 건 아니었다. 그저 뚱한 얼굴로 스캐너를 볼 뿐이었다.

딸랑.

"어머, 안녕하세요. 일찍들 나오셨네요."

홍단아까지 출근했다. 그녀를 보자 팟사라곤이 환하게 웃었다. 그러자 세운이 혀를 차더니 우진의 귀에 대고 속삭였다.

"기껏 부탁해 봐야 저걸로 홍 대리만 찍어댈걸?"

"왜요?"

"왜긴! 우진아, 너는 진짜 연애 한 번도 안 해봤어?"

"네."

"진짜? 그 나이까지? 대단하네. 딱 봐도 저 거인이 홍 대리 좋아하는 거잖아!"

"네? 설마요. 본 지 얼마나 됐다고… 그냥 홍 대리님이 좀 자주 우시니까 챙겨주는 거겠죠."

우진은 피식 웃었다. 그래도 세운의 말에 좋은 생각이 떠올라, 곧바로 타깃을 바꿨다.

"홍 대리님, 이게 뭔지 아세요?"

"아니요. 그게 뭔데요?"

"3D 스캐너예요. 한번 찍어보고 싶지 않으세요? 전체가 다 나오더라고요."

"정말요? 신기하다."

"팻사라곤 씨가 하실 줄 아신대요."

우진의 새로운 면을 발견한 세운은 놀란 눈으로 상황을 지켜봤다. 우진은 팻사라곤을 힐끔 보며 대답을 기다렸다.

"정말 하실 줄 아세요? 어떻게 하는 건데요?"

"압니다? 스캐너가 읽을 수 있도록 포인트를 붙이고 찍으면 됩니다? 쉽습니다? 올라가서 해볼까요?"

우진은 홍단아를 보며 격하게 고개를 끄덕거렸다. 그러자 홍단아가 움찔거리더니 자신도 모르게 고개를 끄덕였다. 그리고 우여곡절 끝에 3D 스캐너가 겨우 2층에 자리했다.

팻사라곤은 제품을 보며 시리얼 키를 등록하더니 소프트

웨어까지 다운받고 준비를 끝냈다. 그러더니 홍단아의 얼굴에
동그란 점들을 붙였다.

"그럼 시작합니다?"

생각보다 오래 걸리는 작업에 IJ 식구들이 한 명씩 올라와,
결국에는 모두가 2층에 자리했다. 전부 신기한 듯 모니터를
보고 있을 때, 팻사라곤이 스캐너를 내려놓았다.

"이게 끝이에요……? 징그럽다……."

홍단아의 말대로 결과물이 약간 징그러웠다. 마치 마네킹처
럼 보여, 다들 기대하던 마음이 순식간에 사그라졌다.

오로지 우진만 흥미롭게 지켜보고 있을 때, 팻사라곤이 곧
바로 입을 열었다.

"여기서 어떻게 꾸미는가에 따라서 기술이 있냐, 없냐를 알
수 있습니다? 시간이 걸리니까 이따가 보여 드릴게요?"

우진은 솔직히 거기까지는 관심이 없었고, 그저 스캔한 모
습 그대로 나오는 것에 만족했다. 대략적인 치수는 물론이고
수정까지 가능하다고 했다. 이 정도만 돼도 가봉하는 데 큰
도움이 될 것 같았다.

*   *   *

거의 퇴근 시간이 되어서야 3D 스캐너의 결과물을 확인할
수 있었다. 우진은 물론이고 직원들 모두가 놀랄 정도로 정교

했다. 피부색이며 광은 물론이고, 머리카락 한 올까지 마치 사진을 찍어놓은 것처럼 보였다. 솔직히 말하면 홍단아의 실제 모습보다 아름다웠다.

애니메이션을 이용해 작업했다는 말은 들었지만, 나머지는 전부 알아듣기 힘든 전문 용어였다. 어차피 거기까진 관심이 없던 우진은 팻사라곤에게 신체 측정도 가능하냐는 질문을 했지만, 그는 또다시 시큰둥했다.

"3D 프린터 있으면 그대로 뽑을 수 있겠더라. 버튼이나 이상한 문양도 입력한 대로 나오겠더라고."

그나마 캐드 기반 프로그램 덕분에 자주 기계를 만지던 성훈만이 알아듣는 듯했다.

"우리도 하나 구매할까요?"

"하하, 됐어. 우리는 대량 제작이 아니니까 필요 없지. 예전에 들었을 땐 금속 산업용 3D 프린터 싼 게 몇억 한다고 들었는데. 그럴 필요 없잖아. 그거 없어도 충분해."

우진은 가격에 흠칫 놀랐지만 이내 정신을 차렸다. 일단 그것보다 팻사라곤에게 어떻게 이 일을 시키느냐가 문제였다.

*　　　　*　　　　*

다음 날.

우진은 팻사라곤에게 직접 물어보기 전에 매튜와 장 노인에게 먼저 그의 이력서를 보여주며 생각을 물었다. 이력서가 몇 페이지나 되다 보니 두 사람도 날짜는 신경 쓰지 못했는지, 우진이 발견한 것을 보며 의아해했다.

"한 사람이 하기에는 엄청 여러 가지 일을 했고만."

"제가 세어보니까 13개 정도예요. 게임 회사 홈페이지랑 SNS에도 가봤는데 생각보다 유명한 곳이더라고요. 그 회사에서 나온 게임으로 게임 대회도 열고 있고요. 그런데 여기 보면 전부 팀장이에요. 팀장은 아무나 하지 않죠?"

"그렇지. 실력이 있어야 하겠지. 그런데 그 거인이 이걸 다 했을 거 같진 않은데."

우진도 같은 생각이었다. 그에 조심스럽게 매튜를 보며, 장 노인과 했던 대화 그대로를 전했다. 그러자 매튜가 고개를 천천히 저었다.

"제가 직접 확인했었습니다. 근무한 것도 사실이고 여기에 적힌 수료에 관한 것들도 전부 사실입니다."

"그렇구나."

"그런데 저 역시 하루씩 근무했다는 건 미처 보지 못했습니다. 전에 다니던 회사에 물어보겠습니다."

우진은 왠지 뒷조사를 하는 것 같아 꺼림칙했다. 하지만, 그래도 궁금한 나머지 말리지는 않았다. 매튜는 곧바로 게임 회사에 전화를 걸었다.

"고객 센터에 전화해서 물어보시는 거예요……?"

매튜는 대답하지도 않고 이력서 위에 손가락을 찍었다. 그러자 우진은 더욱 의아해졌다. 도대체 뭐 하는 사람이길래 고객 센터에서도 일을 했는지 너무 궁금했다. 한참 지나서야 상담원과 연결이 되었고, 매튜는 곧바로 팟사라곤의 이름을 꺼냈다.

─무엇을 도와드릴까요?

"그곳에 팟사라곤 찌라티왓이라는 분이 계십니까?"

─네? 다시 말씀해 주시겠습니까?

상담원을 바꿔가며 계속 물었지만, 원하는 대답을 들을 순 없었다. 하지만 매튜는 경력 증명서를 보며 끝까지 포기하지 않았다. 그러다가 한참이 지나서야 원하는 대답을 듣게 되었다.

─무슨 일 때문에 그러시는데요? 직원 인적 사항을 함부로 말씀드릴 순 없어요.

"어떤 사람인지만 알고 싶습니다."

상담원을 어르고 달랜 끝에 몇 가지 정보를 얻을 수 있었다. 하지만 자신들과 일하는 그 팟사라곤이 맞는지 의아했다.

대부분 평이 상당히 좋았다.

남에게 피해 주지 않는 사람이란 건 지금도 인정할 수 있었다. 책임감 있다는 말과 상당히 계산적이라는 말도 수긍했다. 다만 게임 회사 재직 당시, 회사에 없어서는 안 될 정도로 여러 가지 일을 맡았다는 말이 이해가 안 됐다.

지금 행동으로 봐서는, 자신의 일만 할 뿐 여러 가지 일을 할 사람처럼 보이진 않았다. 게다가 갑자기 그만뒀다고 하는데 그 이유를 알 수도 없었다.

 매튜와 장 노인은 같은 생각인지 말없이 이력서만 볼 뿐이었다.

 그때, 우진에게 전화가 걸려왔다.

 "어, 창수야."

 "창수? 우리 창수 말하는 게냐? 이놈이 할아비보다 너한테 먼저 전화하는고만!"

 "하하, 아침부터 전화하고. 무슨 일 있어?"

 ─형, 잘 지내셨어요? 별일은 없고 그냥 학교 가다가 감사 인사 드리려고 전화했어요.

 "응?"

 ─'Position'에서 후원을 계속 이어주신다고 하셨거든요. 전국체전 1회전 탈락해서 감독님 경질될까 다들 걱정했는데 그거 때문에 남아 계실 수 있었어요. 다들 고마워하더라고요.

 "그럼 내가 아닌 최 대표님한테 해야지."

 ─그분한테는 제가 전화하는 게 이상하잖아요. 형은 형이니까 괜찮죠?

 우진은 피식 웃고는 마저 얘기를 들었다.

 야구에 대한 화제가 계속 이어졌지만 우진은 크게 흥미를 가지지 못하고 예의상 창수의 이야기를 듣고만 있었다. 우진

은 앞에 놓인 이력서를 뒤적거리며 얘기가 끝나기만을 기다렸
다.

"별일은 없지?"

─그럼요. 아! 맞다! 구일이 아시죠? 저랑 같은 반 친구요.

"도망치던 친구?"

─네, 맞아요. 지금 저희들 훈련을 엄청 하거든요. 그래서
못 버티고 이번에도 또 도망갔다가, 감독님이 잡아 와서 벌준
다고 하루 종일 훈련시키셨거든요.

"그랬어?"

영혼 없는 대답에도 창수는 자랑하듯 신난 목소리로 얘기
를 늘어놓았다.

"그런데 훈련도 대충 하니까 감독님도 오기가 생기는지 야
구부원들 다 쉬는데도 구일이만 혼자 훈련시키셨거든요. 그러
다가 감독님이 먼저 지치셔서 구일이한테 실수를 안 하면 일
주일 동안 훈련 빼준다고 했거든요. 그러니까 구일이가 갑자
기 날아다니는 거예요. 감독님도 신기해서 이 포지션, 저 포지
션 계속 시키고.

"구일이 친구가 천재인가 보네."

─네. 진짜 천재예요. 막 포수부터 외야수까지 전부 시키는
데 실수를 한 번도 안 하는 거예요. 원래 잘하는 건 알고 있
었는데, 포수까지 잘할 줄은 몰랐거든요. 그래서 감독님이 투
수들 부르고 타석에 타자까지 세워두는데, 완전 대박이었어

요. 구일이가 남들 싫어하는 건 기가 막히게 잘 알더라고요. 저희 학교 에이스 말고 후보 중 한 명을 투수로 고르더니 걔랑 배터리를 맞춰서 하는데, 전 정말 소름 돋았어요. 코치님이 타석에 섰는데도 삼진 세 번 당했다니까요.

"그랬구나."

—진짜 대단하죠? 그래서 감독님이 당분간 구일이 포지션 뺏어버렸어요. 어느 포지션에 가져다놔도 눈에 띄게 잘하니까 고민이 많으신가 봐요. 구일이는 하기 싫어하는데, 감독님이 하라는 대로 어쩔 수 없이 옮겨 다니고만 있어요, 하하.

생각 없이 대화를 듣던 우진은 고개를 빳빳하게 들고 눈을 깜빡거렸다. 듣고 보니 누구랑 비슷한 느낌이었다. 잘하는지 아닌지는 직접 확인하지 못했지만, 전 동료의 평만 들으면 상당한 능력자였다. 팟사라곤의 일부분만 봤던 우진도 인정하는 부분이었다.

전화 너머로 창수가 계속 떠들고 있었지만, 우진은 생각을 하느라 바빠 대답하지 못했다. 그러자 장 노인이 전화를 건네받았다.

"이 녀석이. 할아비한테 전화하지, 왜 임 선생한테 해서 귀찮게 하느냐."

—아, 바쁘셨어요? 그럼 다음에 다시 걸게요. 형한테도 전해주세요.

"그래, 알았다. 그런데 네 어미는… 이, 이 녀석이 끊어버렸네."

장 노인은 빨개진 얼굴로 고개를 돌렸다. 그럼에도 우진은 혼자 생각에 잠겼고, 한참이나 지나서야 고개를 들었다.

"야구로 치면 제가 감독이나 마찬가지죠?"

"그렇겠지? 그래도 엄연히 다른 게야."

"그래도 해보려고요. 제 마음대로 포지션, 아니, 부서를 옮기고 그래도 돼요?"

"우리한테 부서가 어디 있다고."

"만들어야죠."

"쯧쯧, 노조라도 있었으면 아주 들고 일어나겠고만?"

우진은 씨익 웃으며 매튜에게도 같은 설명을 했다. 그러자 매튜도 장 노인과 같은 생각인지 이번만은 인정할 수 없다는 얼굴로 고개를 저었다. 그러나 우진은 팟사라곤에게 가려고 자리에서 일어났다.

2층에 도착하니 어김없이 모니터를 보며 히히덕거리는 홍단아와 팟사라곤이 보였다. 우진도 걸음을 옮겨 모니터 앞으로 향했다. 모니터를 보자 어제 마지막으로 봤던 것과 또 달랐다. 모니터 속 홍단아는 이제 움직이고 있었다. 빙빙 돌리기까지 가능했다.

"아직 두 가지밖에 없어요? 시간이 없어요?"

"너무 예쁜데요? 게임 같아요!"

"맞아요? 게임 처음에 캐릭터 고를 때 나오는 커스터마이징?"

우진은 뒤에서 입을 쩍 벌린 채 그 모습을 지켜봤다. 캐릭터에게 옷을 단 한 벌만 입힐 수 있는 것이 아닌, 다른 옷으로 갈아입힐 수도 있었다.

지금까지 우진은 보이지 않는 한쪽 눈 때문에 부모님이 게임하는 걸 달가워하지 않았다. 우진도 또한 눈이 걱정돼 자연스레 게임에 대한 관심이 없었다. 그래서 지금 보이는 저것들은 우진의 입장에선 정말 신세계였다.

"이거 다른 옷도 그려 넣을 수 있어요?"

"어머! 선생님!"

홍단아는 벌떡 일어나 옆으로 비켜섰고, 팻사라곤은 별다른 대답 없이 고개만 끄덕거렸다.

우진은 그런 팻사라곤을 한번 보고선 뒤를 돌아 매튜와 장 노인을 봤다. 두 사람은 하지 말라는 듯 고개를 젓고 있었다. 그럼에도 우진은 결정한 듯 다시 팻사라곤을 봤다.

"팻사라곤 씨."

"네?"

"오늘부터 서버 보안 말고 고객들 3D 작업을 맡아주세요! 3D 작업 실장."

"흠, 발령인가요?"

"네! 발령이에요. 오늘부터 그러니까 3D 부서… 음, 고객 3D 모델링 부서 실장이세요."

팻사라곤이 별다른 반응이 없자 뒤에서 장 노인의 코웃음치는 소리가 들렸다. 우진도 멋쩍어 괜히 목만 긁적였다.

'이게 아닌가?'

그때, 팟사라곤이 컴퓨터 책상 위에 있던 서류들을 정리하더니 입을 열었다.

"고객 모델링 부서는 어디로 가야 하죠?"

이번엔 뒤에서 사레가 들렸는지 기침 소리가 들렸다. 그 소리에 우진은 씨익 웃고는 입을 열었다.

"여기요! 옮기실 필요 없어요. 여기서 작업하시면 돼요."

"알겠습니다. 그럼 작업 지시서 보내주세요?"

"아!"

우진은 활짝 웃으며 입을 열었다.

"그럼 예약을 받아야 하니까 주문 페이지 좀 열어주세요."

들뜬 얼굴로 입을 연 우진과 다르게 팟사라곤은 뚱한 얼굴이었다.

"그건 제 일이 아닌데요?"

"네……?"

*   *   *

퇴근 후.

숍 근처에 매튜가 마련한 집으로 돌아온 팟사라곤은, 숍에 있을 때와 다르게 환한 미소를 짓고 있었다.

"댕! 나 왔어. 안 심심했어?"

"어, 괜찮아."

하얀 얼굴의 팟사라곤과 다르게 마주하고 있는 사람의 피부색은 상당히 검은 편에 속했다. 그 태국인은 반가운 얼굴과 달리 작은 원룸 침대에서 내려오지도 않고 인사를 했다.

팟사라곤은 이미 익숙한지 침대 옆으로 자리를 옮겼다. 그러고는 그 사람의 다리를 주무르기 시작했다.

"조금씩 움직여야 된다니까."

"움직였어. 나 괜찮으니까 형 밥부터 먹어."

팟사라곤은 피식 웃고는 계속해서 다리를 주물렀다. 다리를 주무르던 손은 점점 밑으로 내려갔다. 그런데 보여야 할 다리가 없었다. 팟사라곤은 개의치 않고 계속해서 다리를 주물렀다.

아버지가 다른 동생. 팟사라곤 역시 아버지가 누군지 모르고 컸고, 궁금하지도 않았다. 그러던 중 나이 차가 많은 동생이 생겨 버렸다.

12살 차이에 자신과 피부색이 확연히 차이 나는 그런 동생. 아마 동생의 아버지는 흑인일 것이었다.

어렸을 때는 어린 마음에 동생을 싫어했다. 하지만 특이한 피부와 외모 때문에 겪었던 차별을 동생도 그대로 겪고 있는 걸 보니 마음이 움직였다. 그러다 보니 어느새 그가 부모의 역할을 하고 있었고, 동생도 그를 따르자 책임감이 생겼다.

그 책임감으로 노력한 결과 마히돌 대학을 수석 입학했고, 수석으로 졸업했다.

그래서 곧바로 미국에 있는 게임 회사에 프로그래머로 입사할 수 있었다.

그때까지만 해도 가족을 책임질 수 있을 거라고 생각했다. 열심히 일하다 보니 인정도 받았고, 무엇보다 지금 누워 있는 동생이 무척 자랑스러워했다.

얼마 뒤, 2014년에 회사가 거대한 중국 시장으로 진출했다. 팟사라곤도 그 일에 참여하게 되었다. 그리고 처음으로 가족을 중국에 초대했다.

동생은 항상 집에 많은 돈을 보내는 자신에게 비행기표값이라도 덜게 해주기 위해, 궂은 일을 해가며 모은 돈으로 직접 비행기표를 구했다. 어머니 티켓까지 동생이 마련하는 데 성공하자, 그때는 무척 동생이 기특하다고 생각했다.

다만 저렴한 표를 구했기에 말레이시아를 경유해 베이징으로 가야 했다.

문제는 비행기에 올랐지만 베이징에 도착할 수 없었다는 것이었다.

항공기 사고.

말레이시아 항공 보잉 777—200 여객기 사고.

무려 239명이나 사망한 사고였다. 239명 안에 어머니도 있었다.

동생은 다행히 목숨을 구했지만, 그 사고로 다리를 잃었다.

그렇게 동생은 인도에서 이송돼 태국으로 돌아왔고, 팟사라곤은 반년이 넘는 시간 동안 동생을 간호했다. 배상금 덕분에 돈이 부족하진 않았다. 다만 동생을 혼자 놓아둘 수 없어, 동생을 데리고 미국으로 향했다.

반년이라는 시간이 지나 회사로 돌아가려 했건만, 회사에선 그를 반기지 않았다.

중국 시장에 진출하려 했던 일이 무산되었다. 중국 정부가 해외 IT 기업에 규제를 풀어주지 않았던 게 가장 컸지만, 책임자로서 자리를 비워야 했던 자신도 책임을 져야 했다.

다행히 두 명의 회사 대표 중 처음 자신을 스카우트해 준 사람이 사정을 봐줘 서버 관리 프로그램을 담당했다.

서버 관리는 정해진 시간에만 할 수 있는 게 아니었기에 동생을 혼자 두는 시간이 많아졌다. 사정해서 이 일, 저 일 다 도맡아 했지만, 언제까지 자신의 사정만 봐달라고 할 수 없었다.

무엇보다 미국의 병원비는 상상 초월이었다. 어쩔 수 없이 팟사라곤은 태국보다 의료 환경이 좋으면서, 미국보다 의료 가격이 저렴한 곳을 찾게 되었다. 그곳이 지금 있는 한국이었다.

"형, 숍은 좋아?"

"음… 대표로 있는 디자이너가 조금 이상하긴 한데, 전체적으로 좋은 거 같아. 퇴근도 제때 할 수 있고. 우리 산책이나

갈까? 조금만 나가면 카오팟 가게 있던데. 그거 먹고 오자."

*　　　　*　　　　*

우여곡절 끝에 I.J는 다시 예약을 받기 시작했다. 우진은 그동안 쌓은 명성이 있으니 전처럼 예약이 없어 걱정하는 일은 없을 거라 생각했다. 역시나 주문을 오픈함과 동시에 예약이 쏟아졌다.

10명 예약이 차면 다음 예약을 받지 않았다. 그렇다 보니 10명 안에 들지 못한 사람들이 난리를 피웠다.

매일 방문해서 언제 주문이 되는지 확인했는데 왜 안 되냐는 글부터, 이런 식으로 일을 처리하냐는 항의 전화까지 왔다. 하지만 옷이 바로바로 나오는 기존 숍과 다른 시스템이다 보니 I.J로서는 그 많은 사람을 함부로 예약하기 어려웠다.

너무나 많은 문의와 전화에, 세운과 성훈이 전화를 받고 나머지 사람들은 전부 홈페이지 문의를 담당했다.

하지만, 하나 대응하고 나면 백 개가 넘는 글이 늘어났다. 우진은 더 이상 붙들고 있어봐야 답이 나오지 않겠다 생각하고 사무실에 있는 사람들을 불렀다.

"오늘은 그만 퇴근들 하세요. 너무 늦었어요."

"다들 임 선생 말대로 하게."

"다들 저녁도 못 드셨는데 간단히 식사하고 가실까요?"

"다들은 아닐 텐데? 매튜는 아까 팟사라곤 나갈 때 같이 나가서 또 불고기 백반 먹고 왔을 게다."

매튜의 의견을 묻자, 그는 그 말이 사실이라는 듯 정리할 테니 다녀오라는 말만 했다. 우진은 피식 웃고는, 사무실에 남은 매튜를 뒤로하고 I.J 식구들과 숍을 나왔다.

"야! 우리 불백 탈출이다! 우리 뭐 먹을까! 오늘은 맛있는 거 먹자!"

"뭐 드실래요? 오늘은 유 실장님하고 홍 대리님이 골라보세요."

"전 선생님이 드시는 거 먹을게요."

미자가 수줍은 듯 말했다. 그 때문인지 제일 직급이 낮은 홍단아도 말을 제대로 하지 못했다.

"그럼 반주도 할 겸 김치찌개 먹으러 가는 게 좋겠고만."

다들 찬성하고, 장 노인의 선택대로 걸음을 옮겼다. 서로 대화를 나누며 얼마간 걸어가니 식당이 있는 거리가 나왔다.

"뭐야! 가는 날이 장날이라고 정기 휴일이야."

"그냥 원래 가던 식당으로 가야겠고만."

홍단아는 원래 가던 식당이 지겨웠는지 조심스럽게 눈치를 보며 말했다.

"다시 숍 근처까지 가야 하는데… 그냥 가까운 데서 먹어요."

"그래요. 뭐가 좋을까. 저기 쌀국수 체인점 있는데 그거 먹을까요?"

다들 빨리 식사하고 가려는지 바로 따라나섰다. 넓은 체인 점임에도 생각보다 사람이 많았다. 다행히 단체석이 남아 있어 일행은 안쪽에 자리를 잡았다.

"이거 뭐, 젊은 사람들만 있고만."

"하하, 뭐 어때요. 어차피 먹으면 다 똥 되는데."

"쯧쯧."

음식을 주문했음에도 장 노인은 영 어색하고 불편한지 연신 주변을 두리번거렸다. 그때, 장 노인이 들어오는 사람을 보며 고개를 갸웃거렸다.

"거인 녀석 같고만?"

그러자 모두의 시선이 입구로 향했다. 팻사라곤은 휠체어를 밀며 자리가 있는지 두리번거렸고, 직원이 자리가 없다고 했는지 이내 곤란한 얼굴을 했다.

"카우 실장님! 카우 실장님!"

"어, 뷰티풀 홍? 하하, 아… 대표님도 계셨네요?"

홍단아를 반갑게 맞이하던 얼굴이 자신을 보자 시큰둥하게 바뀌었다.

"자리 없으면 여기서 같이 드세요. 저희 자리 남아요."

그러자 팻사라곤은 고개를 숙여 휠체어에 탄 사람을 봤다. 그러자 앉아 있던 사람이 활짝 웃으며 인사했다.

"댕이라고 해요."

"동생입니다? 그럼 실례 좀 하겠습니다?"

피부색이 완전 다른데 동생이라는 말에 다들 고개를 갸웃거렸다. 팟사라곤은 시선이 익숙한지 개의치 않고 의자를 빼버리고는 그 자리를 휠체어로 대신했다. 그리고 동생의 맞은편에 자리 잡았다.

"어찌 형보다 한국말을 더 잘하는고만?"

"공부했거든요. 형은 저한테 배웠어요."

발음까지 좋아 다들 신기하게 봤다.

"후 팬이라서 한국에 꼭 오고 싶었어요."

"후? 가수 후? 우리 임 선생 친구이네만."

"정말요?"

우진은 후는 친구라고 부르기에는 거리를 두고 싶은 사람이기에 어색한 미소만 보였다. 그래도 한 사람을 좋아해서 그 나라의 언어까지 공부한 모습이 대단하게 느껴졌다. 그러는 사이 음식이 나왔고, 식사가 시작되었다.

우진은 식사를 하는 도중에도 팟사라곤을 힐끔 봤다. 역시나 팟사라곤은 식사에 집중하지 못하고 동생이 불편하진 않을지 걱정하는 눈빛으로 지켜보기만 했다.

"그런데 동생 이름은 엄청 편하고만?"

"별명이에요. 원래 이름은 쑤꼰라왓 찌라티왓이에요. 어렵죠? 그냥 별명으로 부르셔도 돼요."

"그렇고만. 참 성격이 밝아서 좋고만. 어떻게 이것도 먹어볼

텐가?"

팟사라곤은 혹시 동생이 위축될까 조심스러웠지만, 장 노인은 동생의 장애를 아예 신경 쓰지 않는 것처럼 보였다. 그러는 사이 팟사라곤의 동생 댕이 바닥에 젓가락을 떨어뜨렸다. 그걸 주우려고 댕이 휠체어를 빼자, 장 노인이 일어서더니 다시 휠체어를 밀어 넣었다.

"떨어진 걸로 먹을 겐가? 여기 젓가락 하나만 더 부탁드립니다."

아무렇지도 않게 다리에 올려놓은 담요도 다시 정리해 주기까지 했다.

"감사해요."

"감사는 무슨. 맨날 휠체어를 타고 다니고?"

"형하고 다닐 때는 그래요."

"그렇고만. 그런데 한국까지 와서 태국 음식을 먹는 게 말이 되나? 형한테 한국 음식 사달라고 하지."

"형이 많이 사줘요. 하하."

"딱 봐도 지가 다 처먹겠고만."

우진은 혹시 자신들이 댕에게 실수라도 하지 않을까 조심스러웠다. 그런데 그런 자신과 달리 장 노인과 LJ 식구들은 상당히 자연스럽게 행동했다. 우진의 오른편에 있던 팟사라곤도 우진과 비슷하게 느꼈는지 장 노인에게 고마움을 표현했다.

"동생을 편하게 해주셔서 감사해요?"

"질문하는 거야, 말을 하는 거야. 자, 따라 해보게. 감사해요."

"감사해요?"

"감사해요!"

장 노인과 팟사라곤 덕분에 테이블에서 웃음이 터졌고, 댕도 환하게 웃었다. 테이블 분위기가 가벼워지자 이젠 모두들 편하게 식사를 즐겼다.

식사가 끝나갈 때쯤 옆에서 댕을 신경 써주던 장 노인이 질문을 했다.

"다리는 왜 다친 게야?"

남의 아픈 부분을 아무렇지도 않게 물어보는 모습에 우진은 상당히 조심스럽게 그를 처다봤다. 그런 우진과 달리, 다른 사람들은 전혀 개의치 않고 자신들도 궁금하다는 얼굴을 했다.

댕도 당황스러운지 팟사라곤을 처다봤다. 얼굴을 찡그리고 있는 형을 본 댕은 혹시 자신 때문에 피해가 갈까 조심스럽게 입을 열었다.

"비행기 사고로 다쳤어요."

"그랬고만. 이제 아프진 않고?"

"네, 괜찮아요."

"그래. 씩씩해서 좋고만. 앞으로 열심히 운동하고 해서 자네도 돈도 벌고 사회생활도 하고 애인도 만들고 해야지. 저 녀석처럼."

장 노인이 우진을 가리키며 말하자 댕이 수줍게 웃었다. 그러자 홍단아가 장 노인의 팔을 꾹꾹 찔렀다. 장 노인은 얼굴을 찡그리더니 자신을 보고 있는 우진을 확인했다. 그러고는 우진이 무슨 생각을 하는지 알아차렸는지, 고개를 절레절레 저었다.

"못 물어볼 것도 아니고만. 내가 무슨 죄라도 지은 게냐? 눈빛하고는, 쯧쯧."

그러자 댕이 웃으며 말했다.

"괜찮아요. 이렇게 직접적인 질문은 처음이라 저도 살짝 놀랐어. 그래도 괜찮아요. 다들 조심스럽기만 하지 왜 다쳤는지는 궁금해하지도 않았는데… 오히려 기분이 편해졌어요. 형, 화났어?"

"아니?"

우진은 다행이라는 생각이 들자, 그제야 다시 식사를 시작했다. 식사 중에도 댕을 계속 힐끗힐끗 살피던 우진은 댕의 얼굴이 편안해 보여 마음이 놓였다. 다행히 기분이 나빠 보이진 않았다. 그래도 우진은 댕을 좀 더 편하게 해줄 생각으로 조심스럽게 말을 보탰다.

"할아버지 말에 신경 쓰지 마세요. 나쁜 의도로 말한 건 아니니까."

"괜찮아요. 사실 조금 위축됐는데, 말하고 나니까 오히려 마음이 편안해졌어요."

"그래요? 편해지는구나."

댕을 바라보던 우진은 자신도 한쪽 눈이 실명이라고 말하면 어떨까 생각했다.

왼쪽 눈이 안 보이는 것을 숨기려고 한 건 아니었다.

홀로그램처럼 보이는 왼쪽 눈의 능력을 쓰려면 의도하지 않아도 보이는 척을 해야 했다. 다들 보이는 줄 알고 있을 텐데 먼저 한쪽 눈이 실명 상태라고 말하는 것도 우스웠다.

"그렇구나. 하긴 그럴 수도 있겠어요. 사실 좀 그렇잖아요. 남들이 수군거릴 것 같아 신경 쓰이고. 뭐 하고 싶어도 괜히 다른 사람들한테 폐를 끼치는 건 아닐지 신경 쓰이고. 그러다 보면 점점 위축되고."

"어… 맞아요… 어떻게 그렇게 잘 아세요?"

댕은 자신의 마음을 정확히 파악하는 우진을 신기하게 봤다. 우진은 자신이 느끼던 것을 그대로 말했을 뿐이었다. 그러자 옆에서 듣고 있던 세운이 툭하니 말을 뱉었다.

"그러니까 우진이 너도, 자꾸 보이지 않는데 일부러 보이는 척하지 말라고."

"네?"

"뭘 네야. 영감님도 알고, 성훈이도 다 알더만. 그러니까 괜히 왼쪽 눈으로 보는 척하지 말라고."

순간 머리가 떵했다.

지금까지 모르고 있는 줄 알았는데 다 알고 있는 것처럼 말하는 세운의 말에 우진은 천천히 고개를 돌려 다른 직원들을 봤다. 그러자 전부 살며시 웃으며 가볍게 고개를 끄덕거렸다.

"언제 아셨어요?"

"언제부터 알긴. 영감님이 처음 가게 오자마자 묻더만. 너 눈 보이냐고. 그래서 다들 무슨 소리인가 했지. 가만 보니 정말 평소에는 안 보이는 것 같고. 그런데 스케치할 때만 꼭 그러더라. 눈치 보면서 괜히 렌즈도 빼고, 보이는 척 보기도 하고. 그럴 때마다 그러지 말라고 말하고 싶은 걸 참느라 혼났는데."

설마 모두가 알고 있을 거라 생각하지 못한 우진의 얼굴에는 당황함이 역력했다.

"뭐, 좀 전에는 그냥 한 말이야? 위축되고 그런다며. 그러니까 너도 그러지 말라고."

"맞아요. 선생님은 그냥 계셔도 빛나시니까 일부러 그러지 않아도 돼요."

"참 아주 열녀 나셨네. 우진이가 반딧불도 아니고."

우진은 일단 알았다는 듯 고개를 끄덕였다.

다들 배려해 주는 마음이 고맙긴 했지만, 그것보다 앞으로도 일을 할 때 왼쪽 눈으로 봐야 하는데 신경 쓰일 걸 생각하니 벌써부터 골치가 아팠다.

　　　　*　　　　　*　　　　　*

　다음 날. 다른 직원들은 평소대로였다. 다만 팟사라곤이 달
라졌다. 우진은 숍 내에서 홍단아에 이어 두 번째로 카우라는
호칭을 허락받았다.

　게다가 팟사라곤은 뭘 하려는지 계속 3D 스캐너를 들고 우
진을 찍어댔다.

　"저 말고 고객 오면 해달라니까요."

　"만족하실 겁니다?"

　"얼굴 크기는 왜 재시는 거예요. 하아… 팟사라곤 씨."

　"카우라고 부르세요?"

　"네… 휴, 카우 씨, 찍어도 일단 이따 찍으면 안 될까요?"

　예약 손님이 왔을 때 갑자기 렌즈를 빼면 또다시 직원들이
걱정할까 봐 우진은 아예 렌즈를 빼놓고 있었다. 그러다 보니
앞이 홀로그램처럼 보이는 데다, 가뜩이나 덩치가 산만 한 팟
사라곤이 앞에서 얼쩡거리자 정신을 차릴 수 없었다.

　그렇다고 렌즈를 끼고 있자니 다들 이상하게 볼 것 같고,
진퇴양난이었다. 다행히 한참을 찍어대던 팟사라곤이 카메라
를 내려놓고 입을 열었다.

　"대표님, 오늘 1시간만 일찍 퇴근할게요?"

　"네, 네. 그러세요."

"대신 내일 한 시간 더 할게요?"

"네, 네. 그러세요. 알았어요."

이유를 묻지 않아도 동생 일일 게 뻔하다고 생각한 우진은 그가 빨리 사라지길 바라는 마음에 무작정 고개를 끄덕였다.

허락을 받은 팻사라곤은 일단 카메라를 챙겨 다시 2층으로 올라갔다. 그러고는 곧바로 컴퓨터 앞에 자리했다. 모니터에는 우진의 두상만 나와 있었다. 일을 시작한 후에도 다른 부분에는 계속 아무것도 덧붙이지 않았다. 단지 우진의 왼쪽 눈과 그 부근만 아주 세밀하게 표현되었다.

사진이라도 되는 듯 눈동자까지 그려놓았다.

"정답! 우리 선생님!"

"정답?"

"카우 씨, 지금 뭐 하시는 거예요?"

"댕이 의수가 망가져서 새로 고치러 가는 김에 대표님 선물입니다?"

"선물요?"

또 이상한 짓을 하고 있다고 생각한 세운도 우진의 선물이라는 말에 자리를 옮겼다. 그러자 팻사라곤이 새로운 파일을 불러오더니 우진의 눈 위에 덮었다.

"이게 뭐냐. 애꾸눈도 아니고. 카우 실장, 왜 이상한 짓 해?"

"팻사라곤입니다?"

"아나! 열받아! 아무튼 이게 뭐냐고!"

"Monocle! 단안경이요? 신체에 부작용 없는 실리콘으로 만드는 단안경? 완전 멋있어요?"

홍단아와 세운은 서로를 보며 얼굴을 찡그렸다. 저걸 선물로 준다고 해도 과연 우진이 착용하고 다닐까 의문스러웠다.

제3장
고민

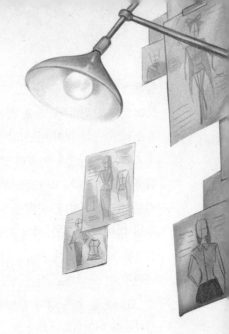

며칠 뒤.

우진은 사무실 책상 위에 놓인 조그만 상자를 가만히 들여다봤다. 안경은 안경인데 한쪽뿐이었다. 테두리는 금속도 아니고 검은색의 실리콘 재질이었고, 알은 투명하지 않은 검정색이었다. 오래된 영화나 TV에서 영국 신사나 집사들이 주로 착용하는 모노클이었다.

'내가… 집사도 아니고.'

우진은 상자에서 단안경을 꺼내 들었다.

팟사라곤이 동생의 3D 프린팅 의수 제작업체에 의뢰해 만든 안경이다. 케이스는 세운이 만들었고, 케이스 안에 렌즈는 물론 단안경도 넣을 수 있도록 홍단아가 설계했다고 들었다. 모노클에 달린 금속 줄은 성훈이 만들었고, 재료값은 회사 비용으로 구매한 것이 아닌 장 노인과 미자가 지불했다고 한다.

거기에다 안경과 어울리는 옷을 직접 만들라며 검은색 원단까지 준비했다. 고맙기는 했지만 모노클은 너무 튈 것 같은 기분에 망설여졌다. 하지만 자신이 착용하는지 안 하는지 사무실 밖에서 모두가 지켜보고 있어서, 우진은 성의를 생각해 안경을 들어 올렸다.

안경 렌즈 너머로 아무것도 보이지 않았다. 우진은 그 상태로 모노클을 눈두덩과 광대뼈에 끼었다. 처음이어서 그런지 생각보다 어려웠다.

그런데 착용하고 나니 생각보다 느낌이 좋았다. 검은색 렌즈라 앞이 전혀 보이지 않는 것도 마음에 들었다. 이대로라면 렌즈를 빼도 어지럽지 않을 것 같았다. 게다가 이중으로 되어 있어, 검은색 렌즈를 들어 올리면 투명한 유리알이 나왔다. 그거 하난 마음에 들었다. 렌즈를 뺐다 꼈다 할 필요가 없어졌다.

우진은 자신의 모습이 궁금해 일어나 거울로 향했다. 그리고 거울 속 자신의 모습을 보고 피식 웃었다. 예상한 대로 딱 집사 같은 느낌이 강했다.

그때, 사무실 문이 열렸다. 누구 하나 섣불리 입을 열지 않았다. 우진은 마음에 꼭 들진 않아도 선물을 받았기에 미소를 지으며 입을 열었다.

"감사해요. 잘 쓸게요."

"……."

우진의 인사에도 다들 눈치를 보며 어색한 미소만 지었다. 그때 홍단아가 등이 떠밀려 한 발 앞으로 나왔다.

"왜 그러세요?"

"저… 선생님, 반대……."

"네? 반대요?"

"반대쪽, 그러니까 오른쪽 눈에 착용하시는 건데요… 그리고 렌즈에 붙은 검은색 스티커도 떼시고요… 아무것도 안 보일 텐데……."

"……."

*   *   *

며칠 뒤.

예약 손님이 숍으로 찾아왔다. 우진은 열심히 고객을 스케치했고, 팟사라곤은 3D 스캐너로 고객을 검색하듯 찍어댔다. 세운과 홍단아는 고객을 스케치하는 우진을 쳐다보며 수군거렸다.

"도대체 왜 반대로 착용하는 거야."

누구 하나 쉽게 대답하지 못했다. 반대라고 알려줬음에도 우진은 모노클을 계속 왼쪽에 착용하고 있었고, 무엇보다 검은색 스티커까지 떼지도 않고 착용 중이었다. 게다가 보이지도 않을 텐데 렌즈를 수시로 올리기까지 했다.

"제가 말하지 말자고 그랬잖아요……."

"잘못 쓴 게 쪽팔려서 저러나?"

"몰라요. 실장님이 계속 말하라고 그래서… 저만 미워하시면 어떡해요."

"홍 대리, 우진이가 너 원래 안 좋아했으니까 걱정 마라."

그때 사무실에서 미자가 나오며 두 사람을 노려보더니 우진과 함께, 고객과 있던 장 노인을 불렀다. 그러자 장 노인이 양해를 구하더니 사무실 쪽으로 왔다.

"쯧쯧, 지 맘대로 쓰게 두지. 관심들은. 그런데 왜 부른 게냐?"

"제프 우드에서 전화가 왔어요. 조금 알아듣긴 했는데 잘 모르겠어서요."

"그럼 세운이한테 말하지 날 왜 부른 게야. 저기 매튜도 바쁘고. 세운이 자네가 받아보게."

그러자 세운이 입을 빼죽거리며 말했다.

"자꾸 우진이 놀린다고 생각하나 봐요. 반대로 착용했다고 말도 못 하게 하고!"

"한번 말씀하셨으면 됐죠. 선생님도 생각이 있으시니까 그런 거죠. 전화나 받으세요."

결국 세운이 통화를 하게 되었다. 한참을 통화하더니 세운이 기다리던 장 노인을 향해 말했다.

"제프 우드하고 헤슬, 한국 온다는데요?"

"음? 앞뒤 설명 잘라먹고 뭔 소리인 게야."

"아제슬 2탄 만들고 싶다는데 그거 얘기하고 싶대요. 아무튼 다시 전화 준다고 했어요."

우진의 의견이 중요하지만, 나쁜 제안은 아니었다. 다만 지금 받아둔 예약이 문제였다.

*　　　　*　　　　*

며칠 뒤. 고객이 만족할수록 우진의 할 일은 더욱 늘어났다. 3D로 만들기로 결정했지만, 아직 시작 단계이기에 시행착오를 겪어야 했다. 고객에게 실수를 양해해 달라고 할 수도 없었다. 그래서 당분간은 가봉도 하고 3D 작업도 병행하기로 했다.

당연히 우진은 그 모든 일에 관여했고, 몸이 하나라도 부족할 지경이었다. 그런 상태이다 보니 제프 우드에서 무슨 얘기를 하겠다는 건지 신경 쓰였다.

전처럼 패턴을 사용한다는 거면 전화로 말했을 텐데, 직접 방문하고 싶다는 얘기를 들었다.

그래도 일단 들어봐야 하는 이야기였기에, 우진은 없는 시간을 내 제프 우드와 헤슬에서 올 사람들을 기다렸다.

"매튜 씨, 이거 한번만 봐주세요. 이거 걷는 거 조금 이상하죠? 어깨가 너무 굳은 느낌인데."

"그만 보시고 정리하시죠. 이제 도착할 때 됐습니다."

팟사라곤이 작업한 인체를 보고 있던 우진은 시계를 한 번 보고 나서야 고개를 끄덕였다.

"옷은 언제 만드실 겁니까?"

"거의 다 만들어가요. 내일모레 가봉하러 오신다고 했으니까 맞출 수 있어요."

"손님 옷 말고 선생님 옷 말입니다. 원단이 그대로 있어서 드리는 말입니다."

"아… 천천히 만들어야죠. 시간이 없어서."

직원들에게 선물 받은 원단이 아직 그대로였다. 매튜는 우진이 좀 더 깔끔하게 입고 있길 바랐다. 지금 모습만 하더라도, I.J 유니폼에 검은색 단안경을 쓰고 있는 모습이 너무 이상했다. 슈트라도 착용하고 있으면 그나마 괜찮을 텐데.

그때 갑자기 밖에서 웅성거리는 소리가 들렸다. 무슨 난리가 난 건 아닐까 싶을 정도로 사무실 안까지 소리가 들려왔다. 그리고 그 순간, 문이 열리는 소리가 들렸다.

딸랑.

우진이 급하게 사무실을 나가자, 익숙한 얼굴들이 숍을 이리저리 둘러보는 모습이 보였다.

"돈 번 걸로 뭐 하고 숍이 무슨… 구멍가게 같아."

"허허, 숍이 커야지만 실력이 있는 건 아니지."

"또 시비 거는 거야?"

"난 있는 그대로 말했을 뿐이라네."

매튜는 곧바로 숍으로 들어오려는 기자들을 막아서고 셔터를 내렸다. 우진은 두 사람이 왜 이곳까지 왔는지 궁금했다. 그때, 그 사람들과 함께 온 사람이 우진에게 인사를 건넸다.

"마스터, 오랜만에 뵙습니다."

"네. 샘 씨도 오랜만에 봬요. 그런데 저분들은……."

"이번에 직접 담당하신다고 해서서. 난감하시죠?"

우진은 머리를 한 번 긁적이고는 인사하기 위해 앞으로 걸어갔다. 그러자 데이비드가 웃으며 반겼다.

"허허, 모노클이 잘 어울리는군요."

"아… 선물로 받았거든요."

"허허, 뭘 빼려고 하십니까. 그냥 두셔도 됩니다. 세운, 나또 왔네. 허허."

데이비드는 흰머리가 다시 올라와, 반은 염색한 흑갈색이고 머리 근처는 희끗희끗했다. 그는 머리색이 투톤이 된 상태인데도 전혀 신경 쓰지 않았다.

하나도 변하지 않은 모습으로 우진에게 인사를 한 데이비드는 친구인 세운에게로 향했다.

우진은 그 모습을 보고 미소 짓고는 제프를 봤다. 그러자 제프는 데이비드와 다르게 우진을 보며 콧방귀를 꼈다.

"선생님, 안녕하세요……?"

대답 없이 미간만 찡그리는 모습에 우진이 당황하자, 세운과 인사를 나누던 데이비드가 대신 대답했다.

"미스터 임이 나한테만 옷을 만들어준 걸 아직도 담아두고 있습니다. 사람하고는."

"아니거든? 그런데 눈에 그건 뭐야. 늙은이도 아니고."

제프 역시 직설적인 모습은 하나도 변하지 않았다. 두 사람 모두 고마운 사람들이었기에 우진은 저절로 미소가 지어졌다.

"웃어? 어쭈, 이제 잘나간다 이거야? 말 더듬을 때가 엊그제 같은데. 난 그때 모기가 날아다니는 줄 알았어."

"하하, 아니에요. 두 분 봬서 좋아서 그래요. 먼저 앉으세요."

"변했어. 하긴 변해야지. 아무튼 앉지. 난 에스프레소 더블로 부탁해. 이봐! 영감! 영감은 물 마실 거지?"

"예의 없기는. 난 물로 부탁합니다."

매튜를 제외한 I.J 직원들은 제프 우드를 처음 보는 것이었기에, 다들 신기하게 쳐다보고만 있었다. 우진도 그런 반응을 보이는 게 당연하다고 생각하고는 직접 일어나서 음료를 준비해 왔다.

"그런데 두 분이 직접 오셨어요?"

"바쁘다면서. 한가한 사람이 와야지."

"아, 그동안 손님을 못 받았었거든요."

"알아. 골든사가 우리 회사 계열사인데 모를 리가. 그런데 한국은 뭔데 미국만큼 원단을 주문해. 스포츠 구단이 그렇게 많아? 쿨 베이스 원단은 기껏해야 야구복인데."

우진도 'Position'에 주문이 많다는 말만 들었지 자세한 얘기는 모르기에 그냥 그런가 보다 생각했다.

"할 거면 우리하고 하든가, 뭐 이상한 회사랑 일을 했어? 아무튼 너 우리랑 일하자. 제이슨이 엄청 기대하고 있어."

"제프 선생? 말을 제대로 해야죠. 누가 들으면 스카우트하는 거 같지 않습니까."

제프는 그런 마음도 있었는지 코를 실룩거리고는 다시 말했다.

"우리 경영진이나, 헤슬 경영진이나 같은 생각이야. 저번처럼 I.J 패턴으로 옷을 내놓길 원해."

"그래요?"

"그런데 조금 달라. 수량은 당연히 늘어나고 종류는 세 가지가 될 예정이야. 내 디자인, 옆에 영감 디자인, 그리고 네 디자인. 각자 회사에서 하나씩 내놓았음 하더라고. 일단 네가 합류한다고 하면 곧바로 준비할 거 같은데. 할 거지?"

뒤에서 세운에게 전해 듣는 직원들은 입을 쩍 벌리더니 자신들끼리 주먹을 들어 올렸다. 하지만 우진은 상당히 곤란한 얼굴이었다.

자신의 디자인. 연습장에 수두룩했지만, 아직 확신이 들지 않았다. 과연 자신이 앞의 두 사람과 어깨를 나란히 할 실력이 있는지 걱정이 앞섰다.

"너도 하는 게 좋을걸? 이번엔 디자인을 각자 내놓는 거라 로열티도 두 배로 받을 텐데? 뭐, 매장 같은 경우는 우리 쪽에서 알아봐 줄 거고. 아무래도 여기는 좀 그렇잖아?"

"그게……"

우진이 입을 떼자 전부 우진에게 시선이 쏠렸다.

"저희는 어려울 거 같아요."

"뭐?"

"무슨 일이라도 있으십니까?"

"그게… 예약 손님도 중요하니까요. 다들 엄청 오랫동안 기다리신 분들이거든요."

"에이, 난 또 무슨 일이라고."

제프는 피식 웃더니 등을 기댔다.

"바로 시작하는 줄 알아? 아직 멀었어. 영감네 혜슬이 하도 까칠해서 조율하려면 시간이 걸릴 거야."

그러자 매튜도 나서며 거들었다.

"일단 생각해 보시죠. 저희도 회의를 해보고 결과를 말씀드려도 괜찮겠습니까?"

"이야… 이제 정말 I.J 소속이네."

"네, I.J 소속입니다."

시간까지 있다는데 우진도 계속 거절하기 어려웠던 참이라 매튜의 말에 고개를 끄덕였다.

"저 혼자 하는 숍이 아니라서요. 다른 분들하고 얘기 좀 해 볼게요."

"참, 변했어. 이러다 아예 브랜드 차리겠어? 아무튼 난 할 말 다했어. 언제까지 알려줄 거야?"

우진이 대답 대신 어색한 미소만 보이자 보다 못한 데이비드가 제프를 말렸다. 그러자 제프는 입을 삐죽 내밀더니 또 보자며 자리에서 일어났다.

"가! 간다고! 조만간 또 올 테니까 잘 생각해 둬."

"매튜 씨, 이것 좀 빨리 열어줘야 미스터 임이 편해질 것 같습니다. 허허."

매튜가 곧바로 셔터를 열었다. 그러자 밖에 있던 기자들이 벌 떼처럼 달려들었다.

"혹시 아제슬에서 또 옷이 나오는 겁니까?"

두 사람이 함께 한국으로 와서 I.J부터 방문했기에 모두가 그렇게 생각한 모양이었다. 그러다 보니 우진을 향해서도 셔터를 눌러댔다. 우진은 오랜만에 느끼는 카메라 세례에 정신이 없었다.

그때 누군가가 한쪽에서 큰 소리로 질문했다.

"두 분이 한국에 방문한 이유가 S/S 서울패션위크 때문이십니까?"

우진은 처음 듣는 얘기에 고개를 갸웃거렸지만, 두 사람은 아무런 대답도 하지 않고 각자 차에 올라탔다. 그러자 기자들이 남아 있는 우진을 취재하기 위해 앞다투어 달려들었고, 우진은 바쁜 와중에 잡히면 큰일 난다는 생각에 안으로 급하게 들어왔다.

"와… 정신없다."

"저 사람은 원래 저래?"

"누구요?"

"제프 우드. 좀 재수 없는 스타일이네."

"그냥 좀 솔직하셔서 그래요. 일단 좀 모여주세요."

우진이 사람을 불러 모을 때, 갑자기 전화가 울려 미자가 사무실로 들어갔다. 나머지 사람들은 모인 김에 얘기를 하려고 응접실 소파에 끼어 앉았다. 그리고 곧이어 미자가 사무실 밖으로 고개를 빼꼼히 내밀었다.

"선생님, 한국 디자이너 협회장이라는 분이 선생님을 찾으시는데요?"

*   *   *

협회장이라는 사람과 통화하는 내내 우진은 떨떠름했다. 패션쇼 제의는 고마운데 조건이 마음에 들지 않았다.

—이번 패션쇼 후원이 호정 모직일세. 그래서 다른 디자이

너들은 전부 호정 모직에서 원단을 공급받기로 했다네. 자네도 만족할 걸세.

제프 우드와 헤슬의 제안도 고민 중이었던 터라 쉽게 결정하지 못했다. 그런데 협회장이라는 사람은 결정도 안 내렸는데 처음부터 계속 반말에다가 말투도 강압적이었다. 게다가 자신도 모르는 참여 여부를 기자들이 먼저 알고 있기까지 했다.

─그리고 'JoJo 패션지'에서 기자 한 명이 갈 거야. 인터뷰 좀 해주게. 내가 기사 잘 써주라고 했으니까 걱정 말게. 자네에게도 좋은 경험이 될 게야. 어린 만큼 경험이 중요하지. 내가 장담하니 내 말 듣게.

이 협회장이라는 사람은 예전에 라이언 킹덤 대표가 왔을 때 함께 동행해서 잠깐 마주친 게 다였다. 그런데 마치 자신을 부하라도 된 것처럼 구는 모습에 우진은 묘한 반발심이 생겼다.

하지만 우진은 패션쇼에 끌리는 마음도 있었기에 티내지 않고 그저 듣고만 있었다.

판매하지 않고 자신의 작품을 선보이는 패션쇼에서 긍정적인 평가를 듣는다면 자신감이 생길 것 같았다. 이번에 제프, 데이비드와 아제슬을 못 하더라도 다음에 제안을 받을 땐 자신 있게 할 수 있을 것 같았다.

─그리고 후원이 크다 보니 호정 어패럴과 협업해서 한 작

품을 내놓기로 했네. 다들 찬성했으니까 자네도 그리 알게.
내 특별히 실력 있는 팀으로 붙여주겠네.

"아······."

우진은 호정 어패럴과 협업하라는 말에 문득 최 이사가 했
던 말이 떠올랐다. 아마 그때부터 준비하고 있었고, 최동훈을
I.J와 붙이기로 미리부터 정해놓았던 것 같았다.

하지만 최동훈은 호정을 나와 'Position'을 차린 상태였다.
그렇다 하더라도 우진은 패션쇼를 서게 된다면 최동훈과 함
께하고 싶었다.

최 이사가 나쁜 짓을 한 건 알지만, 그 사람도 자신이 한 약
속을 그대로 교도소에서 이행 중이었다. 무엇보다 아들인 최
대표는 우진도 괜찮은 사람이라고 생각 중이었다.

"회장님."

―왜 그러나?

"꼭 호정하고 해야 되는 건 아니죠?"

―해야지. 다른 곳은 안 되네! 음··· 혹시 제프 우드와 헤슬
을 말하는 겐가? 거기라면 우리도 생각해 보겠네.

"거긴 아니에요."

―그럼 그냥 내 말대로 하게. 더욱 발전할 수 있는 계기가
될 걸세.

우진은 조용히 한숨을 뱉었다. 협회장이 마음에 들진 않
지만, 패션쇼를 통해 자신의 실력을 확인하고 싶었다. 다만 최

이사와 했던 약속도 지키고 싶었다. 마음은 패션쇼 쪽으로 더 향했지만 아버지에게 사람과의 약속이 중요하다고 배워서인지 마음 한구석이 계속 불편했다.

우진은 쉽게 결정할 수 없어서 일단 당사자인 최 대표의 의견을 묻고 결정하기로 했다.

"조금 생각해 보고 연락드려도 될까요?"

―생각할 게 뭐가 있나. 아직 어려서 잘 모르는 모양인가 본데, 내가 하란 대로 하면 일단 손해는 안 볼 거라네. 알지 않은가? 지금은 유명세를 타고 잘나간다고 하더라도 디자이너들이 언제까지 계속 잘나가기만 하진 않을 거라네. 그때를 대비해서 패션쇼 명함이라도 따놔야지. 내 말대로 하게. 신인 디자이너들에게는 거의 10분 정도 시간을 주지만, 내가 특별히 그 배로 배정해 주겠네.

우진은 얼굴을 찌푸리며 고개를 저었다.

"숍 스케줄도 있고요. 저 혼자 하는 건 아니에요."

―디자이너가 하자면 해야지, 무슨… 알겠네. 내일까지 알려주게.

우진은 I.J를 함께 만든 사람들을 우습게 보는 말에 순간 화가 올라왔다. 디자이너가 무슨 벼슬이냐고 여기는 모습에 말을 바로잡으려 했지만, 예의 없는 건 어디 가지 않았다. 상대는 자기 할 말만 하고 전화를 끊어버린 상태였다.

옆에서 듣고 있던 I.J 식구들도 불같이 화를 냈다.

"선생님, 마 실장님을 통해 들어서 정확히 어떤 말투인지 파악하긴 힘듭니다. 그래도 좋은 건 아닌 것 같습니다. 무엇보다 패션쇼를 한다고 우리한테 이득이 되는 것도 아닙니다. 그리고 부탁이니 고개 숙이지 마십쇼. 조금 전에 통화한 사람 백 명을 데려와도 선생님 한 분만 못합니다."

우진은 회장의 나이를 생각해서 예의를 지킨다고 한 것이 매튜를 화나게 한 모양이었다.

"알았어요. 다음부터는 안 그럴게요. 다른 분들은 어떻게 생각하세요?"

"생각은 무슨. 열받기만 하는고만. 원로 디자이너라고? 나이를 처먹었으면 나잇값을 해야지. 저러니 꼰대 소리를 듣는 게야. 이참에 패션쇼 대신 제프 우드 그 양반이랑 하는 게 낫겠고만."

"무슨, 우리 숍 크는 데 도와준 게 뭐 있다고 이래라저래라야? 우진아, 하지 마! 할 거면 해외 나가서 해. 밀라노나 파리 가서 하면 되잖아! 미자 봐라. 지금 주먹에서 피 나려고 그래."

"맞아요! 선생님이 아쉬울 것 없으시잖아요."

다들 자신의 일처럼 화를 내고 분해했다. 그리고 그 모습들이 우진을 더 곤란하게 만들었다. 우진도 회장이라는 사람만 놓고 보면 거절하고 싶었지만, 실력을 확인하고 싶은 마음이 컸기에 쉽게 대답하지 못했다.

갑자기 여러 가지 일이 겹치면서 그동안 한가했던 게 꿈이라고 느껴질 만큼 바빴다. 제프의 제안도 생각해 봐야 했고, 패션쇼도 마찬가지였다. 두 제의 모두 숍에 도움이 되는 건 확실했지만, 우진의 의견이 중요했기에 매튜나 장 노인도 쉽게 결정을 내릴 수 없는 상태였다.

하지만 우진에게는 그것보다 내일 약속이 잡힌 고객이 우선이었다. 정신없는 와중에도 우진은 완성시킨 고객의 슈트를 들어 올렸다. 예전에는 이러고 끝이었다면, 지금은 각 부위 치수가 적힌 디자인을 팻사라곤에게 넘겨야 했다.

우진은 치수가 적힌 스케치를 들고 2층으로 향했고, 그때 마침 약속을 잡았던 'Position'의 최 대표가 숍으로 들어왔다.

"안녕하십니까, 선생님!"

"오셨어요? 잠시만 앉아 계세요. 저 이것 좀 주고 와야 해서……."

"하하. 선생님, 기사는 벌써 봤습니다. 축하드립니… 그런데… 눈에 그게 뭔지……."

"아! 선물 받은 거예요. 이상해요?"

"하하… 아닙니다. 멋지시네요. 2층에 가시는 거죠? 그럼 같이 올라가시죠. 저도 온 김에 세운 형님께도 인사드려야겠습니다."

"그러실래요?"

우진은 다행이라고 생각하며 최 대표를 데리고 올라갔다.

2층도 조금 전의 우진과 별반 다르지 않았다. 세운은 주문받은 신발을 만드느라 정신없었고, 홍단아는 조수 역할을 하는 중이었다.

피할 작업 중에는 그 누구도 건드려선 안 됐다. 그렇기에 우진은 인사하려던 최 대표에게 조금 이따가 인사하라고 알려주고는 어쩔 수 없이 팟사라곤에게 함께 갔다.

최 대표는 방해가 될세라 가볍게 인사만 하고 뒤에 섰다.

"팟사… 아니, 카우 실장님. 이거요. 언제까지 돼요?"

"치수 수정만 하면 됩니다? 금방 되니까 기다리세요?"

팟사라곤은 곧바로 작업을 시작했고, 우진은 최 대표 옆으로 이동했다. 그러자 최 대표가 모니터를 힐끔 보더니 우진에게 물었다.

"저분은 덩치가 굉장하네요… 3D 작업 때문에 구하신 분인가 봐요."

"아니에요. 저희 홈페이지랑 이것저것 담당하시는 분인데 3D 작업도 하실 수 있으세요."

"대단하네요. 혹시 사용 못 하실까 봐 걱정했는데 쓸데없는 걱정이었군요."

최 대표는 엄지까지 내밀며 미소를 지었다. 그리고 몇 분 지나지 않았을 때, 팟사라곤이 뒤를 돌았다.

"벌써 다 됐어요?"

"수정만 하는 거라 금방 해요? 한번 보세요?"

모니터 속에는 고객이 있었다. 마네킹 같은 형태만으로도 충분했는데 아예 고객을 모니터 속에 담아놨다. 우진이 만든 옷을 그대로 입고 있는 형태였다.

"와……."

"만족해요? 어느 부분 고쳐야 해요?"

"아! 잠시만요. 뒷모습 좀 보여주세요."

팻사라곤은 곧바로 뒷모습으로 넘겼고, 우진은 모니터를 뚫어져라 봤다. 이대로라면 가봉할 필요가 없을 것 같았다. 굉장히 만족스러운 결과였다.

"걸어볼까요?"

"그런 것도 돼요?"

"아직 덜 만지긴 했는데 간단히 걷는 거까지 돼요?"

팻사라곤의 말대로 화면 속 고객이 어두운 화면을 걷고 있었다. 아직은 움직임이 로봇 같았지만, 움직임에 따라 옷이 흔들리는 모습까지 확인 가능했다. 함께 보고 있던 최 대표도 신기한지 한참을 보더니 입을 열었다.

"이걸로 뭐 하시려고……."

"고객들이 가봉하러 계속 숍에 왔다 갔다 해야 하니까요. 그걸 좀 줄여보려고요."

최 대표는 맞춤옷이라면 가봉하러 오는 것은 당연한 일인데, 고객을 좀 더 편하게 해주려고 이런 번거로운 일을 하는가 생각하며 우진을 봤다. 그러자 환하게 웃고 있는 우진을 보았고, 최 대표도 자신도 모르게 웃음이 나왔다. 매번 볼 때마다 옷에 대한 열정이 굉장하다고 느껴졌다.

"고객들에게도 이 화면을 넘겨주시면 엄청 좋아하겠네요. 배경은 고객이 원하는 대로 해서."

"어? 좋은데요? 팟… 카우 실장님, 그렇게 돼요?"

"저 6시 퇴근입니다?"

"알죠. 가능은 해요?"

"될 것 같긴 합니다?"

우진은 꽤 괜찮은 생각이라 느꼈다. 되면 좋고 안 되더라도 원래 용도가 따로 있으니 상관없었다. 팟사라곤에게 일을 맡긴 우진은 최 대표를 데리고 다시 1층으로 내려와 응접실에 자리했다.

"무슨 일 때문에 보자고 하셨는지 여쭤봐도 되겠습니까?"

"별건 아니고요. 혹시 패션쇼에 대해 최 이사님한테 들은 적 있으세요?"

"아… 아버지가 말씀하신 그거 때문이군요."

최 대표는 최 이사 얘기가 나올 때마다 마치 자신이 죄를 지은 사람처럼 미안한 얼굴을 했다. 그는 그런 얼굴로 조심스럽게 말을 꺼냈다.

"제 아버지하고 하신 약속은… 없던 일로 해주시면 좋겠습니다. 아버지는… 당신이 한 일에 대한 벌을 받고 계신 거니까요……."

이미 최 이사에게 언질을 받았던 최 대표가 먼저 거절했다.

"그리고 저희는 지금 선생님과 I.J분들 덕분에 너무 바빠서 패션쇼는 엄두도 못 냅니다. 아! 그리고 일본 고교 야구부들도 저희 제품을 사용하게 될 것 같습니다. 일본 전체는 아닌데, 그래도 한국하고는 비교가 안 되게 많더라고요. 그것만 준비해도 정신없이 바쁠 것 같습니다."

우진은 어떻게 대답해야 할지 몰라 어색한 얼굴로 최 대표 얘기만 들었다.

"저한테 이런 기회를 주신 것만으로 너무 감사하게 생각합니다. 그러니까 아버지에 관련된 일은… 잊어주셨으면 합니다. 아! 아버지가 하신 잘못을 잊어달라는 건 아닙니다. 오해 없으셨으면……."

"오해 안 해요. 바쁘시다니 다행이네요."

"저희도 언젠가 저희만의 제품도 생기게 되면, 그때 정식으로 제안하겠습니다."

그렇게까지 말하자 우진은 딱히 할 말이 없었다.

"하하, 왜 선생님이 미안해하십니까. 그나저나 아까 그분에게 저희 직원들도 좀 배워야겠습니다. 하하."

"카우 실장님요?"

"네, 하하. 먼저 3D 작업을 실행한 저희는 고작 발 모양 정도 만드는데도 정신없었는데, I.J는 한발 더 나아가 사람까지 만들고. 살짝 부럽기까지 하네요. 아까 그거 보니까 좋은 생각이 들더라고요. 저희 유니폼과 스파이크를 착용한 선수들이 야구 경기 하는 걸 영상으로 만들어 홍보용으로 쓰면 어떨까 하고요. 지금은 바쁘니 나중에라도 해봐야겠습니다. 저희가 못하면 업체에라도 맡겨야겠군요. 하하, 모델비도 줄이고 원하는 대로 할 수 있으니까 제 얼굴로 할 생각입니다."

우진은 피식 웃다 말고 눈을 깜빡였다.

최 대표의 말이 가능한지는 모르겠지만, 야구 경기가 가능하다면 패션쇼도 가능할 거란 생각이 문득 들었다. 되더라도 팻사라곤이 혼자 맡을 수 있을지 걱정이 됐지만, 작업만 빠르게 된다면 제프 우드와 헤슬에서 한 제안도 생각해 볼 수 있을 것 같았다.

게다가 현재 우진의 사정상 개인 패션쇼는 조금 무리였다.

보통 쇼 시간은 30분 이상을 잡는다. 그래서 옷이 최소 100벌 이상은 필요한데, 우진이 현재 디자인한 옷을 모두 리스트에 넣어도 100벌이 되지 않았다. 그러다 보니 정규 쇼보다는 가상으로 만든 쇼가 더 적합할 것 같았다.

*　　　　*　　　　*

다음 날.

우진은 혼자 생각한 것을 정리해 I.J 식구들에게 보여줬다. 그러자 가뜩이나 협회를 안 좋게 보던 사람들은 두말할 것 없이 모두 찬성했다. 다만 일을 해야 하는 팟사라곤만 고개를 저었다.

"지금까지 만든 옷들에다가? 앞으로 예약받을 고객들 옷들에다가? 대표님 작품에다가? 거기에 배경까지? 이건 혼자 못해요?"

"팟 실장! 말끝을 내리라고. 아 참, 그런데 이거 정말 많은데? 내가 봐도 혼자는 무리 같아 보이네."

"맞아요? 거기에 원래 입던 옷은 왜 작업해요?"

우진은 서류를 넘겨가며 설명을 이었다.

"전부 카우 씨한테 맡기려는 건 아니에요. 지금까지 돈 번 거 이참에 쓰려고요. 다른 건 하청 못 줘도 컴퓨터 그래픽은 업체에 의뢰할 수 있잖아요. 시간이 좀 빠듯하니까 스캐너도 좀 구매해서 한꺼번에 처리했으면 좋겠어요!"

우진은 이미 마음을 결정한 터라 강하게 밀고 나갔다. 그런 우진을 처음 봤는지 다들 신기하게 지켜봤다.

"당당해져야죠."

"우리한테 말고 다른 사람한테 그러라고 말한 거거든? 그리고 가짜라고 해도 명색이 패션쇼인데 전문 연출가한테 맡겨야 하지 않을까?"

"당연하죠. 큰 틀만 생각한 거예요. 일단 주제는 변신이에요."

"무슨 트랜스포머도 아니고 변신이 뭐야?"

"컴퓨터로 하는 거니까 조금 특별해도 될 거 같아서요. 기존의 모습으로 걸어오다가 제 옷을 입은 모습으로 변하게 하는 거죠. 그럼 변신이라는 주제에 적합하다고 생각했어요. 그래서 고객분들의 원래 모습도 필요한 거고요. 아무튼 일단 매튜 씨는 연출하고 업체부터 알아봐 주시고요. 담당자는 카우 실장님! 참, 미국에 있는 사람도 초대 좀 해주세요. 바비 씨라고, 제 첫 모델이거든요. 그리고 유 실장님, 제가 이번에 촬영용으로 예전 원피스 그대로 만들어 드릴게요. 그거 입고 촬영한 번 더 부탁드려요."

"네! 알겠습니다!"

"그리고 지금까지 주문하셨던 고객들한테도 한 번씩 물어봐 주세요. 참! 그리고 제가 그동안 그려놓은 디자인으로도 옷을 만들 거예요. 아무래도 대상 없이 한 디자인이다 보니까 모델들이 필요할 것 같아요. 그것도 좀 부탁드려요."

"우진아, 의욕적인 건 알겠는데 정신없으니까 영어든 한국말이든 하나만 해라! 매튜나 영감님이나 전부 나한테 물어보잖아!"

제4장

색다른 패션쇼

　며칠 뒤. 디자이너 협회장 이장호는 심기가 불편한 얼굴로
입을 열었다.

　"요즘 어린 디자이너들은 너무 이기적이야. 안 그런가?"

　"맞습니다. 자기들이 이렇게 편하게 옷 만들게 된 것이 누
구 덕분인데. 그냥 다 자기가 잘나서 그런 줄만 알더군요."

　"맞아, 자네 말이 맞아. 기껏 터를 닦아줬는데 내가 이런 무
시를 당해야 하나?"

　"무슨 일 있으십니까?"

　"요즘 뜬다는 I.J 말일세. 내가 내년 S/S 서울패션위크 참가
하라고 직접 전화까지 했는데 바로 거절하더군. 기가 막혀서

말도 안 나오네."

"네? 감히. 회장님이 직접 전화하셨는데도 거절했다는 겁니까?"

회장 옆에 모인 사람들은 전부 자신의 일처럼 화를 냈다.

"대한민국 국민이라는 놈이 항상 외국인들하고만 일하는 것만 봐도 싹수가 노랗습니다."

"그러고 보니까 협회에도 가입 안 한 거 같은데 말입니다."

"아니, 저번에 상 준다고 그랬는데 설마 그것도 거절한 겁니까?"

다들 우진을 욕하는 중이었다. 그중 한 사람이 의아한 듯 고개를 갸웃거렸다.

"전 참석하는 줄 알았는데……."

"지금 회장님 권유에도 거절했다고 하지 않습니까."

"그런 게 아니라, 저희 쇼를 담당하는 연출가가 있지 않습니까? 그 사람이 I.J에서 며칠 전에 연락 왔다고 그래서, 전 패션 위크를 준비하는 줄 알았습니다."

이장호는 얼굴을 찌푸리더니 연출가에게 전화를 걸라고 시켰다. 하지만 연출가 역시도 자세히 알지는 못했다. 다만 쇼를 준비 중인 것 같다는 말만 했다. 그 말을 들은 이장호는 크게 분노했다.

"감히 내 제안을 거절하고 쇼를 열어? 건방진 놈. 지금 잘나간다고 겁이 없는 거야."

모두가 회장의 눈치를 살폈다. 회장의 모습으로 보아 I.J가 준비한 패션쇼가 무산될 것이 틀림없어 보였다. 하지만, 협회도 나름대로 고민이 생겼다.

"그런데… 회장님. 제프 우드하고 데이비드까지 참가한다고 떠벌려 놓은 상태인데 어떡할까요. 만나자는 제의도 전부 거절하는데."

"생각할수록 괘씸하네. 그건 뭐 서로 시간이 안 맞는다고 하면 되지 않은가. 우리 일이 다 그런 거 아니겠나. 워낙 바빠야지. 그건 걱정 말게. 그보다 그 녀석에게 세상이 생각한 대로 흘러가는 게 아니라는 걸 보여줘야겠어. 그 녀석 거래처가 어딘지 알고 있나?"

"그게… 대구 서문시장입니다."

"꼰대 영감?"

"네. 그 노인네도 I.J 소속입니다."

"그랬군? 그래서 겁이 없는 게로군?"

이장호는 화가 끓어오르는지 입가가 씰룩였다. 그러고는 함께 있던 사람들을 보며 말했다.

"쇼라… 아예 해외에서만 하면 모를까, 한국에서는 절대 패션쇼를 하지 못하게 만들게. 모델 에이전시에 연락해서 I.J와 거래하는 즉시 협회와 끝이라고 말해두게."

"알겠습니다. 전방위적으로 막을 수 있는 건 최선을 다해 막아보겠습니다."

함께 있던 사람들은 회장의 비위를 맞추려 노력했고, 이장
호는 숨을 크게 들이마신 뒤에야 얼굴색이 돌아왔다.

"고맙네. 그나저나 다들 호정에서 연락받았나?"

"하하, 물론입니다. 선생님 덕분에 제자들이나 저나 아주
만족하고 있습니다. 원단을 너무 많이 보내줘서 걱정입니다.
하하."

"그래, 많이 남으면 뭐 어쩔 수 있나. 조금 싸게 다른 사람
들에게 넘기게나. 다들 좋아할 걸세."

"하하, 감사합니다."

*   *   *

며칠 뒤.

우진이 벌인 일 때문에 IJ 식구들은 숨 돌릴 틈도 없이 바
빴다. 우진과 장 노인은 예약 고객들을 응대하며 일일이 설명
하고 허락을 구했다. 고객의 반응은 전부 비슷했다. 처음엔
약간 부담스러워하더니 직접 무대에 설 일이 없다는 설명을
듣고는 고민했다.

그러다 다른 사람의 결과물을 보여주면 호기심 가득한 눈
으로 본 후에 찬성했다. 아직까지 거절하는 사람은 없었다.

아직 옷을 만들지 못한 예약 손님뿐만이 아니라, 예전에 옷
을 만든 사람들 역시 대부분 찬성했다. 전국에 퍼져 있었지

만, 지역은 문제가 되지 않았다. 돈을 쓰기로 마음먹은 우진 덕에 매튜가 선정한 업체들이 할 일이었다.

다만 시범으로 만든 결과물이 우진의 마음에 들지 않았다. 색상을 자연스럽게 만들어놓아도 모니터나 TV의 성능에 따라 다르게 보였다.

게다가 고작 몇 명의 작업일 뿐이지만, 하나같이 움직임이 굉장히 부자연스러웠다.

모션캡처까지 해서 만들었지만, 실제와는 차이가 있는 것처럼 느껴졌다. 점점 나아질 거라는 말을 들었지만, 우진은 약간 불안했다.

그리고 영상만 문제가 있는 것이 아니었다. 우진이 왼쪽 눈으로 본 디자인이 아닌 직접 그린 디자인으로 만든 옷을 입을 모델이 전혀 구해지지 않았다. 그렇게 연락을 해대던 모델 에이전시들이 하나같이 거절하기 바빴다.

"'RuModel'에서도 함께하기 어렵다고 그럽니다."

"거기도요? 그럼 이제 정말 개인 활동하는 모델을 구해야 하나요?"

"일단 해외에서 알아보겠습니다."

한국에서는 더 이상 모델을 구할 수 없었다. 우진도 그 이유를 알고 있었다.

디자이너 협회 회장의 입김. 서울패션위크 참가를 거절했을 뿐인데 악을 쓰며 두고 보자고 했던 말이 이런 식일 줄은 몰랐다.

아무리 회장이라고 해도 모든 모델 에이전시가 거절하도록 만드는 일이 가능한가, 신기할 정도였다. 에이전시들이야 디자이너들의 옷을 입는 일로 돈을 벌기에 우진 하나를 두고 저울질할 수는 없었다. 그렇기에 서운하긴 해도 에이전시들을 미워하기는 어려웠다.

연출 역시 마찬가지였다. 일반적인 쇼가 아니라 3D 작업으로 하는 일이라지만, 배경에 맞는 음악이나 조명, 전체적인 구도 등 많은 부분을 맞춰야 했다. 순서야 디자이너의 생각이 중요하기에 우진이 정해도 상관없었지만, 다른 부분에서 문제가 많았다.

정 안 구해지면, 번거롭긴 하지만 어쩔 수 없이 연출가와 모델을 해외에서 구하면 됐기에 크게 걱정하진 않았다. 다만, 권위 의식을 가지고 위압감을 주던 회장이 못마땅했다.

*　　　　*　　　　*

며칠 뒤. 날씨가 쌀쌀해지기 시작했고, I.J의 분위기도 날씨만큼 냉랭했다.

모두가 바쁜 와중인데도 항상 6시만 되면 퇴근하는 팟사라 곤이 문제였다. 이유도 모른 채 그런 행동을 했다면 다들 화라도 냈을 텐데, 동생 때문이라는 것을 알기에 함부로 말을 꺼낼 수도 없었다.

그러다 보니 6시 전까지는 대부분 팟사라곤이 처리 가능한 일 위주로 흘러갔다. 3D 작업으로 하청을 맺은 업체 일도 I.J와 별반 다르지 않았다. 다만 그쪽은 오히려 6시 이후에 작업할 수 없다는 걸 반가워했다.

"성훈아! 빨리빨리! 아직 안 됐어? 6시 다 돼간다! 팟사라곤 가면 내일 해야 해!"

"다 됐어요!"

"빨리해. 이러다가 쇼 준비로 몇 년은 걸리겠어!"

작업실에서 그 말을 듣던 우진은 전부 자신이 벌인 일 때문에 바쁘게 움직이는 것이 미안했지만, 스스로의 실력에 대해 확신이 필요했다. 그렇기에 묵묵히 스케치를 살피며 부족한 부분이 있는지 찾는 중이었다.

그때 문이 열리는 소리가 들렸다.

딸랑.

"헬로."

"어서 오세요. 실례지만, 어디서 오셨어요?"

"저기 이곳이 임우진 선생님이 계신 곳 맞나요?"

"그건 맞는데. 우리 어디서 본 적 있나요? 아! 해외에서 오신 모델이구나!"

오늘은 예약 손님이 없었기에 우진도 궁금해하던 중이었다. 그러다 모델이라는 세운의 말소리에 급하게 작업실을 나왔다.

그리고 모델이라는 사람을 본 우진은 활짝 웃었다.

"바비 씨!"

"네?"

"저예요. 우진."

"아! 미스터 임! 아니, 선생님! 안경이……."

우진이 단안경을 올리자 바비가 환한 얼굴로 우진과 포옹했다. 우진 역시 지금의 자신을 만들어준 사람이나 다름없는 바비가 상당히 반가웠다. 게다가 바비는 우진이 만들어준 옷 그대로 입고 왔다. 그렇다 보니 세운이 모델이라고 오해할 만했다. 우진이 멋있다고 생각하는 몇 안 되는 사람 중 한 명이었기에.

신발이 달라 빛은 나지 않았지만, 예전에 봤을 때와 비교해 오히려 더 멋있어진 것 같은 느낌마저 들었다.

"하하, 그냥 편하게 부르세요. 그런데 옆의 분은……."

"아! 제 딸입니다. 줄리아, 인사해야지?"

우진은 바비의 옷을 그리게 된 이유가 학예회 때문이었다는 사실과, 바비가 딸에 대해 사랑스럽게 말하던 모습이 떠올랐다.

"안녕하세요. 줄리아예요."

"하하, 반가워요. 바비 씨가 예뻐하실 만하네요. 너무 예쁘시네요."

"감사합니다. 선생님도 멋있으세요."

우진은 혀를 내두르며 바비를 봤고, 바비는 활짝 웃으며 말했다.

"줄리아가 말을 엄청 잘하죠. 하하. 이제 내년이면 벌써 5학년입니다, 하하."

"하하, 그러네요. 일단 앉으세요."

우진은 부녀를 소파로 안내한 뒤, 숍에 있던 세운과 성훈에게도 소개했다. 세운은 그제야 예전 우진의 태블릿 PC에서 바비를 본 것이 기억나 무척이나 반가워했다. 그러고는 우진을 위해 자리를 비켜줬다.

"한국까지 오는 데 힘드시진 않으셨어요?"

"하하, 힘들긴요. 저 같은 사람이 이렇게 먼 아시아까지 올일은 없을 줄 알았는데, 선생님 덕분에 이렇게 오게 됐네요. 덕분에 줄리아한테도 점수를 땄고요. 하하."

"다행이네요."

"전 사실 한국이라는 나라가 선생님 나라라는 것만 알았지자세히는 몰랐는데, 줄리아는 잘 알고 있더라고요. 제가 한국에 갈 일이 있다고 선물 뭐 사다 줄까 물어보려고 전화했더니줄리아가 자기도 따라가고 싶다고 그러더라고요. 하하, 줄리아가 그럴 아이가 아니라서 놀랐죠."

바비의 딸 줄리아는 낯을 가리는지 그 나이대 소녀처럼 조신하게 앉아 있었다. 우진도 그런 줄리아를 편하게 해주려고질문을 던졌다.

"한국에 대해서 알고 있었어요?"

"네, 세계 유일의 분단국가잖아요. 뉴스에서 북핵 문제로 많이 나와서 알고 있었어요."

우진은 예상치 못한 대답에 약간 당황했다. 그러자 바비가 마구 웃으며 줄리아의 볼을 꼬집었다.

"그건 안 지 얼마 안 됐잖아. 누구라고 그랬지? 후 아 유?"

줄리아는 살짝 붉어진 얼굴로 바비를 봤다. 눈치 없다는 눈빛을 보내는 중에도 바비는 사랑스러운 얼굴로 활짝 웃으며 말했다.

"맞다, 후! 후라고 그랬지."

"아… 윤후."

우진은 또다시 들리는 이름에 혀를 내둘렀다. 홈페이지에 올려놓은 후의 노래 덕에 그의 영향력이 엄청나다는 건 알고 있었지만, 툭하면 만나는 사람마다 팬이라고 하니 대단하다는 생각밖에 들지 않았다. 얼마 전에 봤던 팻사라곤의 동생도 후의 팬이라고 했기에 그 생각은 더 커졌다.

"그럼 촬영은 언제 하는 게 좋을까요?"

"말씀드린 대로 바비 씨의 신발을 만들어야 해서 조금 걸릴 거 같아요. 한국에 계신 동안 비용은 저희가 책임질게요."

"그렇게까지는 안 해주셔도 돼요. 지금만으로도 충분한걸요."

"아니에요. 한국까지 오셨는데 제가 바빠서 안내도 못 해드리고. 죄송하죠."

"아닙니다. 하하. 벌써 줄리아가 일정을 전부 짜놨더라고요. 그런데 병점이란 곳이 여기에서 먼가요?"

"병점이요? 병점이면 수원 근처인데 차로 한 시간 넘게 걸릴 거예요. 병점에 무슨 볼일 있으세요?"

바비가 줄리아를 보며 활짝 웃더니 입을 열었다.

"그 후 빌리지? MfB 한국 지사에 무슨 전시하는 공간이 있다고 하더라고요. 후의 공연 영상도 볼 수 있다고 하더군요. 후에 관련한 상품 같은 것도 파는 곳이라는데. 하하, 줄리아가 거길 꼭 가보고 싶다고 하네요. 그래서 내일 갈 예정이에요. 사실 혼ㅎㅛㅇ대?"

"혼ㅎㅛㅇ대요? 아! 홍대!"

"네, 네. 거길 가려고 했는데 그곳은 사람도 많고 가까이서 볼 수도 없다고 하더군요. 게다가 줄리아가 그러는데 이전 준비 중이라고 하더라고요. 하하."

우진은 바비가 말하는 곳이 라온 엔터테인먼트라는 것을 알았다. 우진이 바쁜 이유 중에 하나가 라온 때문이었다. 고객 중에 라온에 소속된 채우리가 있었기 때문이다.

그러다 보니 촬영을 하려면 라온과 얘기를 해야 했다. 라온에서는 다른 사람이 아닌 우진이 직접 작업해 줄 것을 원했다.

우진은 줄리아를 물끄러미 보다가 고개를 끄덕거렸다. 그러고는 조심히 질문을 던졌다.

"혹시 후를 못 봐도 홍대에 가고 싶어요?"

"MfB 후 센터에 가도 그건 마찬가지잖아요."

"아, 그렇구나. 하하. 잠시만요."

우진은 살며시 웃더니 전화를 꺼내 들었다.

*　　　*　　　*

줄리아와 바비는 갑자기 통화하는 우진을 의아한 얼굴로 지켜봤다.

"저 I.J 임우진입니다."

─네, 네! 아, 안 그래도 지금 전화드리려고 했어요.

"네?"

─죄송해서 어쩌죠. 우리가 내일 아무래도 시간이 안 날 거 같아요. 저희 라온 뮤지션들 전부가 MfB 센터에 가야 하거든 요.

"혹시… 병점인가요?"

─아! 기사 보셨구나. 맞아요. MfB하고 라온관을 따로 만 들었거든요. MfB 라온이라고 저희 뮤지션들 공연 영상이나 굿즈들 전부 판매해요. 제가 우리만 빼려고 했는데 대표님이 안 된다고 하셔서요. 정말 죄송해요. 대신 내일모레 숍으로 보 낼게요.

한국까지 온 줄리아에게 선물을 주려던 우진은, 대화를 알 아듣지 못한 채 어리둥절한 표정으로 있는 줄리아를 보며 멋 쩍은 웃음을 보였다. 그러다가 우진은 갑자기 코를 긁적이더 니 전화기에 대고 입을 열었다.

"혹시 제가 내일 병점으로 가는 건 무리일까요?"

─아, 내일 여기가 엄청 번잡할 텐데. 내일 공연에 그 옷을 입으니까 저희야 좋죠. 그런데 아무래도 팬들이 몰릴 거예요.

"그건 괜찮아요. 대신 일행을 좀 데려갔으면 하거든요. 저희 스태프 말고 고객인데, 괜찮을까요?"

─그 정도는 괜찮죠. 일단 팀장님한테 물어보고 다시 연락 드릴게요.

전화를 끊은 우진은 일단 바비에게 얘기하지 않고 일상적 인 대화를 나눴다. 바비의 미국 생활에 대해 듣던 중 라온의 김진주에게서 연락이 왔다.

─선생님, 내일 2시까지 괜찮으세요? 우리가 4시에 첫 무대 거든요. 저희가 한 시간 정도밖에 못 빼드려요. 그냥 나중에 하시는 게 좋을 거 같은데… 저희가 너무 죄송하잖아요.

"그 정도면 충분해요. 스캔만 하면 되는 거니까요. 그럼 손 님 데려가는 건 어떻게?"

─아! 팀장님이 허락하셨어요. 도착하셔서 저한테 전화하시 면 제가 나가든지, 아니면 저희 직원들이 나가든지 할 거예요. 일행분들은 스태프 확인증을 주니까 그거 착용하시면 돼요.

전화를 끊은 우진은 줄리아를 보며 활짝 웃었다. 줄리아는 자신과 대화 중에 갑자기 통화하는 우진의 모습에 뭘까 하는 마음으로 기다리던 중이었다. 아직 정확한 이유를 모르는 줄리아는 괜히 바비의 소매만 잡아당겼다.

"저기 미안한데, 홍대에는 못 가게 될 거 같아요. 그런데 저도 마침 내일 병점에 가야 할 거 같거든요. 제가 안내해 드려도 될까요?"

"네?"

"조금 전에 통화한 곳이 라온이라는 곳인데."

말이 끝나기도 전에 줄리아가 바비의 소매를 놓더니 자세를 고쳐 잡았다.

"라온! 후의 소속사! 루아와 제이도 함께 있는 소속사."

정확히 알고 있는 모습에 우진은 피식 웃으며 바비에게 말했다.

"거기 맞아요. 아무튼 제가 라온하고 일이 있어서 내일 가게 될 거 같은데, 같이 가실까요?"

"선생님 바쁘실 텐데 번거롭게 하는 건 아니죠?"

"아니에요. 라온 소속 가수 중에 채우리라는 분을 만나야 하거든요. 그럼 내일 2시까지 만나기로 했으니까 12시 30분 정도에 출발해요. 제가 호텔로 갈게요. 괜찮죠?"

"저희야 감사하죠. 줄리아는?"

"감사합니다."

우진은 그저 그런 줄리아의 반응에 피식 웃었다. 후와 전화라도 시켜줘야 하나 했지만, 우진도 후와 그렇게 친한 사이는 아니란 생각에 그냥 생각만으로 그쳤다.

그때 계단을 내려오는 소리가 들렸다.

"대표님, 저 퇴근하겠습니다?"

"아… 6시구나. 네, 알았어요. 맞다, 내일 우리 출장 가야 해요."

"6시 전에 돌아오죠?"

"아…….."

숍에서 유일하게 우진을 대표라고 부르는 팢사라곤의 말에 우진을 상당히 곤란한 얼굴을 했다. 일을 하려면 팢사라곤이 필요했고, 그러면 6시 전에 돌아와야 했다. 줄리아가 그곳에 얼마나 있을지 모르지만, 아무래도 6시 전까지는 무리 같았다.

그때 문득 팢사라곤의 동생 댕이 떠올랐다. 댕은 후 때문에 한국어까지 배울 정도로 열혈 팬이었다. 만약에 댕을 데려가면 문제가 해결되지 않을까 하는 마음에 우진은 조심스럽게 입을 열었다.

"카우 씨! 내일 혹시 댕도 같이 갈까요? 병점 MfB로 갈 거거든요. 댕이 후 팬이라고 했잖아요."

"음……? 업무 시간에 방해를 주는 건 아닐까요?"

"아니에요! 같이 가요. 대신 조금 늦게 끝날 수 있는데 괜찮아요?"

"댕이 옆에 있으니까 괜찮습니다? 한번 물어보겠습니다?"

"바로 알려주세요. 제가 타고 갈 차를 준비할게요."

팟사라곤이 간 뒤, 우진은 줄리아와 바비에게도 내일 일행이 늘어날 수 있다고 설명했다. 다행히 두 사람 모두 조금도 불편해하지 않았다.

*　　　*　　　*

다음 날. 병점에 도착한 우진은 장비를 챙기는 팟사라곤을 대신해 댕의 휠체어 옆에 섰다.

"감사해요."

"하하, 아까도 얘기했잖아요."

"그래도요. 저 때문에 차도 빌리셨다고 들었는데."

"카우 실장님이 그래요? 그런 거 아니니까 신경 쓰지 말아요. 그런데 후가 그렇게 좋아요?"

"네! 가사를 몰라도 그냥 듣고 있으면 힘이 나고, 기분이 좋기도 하고, 슬프기도 하고. 너무 좋아요!"

MfB 한국 지사가 있는 병점까지 오는 동안 차 안은 온통 후에 대한 얘기뿐이었다. 댕이 영어도 가능하다 보니 바비의 딸 줄리아와 서로 경쟁이라도 하는 듯 대화를 이어나갔다. 두 사람은 같은 가수를 좋아하다 보니 서로 쉽게 친해졌다.

우진은 댕의 휠체어를 잡고 서 있는 줄리아를 보며 피식 웃고선 입을 열었다.

"바비 씨, 사람 저렇게 많은데 괜찮으세요?"

"하하, 그러게요. 이렇게 많을 줄은 몰랐네요."

스태프의 안내로 직원용 주차장에 있던 우진은 정문에서부터 입구로 보이는 건물까지 긴 줄을 만들고 있는 사람들을 봤다. 입구가 다른지 두 줄이 서 있었다. 한쪽은 한국인과 외국인이 섞여 있는 반면, 다른 한쪽은 한국인들이 주로 줄을 서 있었다.

그때 스태프로 보이는 사람이 급하게 다가왔다.

"안녕하세요. 임우진 선생님 맞으시죠? 이거부터 받으시고요. 꼭 걸고 다니셔야 해요. 사람이 너무 많아서 몰라볼 수 있거든요."

우진은 받아 든 출입증을 목에 걸었다. 그리고 스태프의 안내로 이동을 하려 할 때, 약간의 문제가 생겼다. 줄리아와 댕이 서로 대화를 하더니 움직이지 않고 머뭇거렸다.

"왜 그래?"

"선생님… 저희는 오른쪽으로 가고 싶은데……."

우진이 고개를 갸웃거리자 줄리아가 휴대폰으로 사진을 보여주며 입을 열었다.

"저기가 후 빌리지 같아요. 그쪽으로 향하는 건물이 후 뮤지엄이거든요. 아빠랑 댕 오빠랑 우리는 저쪽으로 가면 안 될까요?"

우진은 예상치 못한 상황에 어떻게 대답해야 할지 몰랐다. 세 사람은 그의 일행이다 보니 출입증도 없는 상태인데, 따로 움직여도 되나 싶었다. 게다가 팟사라곤이 어떻게 반응할지 몰랐다.

"댕, 일단 형이랑 같이 갔다가 일 끝나면 구경하자."

"오늘은 6시까지야… 라온이 MfB로 옮기면서 오늘 6시부터 일주일간 내부공사 한다고 그랬는데……."

"맞아요……."

팟사라곤은 난처한 듯 줄리아와 댕을 봤다. 일은 오래 걸리지 않을 테지만, 일단 댕을 혼자 남겨두는 게 걱정되는 모양이었다. 그러자 바비가 미소를 지으면서 입을 열었다.

"제가 잘 챙길 테니 다녀오시죠. 한 시간 정도 걸린다고 하셨으니까 다시 만나면 되지 않겠습니까?"

"그래도 될까요……?"

"그럼요. 걱정 마세요."

"그럼, 잘 부탁드려요. 감사합니다. 그리고 댕은 이분 말 잘 듣고."

그러자 줄리아가 환하게 웃으며 댕의 휠체어를 밀었다.

"댕 오빠도 어른인데 알아서 잘할 거예요! 댕 오빠, 우리 빨리 가서 줄 서자."

우진은 조금 미안한 얼굴로 그 모습을 봤다. 마음 같아서는 곧바로 들어가게 해주고 싶었지만, 일이 아닌 관광 목적이라 다른 사람의 회사에 그런 부탁을 하기가 머뭇거려졌다.

*　　　　*　　　　*

채우리의 대기실에 있던 우진은 정신이 쏙 빠지는 기분이었다. 스태프들부터 해도 정신이 없는데 채우리가 몸담고 있는 그룹이 옆에 붙어서 계속 말을 걸었다.

"선생님! 저희도 컴백할 때 우리 언니처럼 예쁘게 해주시면 안 돼요?"

"맞아요! 저희도 앨범에 귀걸이 같은 것도 좀 넣어주세요! 언니 대박 났잖아요."

"아… 일단 얘기해 볼게요."

멤버들뿐만이 아니었다. 소속 가수란 가수들은 전부 참여했는지 툭하면 대기실로 찾아왔고, 자신들이 연예인임에도 불구하고 우진과 사진 촬영을 원했다. 그러다 보니 생각보다 일이 더뎌졌고, 우진은 난감했다.

그때, 예전에 봤던 라온 김 대표가 대기실로 들어왔다.

"어쭈? 이것들이. 빨리 각자 대기실로 안 돌아가?"

대표의 말에도 피식 웃기만 할 뿐 말을 듣지 않던 사람들이, 뒤따라온 팀장의 말에는 고분고분했다. 덕분에 그제야 숨을 돌릴 수 있었다.

"하하… 크흠……."

우진은 김 대표의 반응이 무엇 때문인지 알아챘다. 모노클을 착용하고 난 뒤 저런 반응을 종종 겪었다.

"편해서요."

"하하, 잘… 어울리십니다. 하하, 그나저나 내일 우리가 숍으로 가도 되는데. 먼 곳까지 오시느라 고생하셨습니다."

"아니에요. 저희도 일정이 있어서요."

"그렇군요. 아, 맞다! 얼마 전에 뉴스에서 봤습니다. 제프 우드하고 헤슬하고! 하하, 정말 영광도 이런 영광이 없습니다. 오늘 우리가 입은 옷도 이곳에 전시할 예정입니다, 하하."

우진은 고개를 끄덕거리며 빨리 대화가 끝나기만을 바랐다. 하지만 김 대표는 무슨 할 말이 그렇게 많은지 알고 싶지도 않은 자랑까지 해댔다. 우진은 시간을 한 번 본 뒤 결국 참지 못하고 입을 열었다.

"대표님, 일단 제가 일을 좀 했으면 해요."

"제가 말이 너무 많았죠! 하하, 그럼 일하시죠."

나갈 줄 알았던 대표는 뒤에 자리하더니 계속 지켜봤다. 우진은 들리지 않을 정도의 한숨을 뱉은 뒤 채우리를 봤다.

옷을 만들어줄 당시하고 변한 것이 전혀 없었다. 귀걸이나 하늘하늘한 원피스나, 눈으로 봤던 그대로였다.

그녀는 팻사라곤의 지시대로, 모션 캡처를 위해 설치한 이동식 크로마키 배경판 앞에서 제자리걸음을 하는 중이었다.

그 모습을 촬영하던 팟사라곤은 고개를 끄덕이며 우진에게 말했다.

"일단 모션 캡처는 끝났는데 한번 보세요?"

결과물을 기대하고 있던 우진은 조금 멋쩍은 얼굴로 화면을 봤다. 모델이 아니다 보니 걸음걸이가 다른 고객들과 크게 차이나지 않았다. 오히려 약간 팔자걸음이었다.

CG로 걸리는 시간을 줄이려고 모션 캡처를 하는 중인데, 지금 채우리의 걸음으로 봐서는 아무래도 CG가 필요할 것 같았다.

일단 스캔은 전부 끝났기에 우진은 감사 인사를 하기 위해 채우리를 봤다. 그녀는 어느새 구두를 벗고 슬리퍼를 착용하고 있었다. 그 모습을 본 우진은 채우리의 다음 모습은 어떻게 보일지가 궁금해졌다.

역시 단안경을 착용하길 잘했다는 생각이 들었다. 수시로 올리고 내리는 걸로 확인이 가능하니 엄청나게 편했다. 그리고 검은 렌즈를 올린 우진은 채우리를 보며 피식 웃었다. 지금까지 봤던 평범했던 옷들 중에도 제일 평범했다.

검은색 스키니진에 검은색 티셔츠와 검은색 모자. 평소에 저러고 다니는 것 같은 느낌이었다.

그때, 뒤에 있던 대표가 채우리를 향해 괜히 한 소리 했다.

"우리야! 끝까지 최선을 다해야지! 아직 촬영도 끝나지 않았는데 벌써 신발을 벗으면 어떡하냐! 프로 정신이 없어! 프로 정신이! 내가 그렇게 가르쳤어?"

우진은 촬영이 끝났다고 말하려고 했지만, 채우리는 미안한 얼굴로 다시 구두를 신었다. 그러자 검은 렌즈가 올라가 있는 단안경을 통해 빛이 보였다. 왼쪽 눈에 보이는 대로 입혀놨을 때 보이는 그 빛이었다. 그 빛을 보던 우진은 고개를 끄덕였다.

'다른 옷이 보이다가도 다시 어울리는 옷을 입으면 빛이 나는구나.'

항상 빛이 나는 제프 덕에 어느 정도 예상하고 있었지만, 우진은 눈에 대해 조금 더 알게 된 것 같아 기분이 좋아졌다. 그리고 채우리의 모습도 우진을 기분 좋게 만들었다. 자신이 만들었지만, 너무 잘 만들었단 생각에 절로 웃음이 나왔다.

*　　　*　　　*

우진은 다시 구두를 신고 있는 채우리에게 말했다.

"이제 벗으셔도 돼요. 촬영 다 끝났어요. 번거로우실 텐데 도와주셔서 감사해요."

"아니에요. 제가 더 감사하죠. 선생님 덕분에 앨범도 잘 팔리고. 그 덕에 대표님이 저렇게 챙겨주시잖아요."

"하하, 다행이네요. 그럼 완성되면 복사본 보내 드릴게요."

팟사라곤은 마음이 급한지 이미 장비를 챙기는 중이었고,

우진도 서둘러 자리에서 일어났다. 그러자 뒤에 있던 김 대표
가 나서며 우진을 붙잡았다.

"하하, 오신 김에 라온관도 한번 둘러보시고 가시죠. 제가
안내해 드리겠습니다."

"아니에요. 일행이 있어서요."

"아하! 다른 분들은 벌써 저희 라온관 구경하시는 중이신가
봅니다. 하하."

"후 뮤지엄, 그쪽 보러 간다고……."

"하하하, 우리 윤후야 워낙 인기가 많으니까 이해합니다. 제
가 안내해 드리고 싶은데 지금은 여기를 지켜야 해서, 대신 스
태프를 붙여 드리겠습니다. 하하, 늦게까지 계실 거면 저희 오
늘 회식도 하니까 식사라도 하고 가세요. 하하."

우진은 거절의 대답 대신 어색한 웃음으로 사양했다.

＊   ＊   ＊

김 대표가 붙여준 스태프와 함께 차에 장비를 옮겨놓고 나
서 후 뮤지엄 앞에 도착한 우진은 단안경을 손으로 가렸다.
출입증까지 목에 걸고 안경도 특이하다 보니 사람들이 힐끔거
렸다. 거기에다 TV에 종종 나오다 보니 그를 알아차리는 사람
이 꽤 있었다. 그렇다고 렌즈를 안 가져온 지금 단안경을 빼버
릴 수도 없었다. 그냥 얼굴도 가릴 겸 손으로 막는 방법이 가

장 편했다.

꽤 커다란 후 뮤지엄 앞에 도착한 우진은 일행과 엇갈릴 수 있다는 생각에 바비에게 전화를 걸었다.

"저 끝났는데 어디세요?"

─벌써 끝나셨습니까? 하하, 지금 저희 줄 서고 있습니다.

"아직도요?"

─줄어들긴 하는데. 너무 오래 걸리네요.

전화를 끊은 우진은 줄을 따라 정문 쪽으로 향했고, 바비를 발견했다. 일이 생각보다 오래 걸려 거의 두 시간이 지나갔는데도, 처음에 섰던 줄에서 크게 줄어들지 않았다.

"하하, 일은 잘 마무리하셨습니까?"

"네. 그런데 겨우 이만큼 줄어든 거예요?"

"하하. 그러네요. 그래도 들어갈 순 있을 거 같습니다. 저희 뒤에는 아예 입장 불가라고 그러더군요. 댕 맞지?"

"네… 6시까지라고……."

오기 전까지 기대하던 얼굴과 다르게 걱정이 가득한 얼굴이었다. 줄리아 역시 댕과 별반 다르지 않았다. 그러자 따라온 스태프가 고개를 돌려 우진에게 조용히 말했다.

"그냥 직원 입구로 들어가시면 됩니다. 따라오시죠."

우진이 눈을 크게 뜨고 일행에게 말을 하려 할 때, 앞에 줄을 서 있는 사람들이 보였다. 줄리아 나이 또래들도 보였고, 그보다 어린 친구들은 부모와 함께였다. 게다가 가족끼리 기다리는 외국인들도 보였다.

그러자 우진은 고민되었다. 줄리아와 댕을 보자니 가는 게 좋을 거 같았지만, 자신들을 바라보는 외국인들을 보자니 마음에 걸렸다.

우진은 일단 무릎을 꿇어 댕과 줄리아와 눈높이를 맞추고 조용하게 상황을 말해주었다. 그러자 줄리아는 상당히 고민하는 얼굴이었고, 댕은 곧바로 고개를 저었다.

"그냥 줄 설게요. 저희가 들어가는 만큼 다른 사람들이 늦어지잖아요."

"괜찮겠어? 안 힘들어?"

"괜찮아요. 원래 후 팬은 질서를 잘 지켜야 해요. 덥덥이 조항에 있어요."

"덥덥이? 그게 뭐야?"

"후 팬클럽 이름이에요."

그 말이 끝나기 무섭게 줄리아도 고개를 끄덕거렸다.

"맞아요. 덥덥이는 질서를 잘 지켜야 해요."

우진은 다소 놀란 표정을 지었다.

팬에게 평소에 어떻게 대했길래 후가 있지도 않는 장소에서도 질서를 지키려는 건지.

우진은 일행의 의견을 스태프에게 전했다. 스태프는 이미 예상하고 있었는지 알았다고 하고는, 필요한 게 있으면 부르라는 말과 함께 가버렸다.

졸지에 줄을 서게 됐지만 그래도 마음은 편안했다. 주변을 보던 우진은 신기한 장면을 봤다. 줄리아와 댕 말처럼 후 뮤지엄 쪽 줄에는 스태프도 별로 보이지 않은 반면, 반대쪽 라온관 줄에는 엄청난 수의 스태프들이 있었다.

우진은 그 모습을 신기하게 지켜봤다.

*　　　　*　　　　*

차로 돌아가는 우진과 일행의 손에는 CD 한 장과 슬로건 한 장씩이 들려 있었다. 거의 4시간을 기다렸는데 들어가 보지도 못했다. 30분만이라도 들어가길 원했지만 준비한 공연이 전부 끝났다는 말을 들어야 했고, 대신 입장하지 못한 팬들에게 나눠준 선물을 받았다.

우진은 필요 없는 물건인지라 줄리아와 댕의 마음이라도 풀어주기 위해 나눠주었다. 그럼에도 주차장으로 걸음을 옮기는 일행의 분위기는 굉장히 어두웠다.

우진은 괜히 자신이 일하느라 늦게 출발해서 보지 못한 건 아닐까 싶어 미안한 마음도 들었다.

"다음 주에 다시 오자. 줄리아도 댕도. 아침에 오면 되겠지?"

"정말요?"

"저도요? 형, 그래도 돼?"

팟사라곤이 웃으며 고개를 끄덕이자 댕과 줄리아는 그제야 서로를 보며 웃음을 보였다. 그러고는 마음이 조금 풀렸는지 휴대폰으로 기념사진을 촬영하기도 했다.

"선생님도 이리 와서 서세요. 저기가 후 빌리지거든요. 예전에 후가 살던 동네랑 똑같이 만든 곳이에요."

멀어서 잘 보이진 않지만, 댕이 말한 곳은 이곳과 좀 어울리지 않는 느낌이 들었다. 한국으로 돌아와 살던 집 같은 느낌인 모양이었다.

우진은 후가 엄청난 부자여서 쓸데없는 데 돈을 쓴다는 생각만 들었다.

그곳을 배경으로 사진을 찍을 때, 트럭 한 대가 다가왔다. 트럭이 워낙 커서 지나쳐 가기를 기다리는데 지나가던 트럭이 멈춰 서더니 트럭 창문이 열렸다. 그러고는 우진을 뚫어지게 보더니 입을 열었다.

"혹시 임우진 씨? 임우진 씨 맞으시죠? 하하."

우진은 이마를 긁적이며 대답했다. 그러자 우진을 알아본 사람이 차에서 내렸다. 이미 오늘 하루 종일 많은 사람들이 알아봤던 터라, 우진은 여느 사람과 마찬가지라고 생각하며 입을 열었다.

"사인해 드릴까요?"

"사인이요? 아! 하하, 해주시죠. 잠시만요. 종이가……"

중년 남성은 종이를 찾는지 다시 트럭에 올라탔고, 그사이 우진은 일행에게 잠시만 기다려 달라고 말했다. 그리고 남자가 종이 한 장을 들고 내려왔다.

"종이가 이것뿐이네요, 하하. 부탁드립니다."

종이를 받은 우진은 종이에 인쇄되어 있는 라온의 로고를 봤다. 그저 라온에서 일하는 분이라고 생각하고는 사인을 할 때였다. 휠체어를 미느라 함께 있던 댕이 갑자기 우진의 손을 잡았다.

"어! 이거!"

"이거? 이거 왜?"

"이거 혹시 후 사인 아니에요……?"

댕은 확실하진 않은지 줄리아까지 불러 확인했다. 줄리아마저 후의 사인이라고 외쳤다. 그러자 우진은 사인하기가 머뭇거려졌다. 세계적인 가수의 사인이 적힌 종이에 낙서하는 기분이랄까. 우진의 기분도 모르고 댕은 종이를 뚫어져라 쳐다보더니 중년 남성을 향해 입을 열었다.

"저… 이거 후 사인 맞죠?"

"하하, 맞죠."

"왜 여기에다 사인을 받으시려는 거예요……? 후는 사진은 찍어줘도 사인은 잘 안 해서 얼마나 귀한데……."

그 말을 들은 우진은 곧바로 펜 뚜껑을 닫았다. 댕에게 살짝 서운하기도 했지만, 그것이 맞다는 생각이었다. 우진이 다시 사인지를 돌려주자 중년 남성은 마구 웃으면서 입을 열었다.

"괜찮습니다. 그냥 거기에 해주세요."

"어떻게 그래요."

"괜찮다니까요. 몇 장 더 있어요."

"후 사인을요?"

라온 직원이라면 그럴 수도 있을 거란 생각에 우진은 고개를 끄덕였다.

그때, 종이에서 눈을 떼지 못하는 댕이 보였다. 우진은 혹시나 싶은 마음에 입을 열었다.

"저기, 혹시 이 후 사인지 말고 다른 곳에 해드리고, 이 사인지는 제가 가지면 안 될까요?"

"하하, 잠시만 기다리세요."

중년 남성이 다시 차에 탐과 동시에 줄리아가 보였다. 댕과 마찬가지로 사인지에서 눈을 떼지 못하고 있었다. 우진은 아차 싶었다. 어떡하나 싶을 때, 댕이 활짝 웃으면서 줄리아에게 사인지를 내밀었다.

"줄리아, 이거 잘 보관해, 알았지?"

"나 주는 거야?"

댕이 고개를 끄덕이자 줄리아는 휠체어에 앉아 있는 댕 위에 올라타다시피 해서 포옹을 했다. 우진은 꿔다놓은 보릿자루가 된 느낌이었지만, 댕과 줄리아의 모습에 마음 한구석이 따뜻해지는 기분이었다.

차에 올라탄 남자는 그 모습을 보고 마구 웃으면서 종이

뭉치를 들고 내리더니 우진의 일행에게 한 장씩 나눠주었다.

"하하, 우리 윤후를 좋아해 주셔서 감사해요."

일행이 받아 든 종이에는 전부 후의 사인이 적혀 있었다.

그때 중년 남성의 휴대폰이 울렸다.

"어, 거의 다 왔는데 네가 말했던 그 친구 만났어. 디자이너 친구라고 하던 분. 주차장 쪽에서."

우진은 자신을 보며 말하는 남자의 모습에 살짝 당황했다. 분명 후와 연관된 사람 같은 느낌이었다. 아니나 다를까, 이어진 말에 우진은 당황했다.

"데리고 오라고? 괜찮겠어? 하하, 괜히 혼나지 말고 앤드류 한테 먼저 물어봐, 아들."

"아들⋯⋯?"

우진이 순간 얼음이 된 듯 아무런 말도 없자 통화를 마친 남자가 웃으며 말했다.

"하하, 윤후 아빠예요."

*   *   *

MfB 안에 있는 후 빌리지에 들어가게 된 우진은 지금 상황이 쉽게 이해되지 않았다. 마치 골목길 같은 장소인데 아까 봤던 김 대표부터 라온 소속의 뮤지션들까지 합류해 있었다. 회식 장소가 설마 이곳일 줄이야.

반으로 자른 드럼통 여러 개가 놓여 있었고, 그곳에다 고기까지 굽고 있었다. 모두가 익숙한지 자연스러웠다.

'최소한 몇백억은 벌었을 텐데……'

우진은 모든 게 이해되지 않았다. 어째서 자신이 여기서 고기를 굽는지도.

"고기 안 구워봤어? 계속 뒤집지 마."

"네……"

후 역시 바로 옆 드럼통에서 고기를 굽고 있었다. TV에서 보던 무표정 대신 신이 난 얼굴로 고기를 굽는 중이었다.

"그런데 여기 사시는 거예요?"

"왜 자꾸 존댓말 해. 반말해. 친구잖아. 아까 내 친구들 봤지?"

"네……"

"또 그러네. 여기 우리 엄마하고 살던 집 그대로 옮겨놓은 거야. 원래 집은 아예 관광지가 돼버렸거든. 줄리아, 고기 받아 가."

후는 대화하면서도 고기를 나눠줬다. 당연히 줄리아와 댕은 가장 가까이서 후를 지켜보느라 여념이 없었다.

"내가 어렸을 때 돌아가셨거든. 내가 가수 된 것도 전부 엄마 덕분이고. 아무튼 그래."

우진은 후와 대화를 하면 할수록 생각보다 괜찮은 사람처럼 느껴졌다. 가족을 사랑하고, 연예인이라고 특별한 대우를 바라지도 않았다. 다른 사람이 후를 대하는 것으로도 알 수 있었다. 정말 친구처럼 웃으며 말 걸고 장난도 치고.

덕분에 우진도 시간이 지날수록 조금씩 편해져 갔다.

"아까 저기 들어가려다가 못 들어갔다며?"

"네. 오늘은 6시까지라고 해서 못 들어갔어요."

"가볼래?"

"그래도 돼요?"

"당연하지. 론! 론! 이제 네가 고기 구울 차례야. 대식이 형도!"

곧바로 사람들을 불러 집게를 건네더니 댕과 줄리아에게도 손짓했다. 팟사라곤과 바비도 보호자이다 보니 따라나섰다. 후 빌리지의 다른 문을 통해 밖으로 나가자 잔디밭 사이에 돌길이 보였다. 가로등도 촘촘히 박혀 무슨 공원을 나온 듯한 느낌이었다.

"김 대표님에게 허락 안 받으셔도 돼요?"

"왜? 저기 내 돈 주고 만든 거야. MfB한테 땅도 내가 샀고, 여기 길도 다 내 돈으로 만든 거야."

"아……."

이런 곳에 돈을 쓰는 것이 신기했지만, 우진도 돈을 많이 벌면 이렇게 사는 것도 나빠 보이지 않았다. 공원 같은 곳을 빠져나가자 아까 봤던 후 뮤지엄이 보였다.

늦은 시간이다 보니 관람객들도 전부 빠져나간 상태였다.

후는 마치 집에 들어가는 것처럼 카드를 대더니 안으로 들어갔다. 댕과 줄리아는 상기된 얼굴로 우진을 앞질러 들어갔고, 우진도 웃으며 따라 들어갔다.

후 뮤지엄에는 후가 지금까지 받은 상부터 사용했던 무대 의상들까지 전부 전시되어 있었다.

우진이 생각하기에 딱히 특별한 것은 없는 것 같았다. 그저 댕과 줄리아에게 선물을 준 것 같은 느낌에 고마운 마음이 전부였다.

별 감흥 없이 한참을 구경하다 2층으로 올라가자 극장처럼 생긴 문 여러 개가 보였다.

"여기는 내가 공연한 거 보여주는 장소야, 처음 팬 미팅도 있고, 콘서트들도 있고. 볼래?"

그러자 댕과 줄리아가 동시에 입을 열었다.

"첫 팬 미팅……."

댕과 줄리아가 있으니 공연 영상을 보는 건 이미 정해진 수순이었다. 문을 열고 들어가자 좌석이 없는 공연장 같은 공간이 보였다.

어두운 곳에 조금씩 익숙해져 갈 때쯤, 후가 직접 영상을 튼다며 올라가 버렸다. 우진의 일행은 잠시 기다려야 했다.

"선생님! 정말 대단해요! 완전 존경해요!"

"맞아요. 완전 멋있어요! 초창기 팬 미팅 영상 완전 보고 싶었는데!"

후랑 아는 것만으로 칭찬받은 우진은 허탈하게 웃었다. 그 사이 갑자기 무대에 조명이 켜지더니 배경이 생겼다. 공연장 무대 같은 분위기였고, 순식간에 악기들까지 올라왔다. 그리고 뭔가 이상해 보이는 사람들이 올라왔다.

그러자 옆에 있던 팟사라곤이 입을 열었다.

"플로팅 홀로그램이네요?"

*   *   *

생소한 용어인 탓에 우진은 전혀 알아듣지 못한 채 고개를 갸웃거렸다.

"그게 뭔데요?"

"페퍼스 고스트에 홀로그램을 덧붙였군요? 저기 무대랑 여기 객석이랑 틈이 벌어져 있죠? 무대도 조금 높고? 저기 천장에서 영상을 무대와 객석 사이에 쏘면, 그 영상이 다시 기울어진 반사판으로 갑니다? 그리고 저기 뒤에 포일이라고 하는 투명 스크린을 투과하면 뒤에 상이 맺히는 거죠? 대부분 그렇게 이어지는데, 저기 뒤에 빛 나오는 곳 보이시죠? 거기가 광학 설비일 겁니다?"

"아……."

열심히 설명한 팟사라곤이지만, 우진은 하나도 알아듣지 못했다. 그저 화면을 보며 놀랄 뿐이었다.

그 순간 무대에 갑자기 후가 생겨났다. 우진은 신기해하며 고개를 돌려 후가 올라간 곳을 확인했다. 분명 후는 뒤로 올라갔는데, 무대에 후가 있었다.

영상이 아닌 실제처럼 보이는 모습에 우진은 넋 나간 듯 영상을 지켜봤다. 앞으로 걸어오기까지 하는 모습에 정말 공연장에 와 있는 느낌마저 들었다.

"정말 대단하네요……."

"이런 곳이 수두룩하니까 입장이 오래 걸릴 수밖에 없었네요. 진짜 대단하네요."

바비와 팢사라곤도 콘서트를 보며 감탄했고, 댕과 줄리아는 마치 콘서트 현장에 와 있는 것처럼 손을 흔들고 소리치느라 바빴다. 그러는 와중에도 우진은 무대 위 영상에서 눈을 떼지 못했다.

'우리도 저렇게 하는 게 가능할까……?'

영상을 보자마자 우진의 머릿속은 지금 준비하고 있는 패션쇼 영상이 저런 식으로 가능할지에 대한 생각으로 가득했다.

고객 피팅용으로 3D는 정말 괜찮은 방법이었다. 다만 3D로 쇼를 만들려고 하니 아무래도 실제보다 못하다는 느낌이 강했다. 게다가 우진이 마음에 들 정도 작업하려면 상당히 오랜 시간이 소요됐다.

하지만 지금 무대 위에서 보이는 영상은 달랐다. 저렇게 된다면 정말 패션쇼나 다름없을 것 같았다. 가능만 하다면 많은 사람들이 볼 수 있을 것이고, 그만큼 많은 사람들의 평가를 받을 수 있었다. 실력을 확인하고 싶던 우진으로서는 욕심날 만한 기술이었다.

거의 30분에 달하는 영상이 끝나자, 후가 내려왔다. 그리고 후를 본 우진은 곧바로 질문을 던졌다.

"이렇게 꾸미는 데 얼마나 들었어요?"

"저기? 저기 라온 극장이라서 돈 안 들었는데? 들었나? 물어봐 줄까?"

"아니요… 여기 지금 여기 극장처럼 하려면요."

"여기? 여긴 원래 더 좋았는데, 라온 극장이랑 똑같이 만드느라 좀 이상해졌어. 그래도 영상에 보이는 장소하고 완전 똑같아서 공연장에 와 있는 기분일걸?"

"그래서 얼마……."

"얼마였더라. 여기만 따로는 모르겠고, 다른 극장들 전부 다 해서 2, 3층 뚫고 무대 설치 비용에 영상까지 해서… 한 80억 정도? 들었다고 했어."

우진은 놀란 나머지 숨을 삼키다 사레까지 들려 버렸다. 숨을 고른 우진은 공간을 둘러봤다. 크기는 이 정도가 적당했다. 여러 곳도 필요 없고 딱 한 곳만 있으면 됐다.

돈은 있었지만 한 번도 그런 돈을 써본 적이 없던 우진은 입술을 매만졌다. 보지 않았더라면 모를까, 이미 더 좋은 걸

봤는데 계속 마음에 걸렸다.

*　　　　*　　　　*

다음 날.

우진은 I.J 식구들을 데리고 다시 병점을 다녀왔다. 말보다
는 직접 보여주는 게 낫다고 판단했기 때문이다.

원래 후의 팬이었던 홍단아는 다녀온 뒤에도 여전히 신이
난 상태였다. 하지만 장 노인이나 매튜 등 다른 직원들은 걱정
이 앞섰다.

"그러니까 저렇게 하고 싶다는 게지?"

"네. 저렇게 했으면 좋겠거든요."

"왜?"

"왜라뇨. 저렇게 하면 더 많은 사람이 볼 수 있고."

"그러니까 단지 협회가 꼴 보기 싫어서 패션쇼를 하는 게
아니란 말이냐?"

다들 비슷하게 생각하고 있었던 모양이었다.

"그런 것도 있는데… 사실 다른 사람들이 제 옷을 어떻게
볼지 궁금해서요."

우진의 말에 다들 고개를 갸웃거렸다. 현재 우진의 이름으
로 먹고사는 중인데 우진이 그런 생각을 하고 있을 줄 몰랐
다. 게다가 실력이 없는데 제프 우드와 헤슬에서 찾아올 리가

없었다.

"아마 비용이 조금 많이 나갈 거예요. 무대 설치가 가능한 장소도 마련해야 하거든요. 그리고 일이 좀 더 번거로울 거예요. 아무래도 고객분들이 무대에 설 순 없으니까 걷는 모습만 촬영한 뒤 런웨이 배경을 넣을 생각이거든요. 팟사라곤 씨한테 물어봤는데, 여러 특허 중에서 제가 하려는 공연은 페퍼스 고스트 기법에 플로팅 홀로그램을 사용한 특허래요. 그걸 MfB에서 관리한다고 하더라고요. 그래서 신청하면 가능할 거래요. 단지 촬영만 새로 하면 돼요."

"그럼 기존에 하고 있던 3D 작업들은?"

"그건 앞으로도 계속할 생각이에요. 매번 고객분들을 번거롭게 할 수는 없잖아요. 저도 그렇고. 3D 작업이 자리 잡으면 앞으로 더 많이 주문받을 수 있을 거예요."

아무리 정교하다고 해도 실제만 못한 법이었다. 홀로그램도 실제는 아니었지만, 최대한 사실적으로 표현된 기술이었다.

다들 숍의 대표이자 디자이너인 우진의 말에 반대하진 않았지만, 그렇다고 해서 찬성하지도 않았다. 그리고 우진의 말이 이어졌다.

"그리고 부탁이 있어요. 제가 가만히 생각해 봤는데요. 영상을 찍게 되면 아무래도 모델이 아니라 일반인분들이시잖아요."

"그렇지."

"아, 잠시만 계세요. 작업실에서 가져와서 얘기할게요."

우진이 급하게 나가자, 사무실에 있던 직원들 중 세운이 고개를 숙여 조용히 말했다.

"디자이너라면 한 번씩 겪을 법한 일인데… 스스로 실력에 확신이 안 서는 거지. 내가 봤을 땐 아주 위험해. 저러다 슬럼프가 오는 거거든. 그래도 그걸 이겨내면 성장할 테지만. 다들 알지? 아픈 만큼 성장한다고."

"아프면 아픈 거지 성장은 무슨, 그럼 마 실장 자네는 세계적인 디자이너가 되어 있어야 하겠고만?"

"아무튼요! 지금 우진이가 그런 거 같다고요. 만약에 슬럼프 오면 숍 망하는 건 시간문제예요. 거기다가 패션쇼까지 평가가 안 좋으면!"

"망하긴 누가 망해. 고만하게. 한 실장 표정 굳는 거 봐. 난 우리 임 선생이 하자는 대로 따랐으면 하네만. 다른 사람들 생각은 어떠신가?"

미자는 말할 것도 없이 찬성이었고, 성훈은 숍이 망할까 걱정하느라 생각이 많았다. 다만 패션쇼 경험이 많은 매튜는 심각하게 받아들이지 않았다.

"패션쇼에 대한 평가는 언제나 엇갈리니까 걱정하지 않으셔도 됩니다. 전문가들에게 형편없다는 말을 들어도 대중들에게 엄청난 인기를 누리는 경우도 허다합니다. 패션쇼를 통해 이름을 각인시키는 것도 중요한 작업이라고 생각합니다."

그러자 세운이 고개를 저었다.

"누가 MD 아니랄까 봐! 그러다 망하면?"

"아까부터 망한다고 하시는 거 같은데, 왜 망합니까?"

"주문 안 들어오면 망하지. 저번에 받은 돈이 있어도 그거 금방이다."

세운이 매튜와 영어로 대화를 하는 통에 다들 알아듣지 못했다. 그러자 매튜가 일어나더니 장 노인의 책상에서 서류를 가져왔다.

"'Position'에서 보낸 자료입니다. 장 상무님이 아직 말씀 안 하셨나 보군요. 한 달 만에 우리한테 들어올 금액이 10억이 넘습니다. 물론 1년 단위로 들어오겠지만."

"진짜야? 영감님, 진짜예요? 왜 나한테는 말도 안 해요!"

그러자 장 노인이 시큰둥한 얼굴로 입을 열었다.

"그건 내 일인데 마 실장한테도 보고해야 하나?"

그때 우진이 스케치북을 펄럭이며 사무실로 들어왔다.

우진은 테이블에 스케치북을 올려놓고 한 장씩 넘겼다. 스케치북의 각 페이지마다 I.J 식구들이 이름이 적혀 있었다.

"지금 모델이 구해지지가 않잖아요. 그래서 생각을 해봤거든요. 해외에서 모델을 데리고 와도 문제더라고요. 고객분들이 모델하고 같이 무대에 서면 어쩔 수 없이 비교가 되잖아요. 그 갭을 줄이려면 아예 전부 아마추어로 하는 게 어떨까 싶어요."

"그래서… 지금 우리 보고 그거 입으라는 거지?"

"어! 선생님! 저번에 제가 예쁘다고 한 블라우스, 왜 유 실장님이에요……?"

"아, 그 옷이 좀 많이 여성스러워서 두 분 중에 고민하다가 유 실장님으로 택했어요. 유 실장님이 평소에 말도 없으시고 여성스러우시잖아요."

모두가 어이없어하는 중에, 매튜만 우진의 말에 동의하듯 고개를 끄덕였다. 그리고 당사자인 미자 역시 얼굴이 붉어진 채 수줍게 고개를 끄덕였다.

미자가 허락하자 우진은 스케치북을 넘기며 옷에 대해 설명했고, 다들 자신이 입을 옷을 열심히 살폈다.

"어차피 런웨이 설 게 아니니까 입고 걷는 모습만 촬영하시면 돼요. 다들 부탁드려요."

"그런데 우리는 몇 벌씩 입혀놓고 왜 네 옷은 하나도 없는 게냐."

다들 동의한다는 듯 고개를 끄덕이자 우진이 씨익 웃으면서 말했다.

"전 디자이너잖아요."

"네 옷 입기 싫어서 그런 건 아니지?"

"아닌데요?"

다들 의심스럽게 우진을 봤고, 우진은 미소 지은 채 입을 열었다.

"오프닝은 미자 씨하고 바비 씨로 시작할 거예요. 제가 만든 옷 중에서 멋진 편에 속하니까 가장 임팩트를 주기에 적당하다는 생각이거든요. 미자 씨나 바비 씨 옷처럼 클래식을 현대적인 감성으로 재해석했다는 느낌이 오프닝에 서는 게 좋을 것 같아서요. 두 사람 다 쉽게 다다가지 못할 정도로 멋있게 보이잖아요. 그 뒤론 고객 옷들하고 이번에 만들 옷들을 분위기에 맞춰서 순서대로 정할 생각이에요. 변화! 변화로 일상에서 느끼는 행복을 주제로 만들 거고요. 제 옷을 입으신 분들이 전부 사연이 있다 보니 그런 주제를 생각했어요."

우진은 한참을 설명했다. I.J 식구들은 열심히 설명하는 우진에 모습에 자신들도 진지해졌다.

"이걸 언제 다 생각했어. 그런데 여기 물음표는 뭐야?"

"그게 조금 문제예요. 쇼에 맞는 노래를 생각했거든요. 아무래도 연출자가 없어서 그런지 힘드네요."

"차라리 네 친구한테 부탁해. 엄청 유명한 친구 있잖아."

우진은 고개를 저었다. 그렇게 된다면 후의 노래에 세간의 관심이 쏠릴 테니, 제대로 된 평가가 나오지 않을 것 같았다.

그때 세운에게 전해 듣던 매튜가 끼어들었다.

"선생님, 차라리 연출자를 구하는 게 낫겠습니다."

"아니에요. 제가 가만히 생각해 봤는데 노래나 세부적인 것들만 정해지면 되거든요. 제 생각대로 수정이 계속 가능하고요. 영상만 완성되고 무대 설치만 잘 끝나면 무대에서만은 돌발 상황도 없을 거라서 연출자분이 없어도 될 거 같아요. 차라리 영상 감독님을 구하는 게 좋겠어요."

경험이 많은 매튜 역시 우진의 말을 듣고 나니 수긍했다. 그러자 매튜는 박수까지 보냈다.

"역시 항상 모든 것들을 염두하고 계시는군요. 존경합니다, 선생님."

매튜는 끊임없이 박수를 보냈고, 알아듣지 못했음에도 미자 역시 매튜의 박수에 소리를 더했다.

*   *   *

며칠 뒤.

김 대표 덕분에 MfB에서 신청 과정에 대한 답이 곧바로 왔다. 사용 용도와 기획서를 포함해 신청해 달라는 말에 우진은 곧바로 신청서를 보냈다. 그리고 사용 허가까지 받았다. 다만 비용을 따로 지불해야 했지만.

회의 결과 장소는 소극장이 적당하다는 결론이 났다. 보통 패션쇼는 한 번만 하지만, 우진의 패션쇼는 한 번으로 끝나는 것이 아니었다. 일단 영상만 완성이 되면 몇 번을 다시 해도 문제가 없었다.

하지만 장소가 마땅치 않았다. 무대 설치까지 해야 하는데 거절하는 극장이 대부분이었다. 가능하다고 답을 준 극장은 막상 직접 보니 천장이 낮아 답답한 느낌을 주었다. 마음에 드는 곳은 이미 예약이 꽉 차 장기 대관이 불가능했다. 하루마다 무대를 다시 설치할 수는 없었기에 우진은 상당히 곤란한 상태였다.

하루 종일 직접 돌아다니던 우진은 홍대에서 문 닫은 클럽들을 마지막으로 보고 나왔다. 열악한 환경은 둘째 치고 너무 외진 곳이었다. 숍은 외진 곳에 있지만 패션쇼만은 유동 인구가 많은 곳에서 하고 싶었다.

"오늘은 이만 숍으로 가시죠."

"네, 그러세요."

매튜와 함께 움직이던 우진은 다시 차를 타고 도로로 나왔다.

도로를 달리던 중 창밖으로 라온의 건물이 보였다. 이전한다고 하더니 아직 외관은 그대로였다. 게다가 관광객도 여전히 많았다.

이전할 곳을 미리 방문한 우진은 저절로 비교를 하게 되었고, 정말 성공했다는 느낌에 피식 웃었다. 모든 게 후 덕분일 거라고 생각한 우진은 자연스럽게 후 뮤지엄에서 본 영상을 떠올렸다. 그러다 문득 후가 공연한 장소가 생각났다.

"아! 라온 소극장!"

우진은 곧바로 휴대폰을 꺼내, 김 대표에게 전화를 걸었다.

─하하, 선생님. 요즘 저희 자주 통화하네요. 하하.

"저 대표님. 혹시 후 씨가 공연했던 극장 라온 소유예요?"

─네? 라온 소유는 맞는데 공연장을 왜 찾으시는지.

"맞아요? 거기가 어디예요?"

─홍대죠. 한번 가보시게요? 오늘 공연 뭐 있나 알아봐 드릴까요? 하하. 주로 저희 소속 인디 밴드 녀석들이 공연하는데, 보실 만할 겁니다. 하하, 가격도 저렴하거든요. 하하하.

"아… 사용하고 계시는구나."

우진이 갑자기 힘이 빠진 목소리로 말하자 김 대표가 의아한 듯 상황을 물었고, 우진은 장소를 구한다는 말을 꺼내놓았다. 그러자 김 대표가 잠시 생각하더니 입을 열었다.

─밴드 아이들 공연이 꽉 잡혀 있는데. 밴드들은 공연할 장소가 부족하거든요.

"네, 어쩔 수 없죠. 좀 더 알아보면 되니까 신경 쓰지 마세요."

─하하, 그래도 방법이 아예 없는 건 아닌데…….

*　　　　　*　　　　　*

우진은 김 대표의 첫인상이 떠올랐다. 사기꾼 같은 언변에 혹시 이상한 제안을 하는 건 아닐지 걱정되어 선뜻 방법을 물어보기가 겁이 났다.

─좀 싸게 드릴 수도 있을 거 같고. 방법이 있긴 한데.

"……."

—하하, 혹시 쇼 연출을 어디에 맡기셨는지 제가 알 수 있 겠습니까?

"제가 직접 하는데……."

—이야, 대단하십니다. 하하. 잘됐네요.

우진은 잔뜩 경계를 하며 김 대표의 말을 들었다.

—그럼 쇼 준비는 다 되신 겁니까?

"아니요. 아직 준비 중이에요."

—하하, 그럼 제가 모델도 소개해 드릴 수 있는데. MfB 소 속 모델들로! 그건 원하시면 해드리는 거고요. 하하, 쇼가 어 떤 분위기 정도인지 살짝만 알 수 있을까요?

"큰 주제는 일상복이에요. 크게 보면 오트쿠튀르와 프레타 포르테 사이의 융합 정도로 보시면 돼요."

—오트쿠튀르 좋죠. 그게 재킷을 말하는 거죠? 하하.

잘 알아듣지 못하는 김 대표였다. 패션에 관심이 없으면 모 르는 게 당연한 일이기에 우진은 알아듣기 쉽게 얘기했다.

"기성복 느낌의 맞춤옷 정도라고 생각하시면 돼요."

—하하하, 맞다! 그랬죠. 살짝 헷갈렸네요. 하하, 아무튼 그 럼 분위기는 좀 고급스럽게 나가시겠네요?

"그런 분위기도 있긴 해요."

—하하. 이거 선생님 말씀을 들으니 왠지 저희 소속 가수들 이 떠오르는군요. 연주가 고급스러운 아이들이 하나 있는데.

이상하게 떠오르네요.

우진은 김 대표가 무엇을 말하려는지 알 것 같았다. 우진
도 쇼에 어울리는 노래를 찾고 있던 중이었기에 금방 알아차
렸다.

"혹시 라온 소속 가수분들 노래로 쇼를 해달라는 말씀이세
요?"

─아이고, 무슨 그런 말씀을… 그렇게 되면 좋긴 하죠. 하
하, 선생님께 공연장을 내드리면 아이들이 지금 공연할 장소
가 없어져서 하는 말입니다. 하하, 신경 쓰지 마십쇼.

우진에게도 나쁜 제안은 아니었다.

"그럼 일단 공연장부터 보고 다시 연락드려도 될까요? 지금
들어가 볼 수 있나요?"

─하하. 제가 안내해 드릴까요? 홍대까지 한 시간이면 도착
할 겁니다.

"아니에요."

─그러시구나, 하하. 그럼 제가 말해놓을 테니 천천히 살펴
보시고 다시 연락 주십쇼. 하하.

통화를 마친 우진은 휴대폰으로 라온의 공연장을 검색한
뒤 매튜에게 보여주었다.

"이곳으로 가봐요."

*　　　　*　　　　*

다음 날 찾아간 공연장은 후 뮤지엄에서 봤던 곳과 완전 똑같았다.

처음부터 그곳을 기준으로 삼고 장소를 물색 중이었기에 마음에 들지 않을 리가 없었다.

대관료도 다른 곳보다 훨씬 저렴했고, 무엇보다 후 뮤지엄의 무대 설치를 맡았던 업체까지 소개가 가능했다.

그래도 아직 확실히 정해진 건 아니었다. 김 대표 소속 가수들의 곡 중에 마음에 드는 곡이 있어야 했다. 김 대표는 곧바로 곡들을 보내왔고, 우진은 밤새 그 곡들을 듣느라 잠도 못 잤다.

양이 어찌나 많은지 소속 가수들의 곡을 모두 보낸 것은 아닐까 하는 생각이 들 정도였다. 거의 200곡에 달했다.

게다가 고급스럽다는 말과는 다르게 일렉 기타와 드럼 소리가 가득한 록부터 통기타 하나로 간단한 코드만 잡는 곡까지 어울리지 않는 곡이 태반이었다.

아침에 출근한 직원들은 매튜에게 상황을 전해 듣고선 자신들도 도우겠다고 나섰다. 하지만 각자 맡은 일이 많다 보니 결국 우진과 미자만 남아 있었다.

가사라도 없었으면 그나마 나았을 텐데, 듣다가 인상이 찌푸릴 정도로 괴성을 지르는 곡들도 많았다. 수많은 곡을 듣다 보니 어느 순간 그 곡이 그 곡처럼 느껴졌다.

그때, 팻사라곤이 내려왔다.

"유 실장님? 오늘 촬영합니다?"

"아! 잠시만요. 금방 준비할게요."

"대표님은 안 가십니까?"

"아, 가야죠. 바비 씨는 아직 안 오셨죠?"

오늘이 미자와 바비가 촬영하기로 한 날이었다. 우진도 확인해야 했기에 이어폰을 꽂은 채 자리에서 일어났다. 응접실로 나가자 준비가 끝난 상태였다. 팻사라곤이 촬영 팀과 함께 소파까지 밀어두고 크로마키 배경판을 설치해 둔 상태였다.

우진은 한쪽에 구석에 치워둔 소파에 앉은 채 연주곡을 들으며 미자가 나오길 기다렸다.

'음악 감독만이라도 구해야 하나.'

전혀 모르는 분야인 탓에 아무리 들어도 감이 안 왔다. 그 순간 듣던 곡이 끝났고, 다음 곡으로 넘어갔다. 악기에 대해 전혀 모르는 우진은 이어폰을 통해 낮게 들리는 기타 소리에 처음으로 관심이 생겼다.

지금까지 쇠를 갈아먹은 듯한 목소리로 괴성을 지르던 곡들과는 다른 분위기였다. 여성 가수의 곡으로, 굉장히 서글프게 들리는 목소리에 굉장히 어두운 가사였다. 기대를 했던 만큼 실망도 컸는지 우진의 한숨 소리가 커졌다.

앞이 보이지 않아. 왜 아무도 내 손을 잡아주지 않는 거야.

그랬어. 이 세상에서 난 버림받은 거였어.

아무래도 쇼에는 어울리지 않을 것 같았다. 잘못하면 초상
집 분위기가 날 수도 있었다.

그때, 작업실에서 준비가 끝났다는 신호를 보내왔다. 탈의
실이 있는 응접실에서 촬영 준비를 하느라 우진의 작업실에서
준비를 해야 했다. 미자는 예전처럼 머리에 피스까지 붙이고
우진이 만든 바디컨 원피스를 입은 채 작업실에서 나왔다.

우진은 오랜만에 보는 아름다운 미자의 모습에 단안경 렌
즈를 위로 올렸다. 당연히 환한 빛이 보였다. 빛에 감싼 미자
는 다시 봐도 아름다웠다. 그리고 그 순간, 한쪽 귀에 꽂힌 이
어폰에서 들리는 노래가 갑자기 변했다.

조금 전까지 들리던 노래와 같은 노래가 아닌 것처럼 느껴
졌다. 서글펐던 분위기가 순식간에 기쁜 것처럼 들려왔다.

보려고 하지 않았던 것뿐이야. 이럴 줄 알았으면.
이렇게 쉬울 줄 알았으면.
진작 눈을 뜰 걸 그랬어.
햇살이 이런 기분이었구나.
네 얼굴이 그렇게 생겼구나.
나 행복한가 봐.

노래는 세상과 담 쌓고 지내던 아이가 마음의 문을 열고 세상을 향해 첫발을 내딛는 느낌을 그리고 있었다.

물론 우진이 느끼기에 그랬다. 도도해 보이면서도 수줍어 보이는 미자의 모습과, 곡의 멜로디와 가사의 분위기가 묘하게 어울렸다. 그리고 무엇보다 변신이라는 주제와 굉장히 어울리게 들려 우진의 마음에 쏙 들었다. 우진은 다시 확인해 보고 싶은 마음에 곧장 일어났다.

"유 실장님, 다시 나와주시면 안 될까요? 그리고 카우 씨, 이것 좀 스피커로 틀어주실래… 카우 씨?"

카우를 비롯해 업체에서 나온 촬영 팀 모두가 미자에게서 눈을 떼지 못하고 있었다. 우진은 피식 웃고선 팟사라곤의 어깨를 툭툭 쳤고, 팟사라곤은 그제야 정신을 차렸다.

"스피커로 이 노래 좀 틀어주세요."

팟사라곤이 사무실로 들어갈 때, 미자가 팟사라곤을 불렀다.

"팟 실장님, 바쁘신데 제가 틀게요."

"제가 해도 됩니다? 그리고 저 카우입니다?"

팟사라곤에게 카우라고 불러도 되는 사람이 한 명 더 늘었다. 우진은 어이가 없어 헛웃음까지 나왔다.

팟사라곤이 들어간 사이 우진은 미자에게 다시 설명했다.

"제가 신호를 주면 나와주세요."

"작업실에서부터요?"

"네. 나오라고 하면 응접실까지 걸어오시면 돼요."

다시 미자가 작업실로 들어갔고, 우진은 큰 소리로 노래를 틀어달라고 말했다. 그리고 응접실 스피커에서 서글픈 노래가 울렸다.

"나오세요! 아니, 카우 씨 말고! 미자 씨 나오세요."

그러자 미자가 커튼을 열고 밖으로 나왔다. 천천히 걸을 때쯤엔 굉장히 우울한 목소리가 들려왔다. 미자에게 집중하고 있던 촬영 팀마저 인상을 찌푸릴 정도로 서글픈 목소리였다. 하지만 정작 당사자인 미자는 무덤덤하게 한 걸음씩 천천히 걸어 나오는 중이었다.

미자는 한 걸음 옮기고 멈춰서 눈동자만 밑으로 내리깔았다. 그리고 다시 한 걸음, 움직이는 동작이 반복됐다.

노래 분위기와 너무 잘 어울렸다. 서 있을 때는 도도한데 고개를 숙일 때는 수줍게 보이는 느낌. 게다가 미자의 시선 처리나 걸음걸이 모든 게 만족스러웠다.

"유 실장님, 됐어요. 잠시만 쉬고 계세요."

촬영 팀과 얘기하기 위해 잠시 쉴 시간을 줬다. 하지만 미자는 아까와 별반 다르지 않은 걸음걸이로 한 걸음씩 옮기는 중이었다.

"실장님, 그만하셔도 돼요. 조금 이따가 해요."

"그게 아니라… 제가 힐을 잘 안 신어서… 넘어질 거 같아서요……."

그러고 보니 처음 촬영 때도 옆에 있던 사람들을 붙잡고 서 있거나, 커피숍 카운터 안에 들어가 있었다. 그 생각이 떠오르자 우진은 실소를 뱉었다. 하이힐에 익숙하지 않은 것이 오히려 도움이 되었다.

*   *   *

며칠 뒤. 우진은 촬영 팀이 보낸 영상을 확인했다. 아직 배경 작업을 못 했지만 우진의 부탁으로 보내준 영상이었다.

첫 영상은 미자였다. 완성된 영상이 아니다 보니 상당히 휑한 느낌이었다. 크로마키 배경판은 아예 지워 버려 배경이 사라진 빈 공간을 미자 혼자만 채우고 있었다. 게다가 관람객을 대상으로 실제 같은 느낌을 주려다 보니 클로즈업을 할 수도 없었다.

그럼에도 미자의 영상을 보는 IJ 식구들은 진심으로 감탄했다.

클로즈업 따위가 없어도 될 정도로, 노래와 함께 등장하는 미자가 주는 임팩트는 굉장했다.

"와… 내가 있었어야 하는데. 우리 유 실장 모델해도 되겠어!"

"아니에요. 선생님 옷 덕분이죠."

한 걸음 걸은 뒤 내려다보는 미자의 시선은 도도하게 느껴졌고, 강렬해 보였다. 심지어는 장 노인까지 박수를 보냈다.

"많이 연습했나 보고만? 고생했겠어."

미자는 붉어진 얼굴로 대답하지 못했다. 우진은 피식 웃고
는 곤란해하는 미자를 대신해 입을 열었다.

"유 실장님만 보지 마시고 전체적으로 보시라니까요. 모습
이 바뀌는 부분하고 배경 노래가 어울리는지 좀 들어주세요."

"우리 숍의 대표 미인, 미자 양이 나오는데 어떻게 다른 데
정신을 팔아! 예의가 아니지."

"마 실장님, 그러시다 맞으실 거 같은데."

다들 농담을 하며 영상을 보면서 의견을 내놓았다.

"근데 진짜 파격적이긴 하다. 일반 쇼에서는 절대 못 하지.
좀 촌스럽게 보이는 사람이 갑자기 마술처럼 뿅 하고 멋있게
변하니까."

"내가 봐도 기발하고만. 이거 만드는 데 얼마나 걸린다고?"

우진은 씨익 웃으며 입을 열었다.

"영상만 있으면 3D 작업보다 훨씬 덜 걸린다고 했어요. 그
쪽에서도 오히려 더 좋아하더라고요. 촬영만 끝나면 작업은
그리 오래 걸리지 않을 거랬어요."

"다행이고만."

그런데 미자의 영상을 보던 세운이 고개를 갸웃거리며 입
을 열었다.

"그런데 우진아, 몇 분 정도 예상한 거야? 아무리 봐도 우

리 미자 양이 혼자서 한 곡을 다 채우는 건 무리 같아 보이는데."

"아, 그건 걱정 마세요. 총 쇼 시간이 준비한 옷에 비하면 좀 긴 편이에요. 그래도 영상이다 보니까 모델들한테 무리 가는 일도 없어서 괜찮을 거 같아요. 대략 40분 정도 예상하고요. 지금 매튜 씨가 무대 설치 감독님 만나서 숍으로 온다고 했으니까 다시 얘기해 봐야죠."

"그래, 뭐. 그런데 미자 양만 보면 좋긴 한데 혼자 3분에서 4분은 오버 같은데."

"안 그래요. 곡이 밝아졌다가 다시 2절 시작할 때 어두워지거든요. 제가 시간을 재보니까 그 시간이 1분 28초 정도 되는데, 그때 두 번째 모델이 나올 거예요. 그 뒤로는 노래가 계속 밝은 분위기라, 변신한 두 모델이 같이 서 있는 것으로 생각했죠."

"이야, 벌써 구성까지 짜놓은 거야?"

"전부는 아니고요. 그래서 지금부터 다들 도와주셔야 해요. 200곡 중에 지금 같은 곡을 찾아주시면 돼요. 초반에 시끄럽다고 넘기지 마시고 변하는 곡이 있나 잘 찾아주세요."

"…또? 며칠째 하도 쿵쾅대는 노래만 들었더니 심장이 두근거리는 거 같아."

"하하, 소리 작게 하고 들으세요. 이번에는 할아버지도 좀 도와주세요."

"내가 뭘 안다고 나까지 하라는 게야."

"그냥 지금같이 확 변하는 노래만 찾아주시면 돼요."

세운은 도망가려다 잡힌 장 노인을 보고 큭큭거렸다. 그리고 매튜가 무대감독을 데리고 돌아왔다.

*　　　*　　　*

며칠 뒤.

우진은 자신의 설명과 최대한 비슷하게 작성된 설계도를 받았다. 완전 일치하지는 않았지만, 나름 만족스러웠다.

"다른 쇼에 비해 런웨이가 조금 짧은 편입니다. 동선을 최대한 꼰다고 해도 4분 정도씩 채우려면……"

무대 설치 감독은 우진의 의견대로 설계도를 짜왔지만, 나중에 딴소리가 나올까 걱정되는지 계속 걱정되는 부분을 얘기했다.

"그건 걱정 마세요. 그런데 측면에서 보면 그렇게 이상해요?"

"볼 수는 있죠. 그런데 아무래도 플로팅 홀로그램이다 보니까 완전 측면에서 보면 찌그러져 보이거나 현실감이 덜하거든요."

진짜 쇼처럼 보여주고 싶었던 우진이 약간 안타까워하는 부분이었다.

"지금 공연장이 소극장치고는 조금 크지만, 그래도 다른 쇼 장에 비하면 조금 작은 편이거든요. 그래도 현장감은 더 잘 느낄 수 있을 겁니다."

"그래서 보통 몇 명 정도 입장이 가능할까요?"

"쾌적하게 보려면 한 40명에서 50명 정도 될 겁니다. 최대 입장이 200명인 것에 비하면 많이 잘리죠?"

"어쩔 수 없죠. 그럼 공사는 언제부터 가능할까요? 최대한 빠르면 좋겠는데."

"설치는 그리 오래 안 걸려요. 영상을 무대에 맞추는 게 중요한데, 그건 영상 만드는 회사하고 저희가 직접 조율하면 되고요. 그것보다 무대 옆 부분은 아예 막는 게 더 좋을 거 같아요. 제 생각대로 진행할까요?"

"아… 옆 부분은 좀 더 생각해 볼게요."

우진은 밑에 적힌 예상 금액을 보고는 입술을 꾹 다물고 난 뒤 고개를 끄덕였다. 윤후에게 들었던 금액은 아니지만, 그래도 심장이 두근거리긴 했다. 보통 개인이 쇼를 준비하려면 2억에서 많게는 3억까지 들어간다. 그런데 우진은 무대 설치만으로 그 금액이 지출됐다.

등록금이 없어 휴학했던 게 엊그제 같은데, 이제는 몇십억을 벌어들이고 한 번에 몇억을 쓰는 스스로가 어색했다. 그렇지만 자신의 실력에 대한 확인을 해야 앞으로 나아갈 수 있을 거란 생각에, 우진은 펜을 들고 사인을 했다.

"잘 부탁드려요."

*   *   *

며칠 뒤.

바비는 생업이 있어 언제까지 한국에 머무를 수 없었다. 우진은 그런 바비를 배웅해 주고 곧장 숍으로 돌아왔다. 해야 할 게 너무 많았다. 예약 손님도 받아야 하고 쇼도 준비해야 했기에 몸이 열 개라도 부족할 지경이었다.

비단 우진만 그런 것은 아니었다. I.J 식구들이 각자 맡은 일이 있기에 전부 바쁘게 움직였다. 응접실은 또다시 촬영 준비가 한창이었고, 우진은 오늘 촬영할 사람을 기다리는 중이었다.

"댕, 귀 아프면 그만 들어도 돼."

"아니에요. 한 곡만 더 찾으면 끝이라면서요. 그런데 후 노래는 없어요?"

전부 바쁘다 보니 쇼 곡을 찾을 시간이 없었다. 지금 와서 음악 감독을 구하기도 애매해서 아르바이트를 구하려고 했고, 장 노인의 제안으로 댕이 일을 도와주게 됐다. 그러자 장 노인의 예상대로 팟사라곤은 6시가 넘었음에도 숍에 남아 있었다.

그때 사무실에 전화가 울리고 미자가 전화를 받았다.

"선생님, H&H 스튜디오인데요. 첫 번째 영상 보냈대요."

"그래요? 이리 와서 같이 봐요. 댕도 한번 봐봐."

우진은 곧바로 메일에 도착한 영상을 확인했다. 전에 봤던 미자의 영상에 바비가 더해진 영상이었다. 그리고 전에는 없었던 배경이 생겼다. 공연장에 생길 런웨이도 있었다.

우진은 기대하는 마음으로 영상을 재생시켰다. 그러자 우진이 직접 고른 노래가 들리면서 I.J의 유니폼을 입은 미자가 런웨이에 등장했다.

노래 때문인지 굉장히 어두워 보이는 분위기 속에서 미자는 런웨이를 자연스럽게 걸었다. 그리고 한 바퀴를 돌아 제자리에 왔을 때, 런웨이 중간에 갑자기 무늬가 생겨났다.

I.J의 시그니처 패턴. 두 개의 사각형과 그 속을 인피니티 기호로 가득 채운 무늬였다. 마치 SF 영화를 보는 것처럼 허공에 떠 있었다.

미자가 문처럼 된 기호로 향해 걸음을 옮겼고, 그 무늬를 통과하는 순간 미자의 모습이 변했다. 몸에 붙는 바디컨 원피스를 입은 모습으로. 이에 맞춰 노래까지 기가 막힌 타이밍에 바뀌었다.

"와……"

당사자인 미자의 입에서 감탄사가 튀어나왔고, 댕은 입을 벌린 채 눈도 깜빡이지 못했다.

"쇼장에서 이렇게만 나온다면 정말 멋있을 거 같죠? 런웨이를 총 3번 도니까 노래 시간 맞추는 것도 문제없고요."

"선생님, 정말 대단하세요… 사실 선생님 말만 듣고는 무슨 말인지 이해 못 하고 있었는데, 너무 예쁘네요."

"하하, 그때는 찬성했잖아요."

우진은 활짝 웃고는 영상을 이어 재생했다. 그러자 무대 끝에 미자가 서 있는 상태에서, 노래가 다시 어두운 분위기로 바뀌었다. 그와 동시에 바비가 등장했다. 처음 봤을 때보다는 한결 나은 패션이지만, 여전히 몸매에 비해 촌스러운 분위기였다.

바비도 마찬가지로 런웨이를 한 바퀴 돌고 제자리로 돌아왔고, 똑같은 무늬를 통과했다. 그에 대한 반응은 댕에게서 나왔다.

"말도 안 돼요! 이게 바비 아저씨라고요? 저번에 봤을 때하고 완전 다른데!"

"하하, 원래 멋있는 분이야. 나중에 사진도 보여줄게."

바비 전에는 스케치만 했을 뿐 옷을 직접 만들지 않았다. 처음으로 스케치한 옷이자 지금의 자신을 있게 만들어준 옷이었다. 그러다 보니 우진은 상당히 뿌듯한 얼굴로 영상을 봤다.

"이거 CG로 만지고 그런 건 아니에요?"

"배경만 CG고, 나머지는 대부분 실제 영상을 바탕으로 만든 거야."

바비가 런웨이를 돌고 난 뒤 제자리에 돌아갔다. 노래는 계속해서 밝은 분위기를 유지했고, 바비가 제자리로 돌아오며 미자를 향해 고개를 까닥거렸다. 그러자 미자도 가볍게 고개를 끄덕이고는, 두 사람 다 런웨이의 양쪽 끝을 향해 걸어갔다.

미자는 영어 울렁증 때문에 바비와 대화를 해본 적도 없었지만, 너무 신기한 나머지 모니터에 파고들 정도로 집중했다.

영상을 계속해서 보다 보니 우진의 눈에 두 사람의 워킹이 보이기 시작했다. 영상이 신기해 눈치채지 못하고 있었는데, 자세히 보니 역시 워킹이 전문 모델 같은 느낌은 아니었다. 그 모습을 본 우진은 피식 웃으며 고개를 끄덕였다.

고객들이 전부 전문 모델과는 거리가 먼 모습인데, 자신의 옷만 돋보이기 위해 모델도 사용했다면 분명 비교가 되었을 것이다. 우진은 거기까지 생각한 스스로가 기특해 기분 좋은 웃음을 지었다.

영상은 계속 이어져, 바비와 미자가 각자 런웨이를 돌아 다시 제자리에 도착했다. 그리고 전문 모델에게서는 볼 수 없는 포즈를 취했다. 두 사람은 관객들을 향해 인사하듯 손을 흔들었고, 그와 동시에 노래가 끝이 났다.

그 순간, 배경은 멀쩡한데 미자와 바비가 노이즈처럼 흔들리더니 갑자기 사라져 버렸다. 그리고 그 자리에 예전 고객인 신혼부부가 자리했다. 그러고는 영상이 끝났다.

"선생님! 저 사람들은 어떻게 변해요?"

"하하, 나중에 같이 보자."

"와! 진짜 멋있어요. 다음 사람은 어떻게 변할지 궁금하기도 하고! 재밌기도 하고!"

우진은 댕의 반응이 마음에 들어 활짝 웃었다. 그런데 영상을 계속 보던 댕이 갑자기 놀란 눈을 하더니 입을 열었다.

"저기 선생님… 그런데 혹시 지금 제가 노래 고르는 게 이것처럼 쇼에 들어갈 노래예요?"

"응. 그렇지."

"그걸… 제가 해도 된다고요?"

"걱정하지 마. 네가 골라도 내가 다시 들어보고 결정할 거니까. 두 번째 순서에 나오는 곡도 우리 유 실장님이 고르신 거야. 유 실장님이 가장 고생 많이 하셨어. 우리 숍에서 가장 많은 일을 하셔서 없으면 큰일 나."

우진은 있는 그대로 말을 했다. 그런 우진의 칭찬을 들은 미자는 우진을 쳐다보지도 못하고 제자리로 돌아갔다. 그러고는 모니터를 보면서 혼자 중얼거리며 실실 웃었다.

"우리 유 실장… 우리……."

그때, 매튜와 세운이 들어와 미자를 보며 고개를 갸웃거렸다.

"뭐가 우리야. 야, 우진아. 우리 유 실장한테 일 좀 그만 시켜. 지금 정신 나갔잖아."

"우리… 유 실장… 휴."

세운의 말에 미자는 갑자기 김이 팍 새는 얼굴로 고개를 돌렸고, 세운은 모르겠다는 얼굴로 어깨를 으쓱거렸다.

"뭐야, 왜 저래? 우진아, 데이비드 왔어. 그런데 그 양반도 같이 왔다."

"제프 씨도요?"

"어, 나와봐. 내가 데이비드한테 그렇게 말하지 말라고 했는데 말했나 봐."

데이비드가 자신의 옷을 입긴 했어도, 쇼에 올라갈 영상을 부탁하기에는 너무 유명한 사람이었다. 그래서 부탁할 생각조차 없었는데 친구인 세운이 부탁을 해버렸고, 데이비드는 쉽게 허락했다.

오늘 준비한 촬영 역시 데이비드의 촬영이었다. 우진은 서둘러 응접실로 향했다. 그리고 응접실에는 팔짱을 낀 채 얼굴을 구기고 있는 제프와 그 옆에서 너털웃음을 짓는 데이비드가 보였다.

"오셨어요."

"허허, 아직도 모노클을 착용하고 계시는군요. 몇 번 봤더니 이제는 잘 어울립니다. 허허."

"아, 감사해요. 제프 선생님도 오셨어요……?"

대답도 없이 우진만 힐끔 쳐다보는 제프였다. 그러자 데이비드가 마구 웃으면서 입을 열었다.

"그럼. 입고 싶다고 아무나 입는 옷이 아니지, 허허."

"그 아무나가 나야?"

"허허허허, 생각하기 나름이겠지. 그나저나 미스터 임, 쇼를 준비한다고 하던데 어떻게 하려고 영상을 찍는 건지 알 수 있나요?"

제프도 화를 내고는 있지만, 역시 궁금했는지 우진을 향해 고개만 살짝 돌렸다.

우진은 경쟁업체라고 보기는 힘들어도, 두 사람이 같은 계열에 몸을 담고 있다 보니 말을 해도 되는지 약간 걱정스러웠다. 매튜가 직접 두 사람을 데리러 갔다 왔는데도 설명해 주지 않은 걸 보면, 매튜도 걱정하는 것 같았다.

"나중에 보여 드릴게요."

"꼭 저래! 나한테도 내 옷 나중에 만들어준다고 했는데 아직도 안 만들어요. 디자이너하면 약속이 생명인데. 아주 글러 먹었어. 곧 있으면 망하겠어."

"디자이너한테 약속이 생명이었나? 실력이 생명 아닌가? 허허허."

제프는 계속 툴툴거렸고, 우진은 멋쩍음에 어색한 미소만 지었다.

"그럼 빨리 촬영해 볼까요? 제가 어떻게 하면 되나요?"

우진은 다른 고객들과 마찬가지로 데이비드의 지금 모습부터 촬영했고, 잠시 뒤 작업실로 들어가 옷을 챙겨 나왔다.

"이거 갈아입으시고 다시 촬영할 거예요. 번거롭게 해드려서 죄송해요."

"허허, 아닙니다. 가만 보자. 이거, 이거, 허허."

데이비드는 일부러 옷을 제프 앞에 내려놓고는 마구 웃었다.

"허허허, 생각지도 못하게 같은 옷이 두 벌이나 생겼네. 허허허."

우진은 제프를 볼 엄두가 나지 않아 아예 고개를 돌려 버렸다.

*   *   *

한 달 뒤.

우진은 거의 한 달 가까이 2시간 이상 잠을 자본 적이 없었다.

낮에는 쇼 준비를 하다 보니 작업은 밤에 하기 일쑤였고, 작업을 하다 보면 어느새 아침이 밝아왔다. 시간이 좀 더 여유가 있으면 했지만, 제프 우드와 데이비드가 돌아가지도 않고 계속 대답을 달라며 기다렸다.

또한 우진은 무엇보다 쇼에 대한 평가가 궁금했기에 최대한 바삐 움직였다. 그 결과, 옷 작업은 지금 하고 있는 작업을 끝으로 더 이상 할 것이 없었다.

한 번씩 만들어본 고객의 옷은 더 빨리 만들 수 있었기에 벌써 2주 전에 촬영을 끝마친 상태였다. 그리고 오늘은 우진이 직접 디자인한 옷을 촬영하기로 한 날이었다.

원래 있던 12벌에서 한 벌 늘어나 총 13벌.

우진은 I.J 직원들의 이름이 적힌 옷들 사이에 마지막 옷을 끼워 넣었다.

팟사라곤에겐 미안하지만, 몸이 너무 크다 보니 이번 디자인과는 어울리지 않았다. 그리고 다른 사람들은 두 벌씩 맡게 된 반면, 장 노인은 한 벌만 소화하기로 했다. 장 노인은 나이도 많은 자신이 쇼를 방해할까 걱정했고, 그 생각을 굽히지 않았다. 그나마 조르고 졸라 겨우 한 벌을 맡길 수 있었다.

사실 I.J 식구 중 여자인 미자와 홍단아를 제외하고는 대부분 나이가 많은 편이었다. 게다가 누구 하나 뛰어난 몸매가 없었다. 삐쩍 마른 매튜나 배만 볼록하게 튀어나온 세운과 성훈이나 전부 거기서 거기였다.

그나마 마지막 한 벌을 맡은 제프는 나은 편이었다. 다만 옷에 대해 무슨 말을 할지 몰라서 그에게는 스케치도 보여주지 않았고 가봉도 엉뚱한 천으로 했다. 만족할지 모르겠지만, 그래도 최선을 다해서 만들었기에 어떤 반응을 보일지 궁금하긴 했다.

응접실에서 촬영 준비 중이던 매튜가 우진을 불렀다.

"선생님, 준비 끝났습니다."

그 말에 우진은 13벌 중 마지막으로 만든 옷을 꺼내 들었다. 옷 커버에는 다른 옷들과 달리 아무런 이름도 붙어 있지 않았다. 우진은 작업대 위에 옷을 올려두고 긴장한 얼굴로 숨을 들이마셨다. 그러고는 천천히 옷을 벗고 작업대 위에 있던 옷을 하나씩 걸쳤다.

기존에 있던 옷을 리폼한 게 아니라, 처음으로 만든 자신의 옷이었다.

*　　　　*　　　　*

쇼만이 아니라 평소에도 입고 다닐 수 있도록 너무 튀지 않고 깔끔하게 만든 정장이었다. 회색빛 원단에 체크무늬 대신 I.J 로고를 패턴 형식으로 새겼는데, 이는 유명한 명품 브랜드에서 자신들만의 시그니처 무늬를 넣을 때 사용하는 방식이었다.

우진은 슈트를 걸치고는 작업실을 열고 나왔다.

"오! 우진이!"

"참 나, 진작 저러도 댕길 것이지. 이제야 디자이너답고만?"

"잠시만요. 선생님 이리로 앉으세요."

미자는 우진이 나오자마자 의자에 앉히고선 머리까지 만졌다. 그럴수록 거울에 비치는 자신의 모습이 더욱 집사 같아졌다. 단안경을 뺄까 고민할 때, 촬영 때문에 방문한 제프 우드가 옆으로 다가왔다.

"내 옷은? 내 옷도 이런 거야?"

"아, 아니요. 저기 행거에 있어요."

"어디! 어디!"

제프가 행거로 향했고, 우진은 약간 걱정이 들기 시작했다. 혹시나 마음에 들지 않는다면 대놓고 말할 사람이다 보니, 다른 사람들의 옷을 보여줄 때보다 더 긴장되었다.

행거에서 자신의 옷을 빼어 든 제프는 옷을 이리저리 살피기 시작했다.

"마음에 안 드세요?"

"기다려 봐. 좀 보고!"

긴장한 우진은 제프를 조심스럽게 살폈다. 모든 옷들이 신경 써서 만든 옷이긴 하지만, 그중에서도 가장 신경을 많이 쓴 옷이었다.

짙은 황토색의 무릎까지 내려오는 체스터필드풍의 코트였다. 너무 무거운 느낌을 주지 않으려 버튼도 보통 명치부터 시작하는 것을 좀 더 내렸다. 그리고 보통 옷들이 심지를 가슴 양쪽에 두르는 것이 다인 반면, 우진이 만든 옷은 하단 부분까지 옷 심지를 박아 핏이 무너지지 않도록 신경 썼다.

제프는 역시 디자이너답게 코트의 밑단을 만져보더니 고개를 끄덕였다.

"내가 영국풍은 별로 안 좋아하는데."

"아… 그러세요?"

"원단도 영국 거고."

"겨울옷이라서 영국 원단이 가장 좋을 거 같았어요. 합사로 짠 원단이 광이 덜해서 좀 따뜻한 느낌을 주잖아요."

"그래, 그냥 그렇다고. 조끼, 바지, 셔츠까지 색은 엄청 신경 썼네. 일단 색감은 좋아."

별로 마음에 들어 하는 눈치가 아니라 정작 옷을 만든 우진도 실망이 컸다.

"마음에 안 드시면 입지 않으셔도 돼요."

"누가 안 입는데? 그런데 말이야. 아무리 살펴봐도 내 거에는 없어."

"뭐가요?"

"로고 말이야! 로고 패턴. 데이비드에는 스틱타이에 떡하니 박혀 있는데 왜 내 옷에는 없냐고."

"아… 그거 체스터필드풍이라 조금 심플하게 만들어서 안쪽을 보셔야 해요."

안감을 살피는 제프의 얼굴에서 조금 전의 시큰둥한 모습은 사라지고 미소가 한가득하게 바뀌었다.

"진작 말하지. 기다려 봐, 입고 올게. 그런데 데이비드도 불렀으면 좋을 뻔했네. 하하."

제프 우드가 옷을 갈아입으러 작업실로 들어가자, 밖에 있던 사람들은 고개를 저었다.

"옷은 마음에 드는데 로고가 없다고 저런 거야? 애도 아니고."

"하는 짓은 애나 다름없고만, 쯧쯧."

다들 제프에 대해 잘 알지 못해 못마땅해했지만, 그나마 제프에 대해 알고 있던 매튜는 우진을 무척이나 뿌듯한 얼굴로 바라봤다.

"저분이 다른 사람 옷을 받고 저렇게 좋아하시는 건 처음 봅니다. 다른 고객들도 좋게 볼 것 같습니다."

우진도 그랬으면 좋겠다는 생각에 고개를 끄덕였다. 제대로 만들었으면 분명히 환한 빛이 보일 거라는 생각에 단안경을 올리고 제프가 나오길 기다렸다.

잠시 뒤, 제프가 헛기침을 하며 등장했다.

"하하, 좋은데?"

제프는 엄청 만족한 얼굴로 등장했고, LJ 식구들도 박수까지 보내며 그 말에 동의했다.

그럼에도 우진은 조그맣게 한숨을 뱉었다. 빛이 보이지 않았다. 그렇지만 성과는 있었다. 항상 빛나 보이던 제프에게 새로운 옷이 보였다. 우진이 지금 만든 옷과 전혀 다른 가벼운 캐주얼풍의 옷.

우진이 그 옷을 보며 자신이 만든 옷과 차이점이 무엇인지 살펴볼 때, 제프의 말이 들렸다.

"나도 머리 만지고 해줘야지."

"아! 유 실장님, 좀 부탁드려요. 포마드 스타일로 해주시면 돼요."

우진은 혹시라도 헤어스타일이 변하면 빛이 보일 수 있다는 생각에, 희망에 찬 목소리로 미자에게 부탁했다. 그리고 제프의 헤어스타일이 변하는 모습을 계속 지켜봤다.

잠시 뒤 헤어스타일이 완성되었다. 제프는 거울을 보며 만족했고, 우진은 말없이 그 모습을 지켜봤다. 그러자 옆에 있던 매튜가 우진에게 조용히 물었다.

"무슨 문제라도 있으십니까?"

"…아! 아니에요."

"디자인 유출될까 걱정하시는 겁니까? 걱정 마시죠. 이미 제가 다 알아서 처리해 뒀습니다."

우진은 이상한 오해를 하는 매튜의 말에 피식 웃었다. 머리까지 완성했음에도 빛이 보이지 않았다. 그러자 완성한 옷들 전부 빛이 보이지 않으면 어떡해야 하는지 벌써부터 걱정되기 시작했다.

"자! 나부터 촬영해 줘! 조셉 끝나면 바로 호텔로 갈 거니까 준비하고!"

제프는 마음에 든다는 표현을 솔직하게 표현했고, 우진은 그 모습을 보며 그나마 위안을 삼았다.

비록 빛이 보이진 않지만, 최선을 다했고 정성을 쏟아부었기에 후회는 없었다. 약간의 아쉬움은 있었지만 앞으로 가야 할 길이 멀었다는 생각에 스스로를 채찍질하는 계기가 된 것 같았다

제프의 촬영이 시작되었다. 그사이 미자를 비롯해 다른 직원들도 각자의 옷으로 갈아입고 나왔다. 13벌의 옷 중 어느 것 하나도 빛이 나는 게 없었다.

우진은 더 노력하자는 다짐을 하고선 제프의 촬영으로 고개를 돌렸다.

걷는 모습을 찍는 것뿐이니 촬영 자체에는 딱히 어려움이 없었다. 다만 원래 옷으로 갈아입은 상태에서도 촬영을 해야 하는데, 제프는 원래 모습도 너무 멋있다 보니 그게 문제였다.

촬영이 끝나자 제프는 우진의 옆에 앉더니 촬영 팀을 향해 고갯짓을 했다.

"뭘 짓 하는 건데 말도 안 해줘? 하는 짓 보면 3D 가상 피팅, 이런 거 하는 거 같은데."

"……."

"정답이지? 놀라기는. 그런데 너무 옛날 방식이다. 누가 요즘 이런 거로 해."

정확하진 않지만, 그래도 조금은 눈치챈 제프였다. 우진은 역시 제프라는 생각이 들었다.

"이거 봐봐. 이거 우리 건데, 어플로도 되거든. 미리 체형을 등록해 놓으면 우리 제품을 입어볼 수 있지. 가상 피팅 시스템. 제이슨이 심혈을 기울인 작품이야. 어플로는 조금 이상한데 우리 매장에 보면 거울 같은 스캐너 있거든. 그거로 하면 금방인데."

"그 정도까지는 없어도 될 거 같아요."

"촌스럽기는. 생각도 시대에 맞춰 유동적인 사고를 가지라고. 그러다가 머리 굳으면 데이비드처럼 된다."

제프는 우진을 힐끔 보더니 마저 입을 열었다.

"잘됐다. 옷값도 줘야 하니까 그거로 대신 주면 되겠네."

"아니에요. 옷값은 안 주셔도 돼요. 도와주신 것만으로도 감사한데."

"줘야지! 당연히 수고했으면 수고한 비용을 지불해야지. 이상한 사람이네. 얼마가 적당하려나… 에이, 돈으로 가격 매기기는 이상하고. 대신 내가 그거로 줄게."

"뭐요?"

"가상 피팅 하는 거 말이야. 제이슨한테 전화해서 보내라고 할 테니까 그렇게 알아."

"엄청 비싼 거 아니에요?"

"넌, 넌, 네 옷에 그렇게 자신이 없어? 내가 칭찬한 옷이야."

우진은 곤란함에 머리를 긁적였다. 제프가 말하는 장비가 얼마나 할지 모르지만, 옷이 아무리 비싸도 그 정도는 아닐 것 같았다. 하지만 제프는 우진이 더 이상 말을 꺼내지 못하게 막아버리고는 자리에서 일어났다.

"아무튼 난 갈 거니까 초대장 꼭 보내. 데이비드보다 먼저 보내. 잊지 마."

　　　　*　　　　　*　　　　　*

　제프는 호텔로 돌아가는 차 안에서 휴대폰으로 자신을 촬영하기 바빴다.

　"하하, 선생님. 그렇게 마음에 드십니까?"

　"어. 이거 볼래? 스티치 방법만 7가지야. 이거 수작업으로 했다는데 볼수록 대단하네. 여기 주머니 보이지? 여긴 크로스스티치고 여기서 밑으로 내려오는 건 헤링본이야. 잡아당겨도 멀쩡해."

　"대단한 분이네요."

　"그러니까 내 말대로 처음부터 데리고 있었어 봐. 제이슨, 그거 쌤통이다."

　그러자 운전하던 조셉이 웃으면서 대꾸했다.

　"데려오시죠. 선생님이 권유하면 올 거 같던데요."

　"이상한 소리 하지 마라. 지 앞길 잘 가는 애한테… 얘 나보다 더 대단한 애야. 어떤 미친놈이 옷 심지를 하단에 박을 생각을 해? 실력도 전보다 훨씬 늘었고, 자신감도 좀 생긴 거 같고. 시간만 조금 더 지나면 나나 데이비드나 올려다봐야 할지도 몰라."

　"그 정도입니까?"

　"시간이 지나면이라니까? 아직은 나한테 안 되지. 이것만 봐도 그래. 이 영국풍 스타일은 신사 같은 느낌이 중요하거든?

그렇다고 지팡이 들고 다니긴 그렇잖아? 내가 데이비드도 아니고. 대신 여기에 시계를 딱 착용하는 거지. 연보라색 와이셔츠에 황토색 코트니까, 가만 보자… 진한 브라운풍에 테두리는 심플한 라운드형 시계를 착용하면 한층 더 멋있지. 하하, 조셉, 내 시계 어디 있지?"

"트렁크 보관함에 있습니다."

"차 좀 잠깐 세워봐. 어, 그래. 잘됐다. 저기 커피숍으로 가."

제프의 입에서 말이 나온 이상 무슨 일이 있더라도 지금 당장 해야 했다. 그것을 잘 아는 조셉은 바로 차를 커피숍 앞에 주차하고는 보관함을 꺼내왔다.

"어, 가서 커피 한잔 먹자. 내가 쏠게."

"네."

제프는 시계를 들고 커피숍으로 향했다. 커피가 나오자 테이블 위에 둔 제프는 바로 보관함을 열었다. 시계 및 반지들이 수두룩했고, 값비싸 보이는 것들도 상당했다. 그는 그런 보관함을 아무렇지도 않게 커피숍에서 열어젖히더니 그중에 아까 말한 가죽 시계를 꺼냈다.

"잘 봐! 이걸 착용하고."

"옷에 가려서 잘 안 보이는데요."

"넌 그래서 더 배워야 한다는 거야. 잘 보라고. 이렇게 커피를 마실 때 손을 올리잖아. 그때 힐끔 보이는 게 멋이야. 어때, 훨씬 더 신사다운 느낌이 잘 살지? 시계도 패션의 일부분이거든. 하하."

조셉은 커피를 마시지도 않고 들고만 있는 제프를 보며 어색한 웃음을 짓고는 시계를 봤다. 별거 아니라고 생각되던 시계가 옷과 조화되니 정말 진중한 이미지를 더했다.

하는 짓은 미친 사람 같은데 실력은 정말 대단했다. 세계 톱 디자이너라는 타이틀을 괜히 얻은 게 아니었다. 다만 한번 시작하면 쉽게 끝내는 법이 없었다.

"잘 봐. 여기에 다른 시계 차면 영 이상하지. 하하, 여기에 서브마리너 착용해 볼게. 완전 이상할걸? 제니스 것도 줘봐."

조셉은 어느 순간부터 의미 없이 고개만 끄덕거렸다.

*　　　　　*　　　　　*

며칠 뒤.

리허설 때문에 공연장에 와 있던 I.J 식구들은 무대 정면에 준비된 의자에 앉은 채 쇼를 구경했다. 모니터로 영상만 확인할 때와는 완전히 달랐다.

실제 쇼라고 착각할 만큼 정교했고, 모델이 I.J 로고를 통과할 때는 이미 한 번 봤음에도 다들 감탄사를 뱉어댔다.

우진 역시 놀랍기는 마찬가지였다. 무대 조율 문제로 몇 번이나 봤지만 여전히 신기했다.

무대 자체에는 큰 문제가 없어 보였다. 앞으로 준비해야 할 내부 디자인만 끝나면 당장 공개해도 될 만큼 완벽했다.

"진짜 패션쇼 오픈 날 어떤 반응 나올지 벌써부터 궁금해지네. 하하."

"마 실장은 이제 그만 보고 매튜에게 통역 좀 해주시게."

"또요? 매튜 보고 한국말 좀 배우라고 하든지 해야지. 뭔데요."

"쇼 안내장은 도착했는데 초대장은 도착 안 했고만."

무대를 보지도 않고 무대 왼쪽에서 일하던 매튜는 세운의 질문을 듣고 한쪽에 걸어둔 재킷을 뒤적이더니 장 노인에게 넘겼다.

"50장씩 3타임. 총 150명 초대했습니다. 다음 주에 바로 오픈이라 시간이 없어서 업체 측에서 바로 배송해 준다고 했습니다. 모바일 초대장은 오늘 숍으로 돌아가면 바로 돌릴 예정입니다."

"그랬고만."

굉장히 심플하면서 고급스러워 보이는 초대장이었다. 전체적으로 검은 바탕이었고, 앞부분에 금색으로 된 I.J 로고가 새겨져 있었다. 홈페이지의 첫 화면을 떼다 붙인 것처럼 똑같았다.

그 뒤로도 직원들은 쇼장에 놓을 의자가 언제 오는지 등을 확인하며 각자의 일을 했다.

가장 중요한 곳이 무대이지만, 그 밖에도 할 일이 태산 같왔다. 지금은 무대 말고도 내심 신경 쓰였던 부분이 채워지는 중이었다.

바로 무대 옆.

제프 우드에서 보낸 가상 피팅 시스템이 설치되고 있었다. 처음 숍에 도착한 거울 같은 장비를 본 우진은 엄청 신기해했다. 그리고 그걸 본 순간, 무대 옆 빈 공간이 떠올랐다.

보통 쇼를 하는 이유는 홍보의 목적이 컸다. 다음 시즌에 유행할 옷을 볼 수 있고 구매까지 가능하지만, 우진의 쇼에는 시즌에 대한 구분이 없었다. 봄, 여름인 S/S나 가을, 겨울인 F/W나 구분이 없었다.

쇼 이름도 당연히 'IJ Collection'이 전부였다. 구매하고 싶어도 구매할 수 없는 옷이기에, 옷을 입어보고 싶을 고객들이 간접적으로나마 체험할 수 있도록 쇼장에 장비를 마련한 것이었다.

*　　　　　*　　　　　*

며칠 뒤 패션쇼 당일.

패션쇼장에 초대장을 받은 사람들이 입장하기 시작했다. 앞으로 쇼를 계속 진행할 예정이지만, 첫 공개만은 특별한 사람들을 초대했다. 지금 자신이 있게끔 만들어준 사람들, 바로 고객들이었다.

그러다 보니 제프 우드는 물론이고 데이비드까지 함께했다. 채우리는 후가 올 때 함께 온다고 미리 연락해 준 터라 이 자리에는 없었다.

"하하, 선생님! 오랜만에 뵙습니다!"

"김 교수님, 안녕하세요."

"그럼요. 이렇게 쇼도 하시고 대단하십니다. 바쁘실 텐데 이렇게 나와 계셔도 되는 겁니까?"

"쇼 준비는 전부 끝났거든요."

"그렇죠! 쇼 당일에 엄청 정신없어야 정상인데 여유 있는 선생님을 뵈니 실감이 안 나는군요, 하하."

김 교수 말대로 일반적인 패션쇼라면 당일 백스테이지는 전쟁터나 다름없었다. 하지만 따로 모델도 없고 준비할 것도 없었던 우진은 고객들에게 직접 인사를 건넸다.

김 교수가 자리했고, 뒤이어 고객들이 하나둘씩 자리를 채웠다.

"선생님!"

"오셨어요? 그런데 혼자시네요?"

"아, 하하. 선생님 다녀가시고 며칠 뒤에 건강이가 태어났거든요. 저랑 정말 똑같이 생겼어요. 사진 한번 보실래요? 장모님도 엄청 좋아하셨어요."

이종도는 사진까지 보여주더니 말을 이었다.

"가을이가 정말 오고 싶었는데 아쉬워했어요. 저라도 꼭 갔다 오라고 해서 이렇게 왔어요."

"잘 오셨어요. 그런데 미국 다녀오셨어요?"

"아! 아직요. 가을이가 아직 몸도 안 좋고 해서 1월에 와달라고 하는데 도저히 무리라서요. 가을이도 아이가 태어나니까 생각이 바뀌었나 봐요. 한 4월 정도에는 갈 거 같아요."

우진은 고개를 끄덕거렸다. 더 대화를 하고 싶었지만, 다른 고객들과도 인사를 해야 했기에 이종도를 안으로 보냈다.

아직 쇼가 시작되려면 많이 남았는데도 계속해서 고객들이 도착했다. 그리고 오늘 관객 중에서 유일하게 고객이 아닌 사람들이 도착했다.

"선생님! 오랜만에 뵙습니다! 이렇게 초대해 주셔서 영광입니다!"

"저야말로 감사하죠."

"하하! 아닙니다. 그런데 정말 취재진이 저희뿐입니까?"

"네. 첫 번째 쇼는 Moon 매거진에만 요청했어요."

"하하! 요청을 보고 얼마나 무대 준비를 많이 하셨으면 있는 그대로만 작성해 달라고 하시나 싶었습니다. 저희 부장님까지 놀라셨습니다. 다른 곳은 막 좋은 기사 부탁한다고 그러는데. 하하."

"오늘 보시고 느낀 대로만 부탁드려요."

취재진을 한 곳만 요청한 건 자리가 부족할 것 같은 이유도 있었지만, 첫 기사가 중요하단 생각이 크게 작용했다. 객관적인 평가를 원하는데 첫 기사부터 이상한 기사가 나와 버리면 그것도 문제였다. 군중심리를 무시할 수 없었다. 그래서 생각한 사람이 장 기자였다. 장 기자라면 있는 그대로 기사를 작성해 줄 것 같았다.

"그럼 이따가 뵐게요!"

장 기자는 대동한 촬영기사와 함께 안으로 들어갔다. 그 뒤로도 고객이 하나둘씩 도착했고, 거의 다 도착한 것 같아 우진도 쇼장 안으로 들어왔다. 그러자 앉아 있는 사람은 한 명도 없었다.

전부 무대 옆에 마련한 가상 피팅 시스템에 몰려 있었다. 이번 쇼에 공개하는 옷들이 전부 담겨 있다 보니, 자신들의 몸매에 다른 옷들을 입히는 재미에 빠져 있었다.

"이것도 괜찮은데? 다음에 예약할 때는 이런 블라우스로 해야겠다."

나이대가 다양하다 보니 젊은 사람은 직접 해보며 즐기고 있었고, 나이가 조금 있는 사람들은 젊은 사람들에게 물어가며 체험 중이었다. 전부 카메라로 자신들의 모습을 찍어대며 즐겼다.

우진은 시간을 넉넉히 잡아두길 잘했다는 생각이 들었다. 그 모습을 촬영하던 장 기자가 우진의 옆으로 다가왔다.

"하하, 이런 쇼는 처음이네요. 무슨 코엑스 전시장에라도 온 거 같습니다. 그런데 이렇게 나와 계셔도 되는 거예요? 모델은 한 명도 안 보이던데."

우진은 씨익 웃을 뿐이었다. 자신이 말하는 것보다 직접 보는 편이 좋을 것 같다는 생각에 설명하지 않았다. 그때 잠시 뒤 쇼가 시작된다는 안내 방송이 들렸고, 그와 동시에 LJ 테마송이 조용하게 흘러나왔다.

관객들도 차츰 자리로 향했고, 장 기자만 신기한 얼굴로 우진을 봤다.

"안 가셔도 됩니까?"

"네, 저도 여기 있으면 돼요."

"정말 독특하네요. 패션쇼를 그렇게 많이 다녀봤는데 이런 건 처음이네요… 객석이 정면에만 있는 것도 이상하고, 런웨이도 좀 휑하고. 런웨이라기보다는 무대 같은데, 이러면 기사 쓰기가 조금……."

우진이 보기에도 영상이 없는 무대는 상당히 휑했다. 장 기자가 걱정하는 것이 당연했다.

그 순간, 쇼가 시작한다는 말과 함께 노랫소리가 줄어들었다. 그러고는 갑자기 조명이 꺼졌다. 어두워진 분위기에 휩쓸려 누구 하나 말을 내뱉는 사람이 없었다.

잠시 뒤, 무대의 일부분에만 조명이 비춰지더니, 이내 조명이 움직였다.

그 조명을 따라 마치 어둠을 지워내는 지우개처럼 어둠이 걷히고 런웨이가 보이기 시작했다. 분명 아무것도 없던 런웨이

였는데 조명이 지나갈 때마다 화려하게 변했다. 런웨이 양쪽 끝에 반짝거리는 보석들까지 박혀 화려함을 더했다.

"와……."

사람들은 박수도 없이 무대에서 시선을 떼지 못했다. 우진은 그런 반응을 보며 고개를 끄덕였다. 처음 보인 반응치고는 괜찮게 느껴졌다.

이제 더 중요한, 옷에 대한 반응이 나올 차례였다.

그 순간 쇼와 어울리지 않는 노래가 들리기 시작했고, 사람들은 전부 고개를 갸웃거렸다. 그리고 무대 위에 갑자기 모델이 등장했다. 관객들은 서로 자신들이 본 것이 맞는지 확인하려 옆에 있는 사람들을 봤다.

무대 위에 생겨난 모델 미자가 걸음을 옮겼다. I.J의 유니폼을 입은 상태에서 객석 가까이 오자 그제야 사람들은 고개를 끄덕였다.

"내 머리를 만져준 분이시네!"

"정말 진짜 같은데?"

아무리 정교하게 작업했다고 하더라도 진짜가 아닌 티가 나기에 당연한 반응이었다. 그럼에도 관객 모두 무척이나 신기해하며 런웨이를 바라봤고, 뒤늦게 사진이나 동영상을 촬영하기 시작했다. 그리고 우진의 옆에 있던 장 기자는 혼자 중얼거렸다.

"홀로그램으로… 만든 패션쇼였어……."

"맞아요."

"그래서 이렇게 나와 계신 거였군요……."

우진이 고개를 끄덕이며 미소 지을 때, 미자가 다시 런웨이 끝으로 돌아갔다. 그리고 런웨이에 번개가 치더니 문이 생겨났다. 미자가 I.J 로고가 새겨진 문을 통과했다.

이윽고 문을 통과해서 나오는 미자의 발이 보였다. 검은색 하이힐에 맨다리가 먼저 보였고, 곧이어 몸 전체가 드러났다.

그리고 패션쇼장에 여러 명이 동시에 내뱉는 신음 소리만 들렸다.

"허……."

미자가 첫걸음을 뗴는 동시에 노래의 분위기도 바뀌었다. 관객들은 자신들을 향해 걸어오는 미자를 보며 입이 마르는지 입술에 침을 발랐다.

"실제로 보니까 사진으로 볼 때랑 또 다르네요… 아, 실제는 아닌가……? 유 실장님이 저렇게 아름다우셨구나."

그리고 그 뒤로, 미자와 같은 방식으로 바비가 등장했다. 이미 미자를 보며 충격받았던 덕분에 사람들은 좀 더 차분히 바비를 관찰했다.

원래 모습에서 어떻게 변할지 궁금한 마음에 다들 무대에서 눈을 떼지 않았다. 그리고 바비까지 문을 통과한 후 변한 모습을 본 관객들은 모두 표정이 달라져 있었다.

"나는 언제 나오지? 나도 저런 건가?"

"그냥 걸어가는 모습을 찍어간 게 전부인데……."

다들 자신의 모습이 어떻게 보일지 기대하는 중이었다. 그리고 런웨이에 자신이 등장하면 그 모습을 담으려 휴대폰부터 내밀었다. 변한 모습을 본 관객들은 모두가 만족해했다. 무대 위 자신들의 모습을 보며 스스로에게 자신감이 생긴 얼굴들이었다.

이제 아직 공개하지 않았던 디자인들을 공개할 순서였다. 지금만은 우진도 긴장할 수밖에 없었다.

잠시 후 다시 미자가 등장했다. 문을 통과한 미자는 예전에 홍단아가 예쁘다고 말했던 블라우스와 I.J 로고가 체크 형식으로 새겨진 바지를 입고 있었다.

우진은 떨리는 마음으로 관객들의 얼굴을 살폈다. 하지만 어떤 표정인지 쉽게 알아차릴 수 없었다. 그냥 변하는 게 신기해서 휴대폰을 들고 촬영하는 것만 다르지, 영화관에 온 사람처럼 런웨이를 뚫어지게 볼 뿐이었다.

그러다 매튜의 안내를 받고 있는 데이비드와 제프가 보였다.

두 사람에게 의존할 마음은 없지만, 사람들의 반응이 보이지 않자 내심 초조했던 우진은 두 사람의 반응을 살폈다. 자기들끼리 무슨 얘기를 저렇게 수군거리는지 옷을 보고 웃기도 하고, 고개를 끄덕이기도 하고, 또 그새 싸웠는지 아예 말도 안 하는 모습도 보였다.

궁금하긴 했지만, 스스로 대중에게 평가받겠다고 생각한 만큼, 우진은 아예 고개를 돌렸다.

그리고 계속 이어진 쇼에서 제프가 나왔다. 객석에 앉아 있던 제프는 자신의 홀로그램이 등장하자마자 일어서서 박수까지 쳤고, 무대에서 변신할 때에 맞춰 팔을 위로 뻗으며 환호까지 질러댔다.

반응이 나오긴 했지만, 스스로의 모습에 도취되어 나온 반응이라 우진은 조그맣게 한숨을 쉬고는 마저 쇼를 봤다.

어느새 마지막으로 자신이 등장했다.

원래대로라면 모습이 변함과 동시에 무대 인사를 함으로써 쇼가 끝나야 했다. 하지만 첫날은 직접 인사하기로 결정했기에 우진은 서둘러 무대 뒤로 이동했다.

무대 뒤에 준비된 백스크린을 통해 객석을 보던 우진은 쇼가 끝남과 동시에 걸어 나갔다. 그러자 순간 관객들은 지금 나오는 우진도 홀로그램으로 생각했는지 아무런 반응이 없었다. 예상하지 못한 I.J 직원들이 다급하게 박수를 치자, 그제야 관객들도 박수를 보내기 시작했다.

우진은 여느 패션쇼와 마찬가지로 가벼운 인사만 하고 다시 무대 뒤로 나왔다.

태어나서 첫 쇼를 했음에도 우진은 상당히 덤덤했다. 우진 스스로도 자신이 이렇게 대범한 줄 몰랐다는 듯 의아해하며 고개를 갸웃거렸다.

무대 뒤에서는 박수가 끝없이 이어졌고, 안내 방송이 나온 뒤에야 박수가 멈췄다. 우진도 무대 뒤를 통해 다시 객석으로 나왔고, 벌써 갈 준비를 마친 관객들과 다시 인사를 했다.

퇴장하는 관객들은 그저 무대 위에 자신의 모습에 대해 말할 뿐, 옷에 대한 얘기는 하나도 없었다. 아무래도 자신들의 모습에 너무 심취해 있었던 모양이다. 다음 타임부터는 고객들이 아니니, 아무래도 다음 타임을 기대해야 할 듯싶었다.

관객들이 모두 빠져나가고 제일 마지막으로 제프와 데이비드가 다가왔다.

"인사 전문이야? 하루 종일 인사하고 있어. 그럴 거면 뭐 하러 무대인사를 해, 밑에서 하지."

"전 미스터 임의 그런 모습이 좋습니다, 허허."

"너무 숙이지 말라고 하는 말이야. 내가 저번에도 말했잖아. 네 행동에 따라 옷도 등급이 올라가고 내려가고 한다니까."

"옷에서 미스터 임의 친절함이 묻어 나오는군요. 허허, 저런 말을 할 거면 미스터 임이 만든 옷을 안 입고 할 것이지, 떡하니 미스터 임이 만든 옷을 입고 저런 소리라니. 쯧쯧."

제프는 데이비드를 노려보더니 고개를 절레절레 저었다.

"오늘 하루 종일 여기 있을 거라고?"

"네. 이 뒤로도 3번 더 있거든요."

"방법은 좋네. 쇼를 한 번 하려면 몇억은 드는데, 이렇게 하면 본전은 뽑겠네. 그래서 주문은 많이 들어왔어?"

"주문은 안 받아요. 그동안 직원분들이 쉬지를 못해서 일단 휴가부터 다녀와야 해요. 주문은 쇼 끝나고부터 받으려고요."

"잘됐네. 그래도 내일은 숍에 있지?"

"네, 숍에 있을 거예요."

"그래, 아무튼 내일 얘기하고 지금은 사진이나 한 장 찍자. 데이비드는 바쁘지? 먼저 가든가."

우진은 피식 웃으며 고개를 끄덕였다. 그리고 제프와 데이비드 사이에 자리하자 제프가 우진에게 조용히 말했다.

"스태프하고 기념 촬영도 안 했지?"

"아! 네."

"원래 첫 쇼면 정신없지. 물론 나는 완벽했지만. 스태프들 잘 챙겨. 그래야 자기 일처럼 해주니까."

"알겠어요."

"궁금할 텐데 쇼 어떠냐고 물어보지도 않고. 웃긴 놈이야."

우진은 피식 웃은 뒤, 촬영한다는 매튜의 말에 맞춰 가볍게 미소를 지었다.

"저 촌스러운 데이비드 봐라. 디자이너란 사람이 유행을 그렇게 몰라. 나처럼 빨리 손가락으로 하트 하라고. 돈 세는 거처럼 이렇게. 손은 살짝 내밀고."

우진까지 손가락 하트를 만들고 나서야 촬영을 했다. 촬영후 제프가 다시 매튜에게 다가가더니 사진을 확인했다.

"이거 우리 중에 네가 대장 같잖아."

"허허, 오늘 주인공인데 당연한 거지. 사람하고는."

"이거 나도 모노클을 끼든가 해야지. 우리 애들은 선물이란 걸 몰라."

"그거야 자네가 워낙 까탈스러워야지, 허허."

"됐고, 내 휴대폰 번호 알지? 거기로 바로 보내!"

우진은 단안경을 만지며 멋쩍게 웃었다. 그러다가 렌즈가 살짝 올라갔다. 그런데 살짝 올라간 렌즈를 통해 언뜻 빛이 보인 것 같았다.

제5장

시계

데이비드는 같이 온 샘이 입혀준 대로 입은 것 같았고, 제프가 입고 있는 것은 자신이 만들어준 옷이었다. 며칠 전 자신의 옷을 입은 제프에게서 빛이 나지 않았었기에, 우진은 당연히 데이비드에게서 빛이 보였을 거라고 생각했다.

하지만 데이비드는 일반 기성복을 입고 있었다. 확인은 안 해봤지만, 빛이 보일 리가 없는 옷이었다.

혹시 눈에 이상이 있는 건가 싶은 마음에 단안경의 렌즈를 올려 보던 우진은 멍하니 제프를 바라봤다.

"뭐예요?"

"뭐예요? 그게 뭐야. 영어로 말해."

"아! 선생님, 혹시 옷 좀 볼게요."

"왜 이래, 갑자기. 네가 만든 옷이잖아."

빛이 보인 사람은 제프였다. 며칠 전에는 빛이 보이지 않았는데 갑자기 빛이 보이는 터라, 우진은 제프를 이리저리 살폈다.

"자기가 만든 옷 자랑하는 방법도 참 이상하네. 그런데 꽤 괜찮아. 나도 나중에 써먹어봐야겠어."

"그런 게 아니고요. 혹시 옷이 불편하거나 그러셨어요?"

"아니라니까. 편했다고!"

"혹시 재봉을 다시 했다거나."

"이거 진짜 웃긴 놈이야! 그래, 나 너보다 재봉 못한다! 어쩔래! 진짜 보자 보자 하니까!"

우진은 여전히 고개를 갸웃거렸다. 신발부터 헤어스타일까지 모든 게 자신이 생각한 그대로였다. 그런데 변한 것이 보이지 않는데도 빛이 나고 있었다. 빛이 나는 것을 보고 기쁜 것보다는, 왜 빛이 나는지 궁금한 마음이 컸던 우진은 제프를 계속 살폈다.

"뭘 그렇게 살피냐고. 말을 해."

"네? 아… 그게 저번보다 멋있어 보여서요."

"하하, 진짜 웃긴 놈이네. 정말 자기 자랑하는 법도 여러 가지네. 비켜, 가게."

고개를 절레절레 저은 제프는 우진을 밀어내고 곧장 걸음을 옮겼다. 여전히 빛을 뿜어내며 사라지는 제프의 뒷모습을, 우진은 그저 멍하니 바라볼 뿐이었다.

*   *   *

다음 타임 고객들이 자리를 채웠지만, 우진은 여전히 제프에 대해 생각하느라 첫 타임 때처럼 많은 대화를 나누지 못했다. 그렇지만 당연히 쇼도 중요했기에 앞 타임 때처럼 손님을 맞이했다.

손님 중에는 Position의 최동훈과 라온 엔터의 김 대표 및 소속 연예인들도 몇 있었다. 그러다 보니 첫 타임 때는 없던 화환이 도착해 있었고, 이제야 쇼에 도착한 우진의 부모님은 화환을 구경하느라 우진을 뒤늦게 발견했다.

"우진이 너, 안경이 그게 뭐야?"

"아, 숍 식구들이 선물로 주셨어요."

우진의 엄마는 안경 쓴 우진의 얼굴을 쓰다듬었다. 우진도 어머니가 무슨 생각을 하시는지 어렴풋이 알 것 같았다. 눈을 신경 쓰느라 가리고 있는 줄 알고 계시는 게 분명했다. 자식의 눈에 이상이 있진 않은지 궁금하실 텐데, 사람이 많은 자리라 꾹 참고 계신 게 느껴졌다.

"그래, 멋지네, 우리 우진이. 너무 기특해. 엄마 너무 행복하다."

"아, 네."

"그런데 왜 그렇게 표정이 굳어 있어? 손님들도 많이 계신데. 긴장해서 그래?"

"아니에요. 추우시죠? 안에 들어가면 사람들로 가득하니까 몸 좀 녹이세요. 쇼 시작하려면 시간 좀 있거든요."

"차 타고 왔는데 춥기는. 아무튼, 알았어."

부모님이 들어가시고 난 뒤에도 계속해서 사람들이 도착했다. 우진에게 축하의 말을 건네오는 그들은 하나같이 거래처나 숍과 관련된 사람들이었다.

얼추 인사가 끝났다 생각하고 안으로 들어가니 첫 타임 때처럼 사람들이 한곳에 몰려 있었다. 다만 그들의 시선을 받는 대상은, 가상 피팅 시스템이 아닌 김 대표와 함께 온 '후'였다.

후는 사람들에게 사인을 해주거나 사진을 찍어주느라 정신이 없어 보였다. 역시 대단한 사람이라는 것을 새삼 느끼며, 우진은 후를 물끄러미 바라봤다. 부르는 노래에 따라 옷이 달라 보이는 특이한 사람이었다. 그가 기자들을 별로 좋아하지 않아서 그런지, 장 기자라도 있었던 첫 번째 타임과는 다르게 지금은 단 한 명의 기자도 보이지 않았다.

사람들과 얘기하며 그들을 상대하던 후가 갑자기 자신을 봤다. 반갑다는 듯이 손을 흔드는 모습에 우진은 가볍게 미소 지으며 고개를 끄덕였다. 후는 사람들에게 양해를 구하더니 곧장 우진에게 다가왔다.

"여기 좋지?"

"네, 감사해요. 덕분에 좋은 곳에서 쇼를 하게 됐네요."

"아직도 불편해? 친구끼리 존댓말 하기도 좀 이상한데."

"아직……."

"그래, 뭐. 아무튼 우리 회사 노래도 나오고 좋아. 그런데 선곡표 보니까 엄청 독특하더라. 대부분이 변조되는 노래더라고. 좋긴 한데 잘못 쓰면 분위기가 굉장히 급변해서 어려운 노래들인데."

누가 가수 아니랄까 봐 후는 옷보다 노래에 관심을 보이고 있었다. 선곡할 때 김 대표의 도움도 받았었기에 후가 선곡표를 알고 있는 것이 이상하진 않았다.

"변화, 변신이 주제거든요."

"그래? 재밌네. 다음에 쇼 할 때는 나한테 말해. 내가 만들어줄게. 지금 한번 들어볼래? 기타가 차에 있는데. 잠시만."

"아, 괜찮아요. 나중에 들어볼게요."

우진은 말렸지만, 후는 벌써 매니저에게로 가버린 상태였다. 후는 잠시 매니저와 투덕거리는 듯하더니 결국엔 매니저가 승리를 했는지 얼굴을 씰룩거리며 다가왔다. 그 모습을 보며 우진은 여기서 더 친해지면 곤란하겠단 생각에 역시 거리를 둬야겠다고 마음먹었다.

"끝나면 들려줄게. 아직 등록도 안 한 곡 들려준다고 뭐라고 하네."

"네……."

말을 마친 후는 자리로 돌아가 앉아서 기타 연주하는 시늉을 했다. 옆에서 사람들이 뭐라고 하는데도 들은 척하지도 않고 자신만의 세계에 빠져 있었다. 한창 내부를 정리하던 세운이 옆에 다가오며 고갯짓으로 후를 가리켰다.

"저런 건 또 너랑 비슷하네."

"저랑요?"

"왜 그렇게 싫어해? 쟤한테 말한다? 하하, 농담이야. 너도 옷 만들기 시작하면 옆에서 소리 질러도 못 듣잖아. 쟤도 지금 그런 거 같은데. 하하, 난 일회용 컵 도착해서 그거 가지러 간다."

우진은 절대 아니라는 듯 고개를 젓고는 들어오는 사람들을 마저 안내했다.

이제 더 올 사람이 없다고 판단한 우진은 다른 사람들과 간단한 인사를 마친 후, 부모님 옆에 자리했다. 곧, 쇼가 시작된다는 안내와 함께 조명이 꺼졌다.

*   *   *

다른 관객들이 모두 나갔음에도 우진은 도대체 후가 왜 여기 남아 있는지 이해할 수가 없었다. 왜 기타까지 가져와 굳이 노래를 들려주려 하는지.

함께 있던 김 대표와 라온 엔터 직원들도 포기한 얼굴이었다. 다만 홍단아를 비롯한 라온 소속 연예인들은 박수까지 보내고 있었다.

"쉿! 우리 공연장이 아니니까 좀 조용해요."

우진은 그걸 알면서 이러고 있느냐란 말을 뱉을 뻔했다. 이렇게 된 거 말릴 수도 없어 그의 노래가 빨리 끝나길 기다릴 때, 후의 입이 열렸다.

"생각나는 곡이 있는데 그거 들려주면 혼날 거 같아서, 아까 들었던 곡 편곡해서 들려줄게."

그러더니 연주를 시작했고, 잠시 뒤 연주 위에 노래를 얹었다. 첫 소절을 듣는 순간, 우진은 지금까지 했던 후에 대한 생각을 부정했다. 비단 자신만이 그런 것이 아니었다. 소속 가수들은 대부분 감탄한 얼굴이었다.

분명 미자가 등장할 때 나오는 곡이었는데, 느낌이 비슷하면서도 확연히 달랐다. 슬픈 부분은 기존 곡보다 더 우울한 한편, 중간중간 가슴을 울리게 만드는 뭔가가 있었다. 그 울림은 그저 슬프기만 한 울림이 아니라 뭔가를 찾는 듯한 느낌을 줬다. 또한 기존의 곡이 급변했던 것에 비해 후의 노래는 언제 넘어갔는지도 모를 정도로 아주 자연스럽게 넘어갔다. 그럼에도 기존의 곡보다 더욱 큰 희망이 들어 있었다.

우진은 자신도 모르게 침을 삼켰다. 후의 후광을 받지 않으려고 애초에 제외했는데, 노래를 듣고 나니 후에게 부탁할

걸 하는 후회까지 들었다. 음악에 대해서 모르는 자신이 이 정도로 느낄 정도이니 노래를 잘 아는 가수들이 짓고 있는 표정이 자연스레 이해됐다.

노래가 끝나자 후가 씨익 웃으며 입을 열었다.

"이 곡이 어둡던 삶에 희망을 찾은 얘기라서 내 나름대로 해석한 거야. 어때?"

"좋아요! 완전 좋아요! 역시 후 님이세요!"

우진이 대답하기도 전에 홍단아가 엄지까지 내밀었고, 우진도 동의한다는 듯 고개를 끄덕이며 말했다.

"너무 좋네요. 어떻게 이렇게 달라져요? 김 대표님이 전부 완성도가 있는 곡들이라고 하셨는데……."

"맞아. 네가 고른 곡들이 전부 다 완성도가 꽤 높아. 그래도 사람마다 생각하는 게 다르니까. 난 내 생각대로, 다른 형식으로 완성한 거야."

대단하다는 생각에 고개를 끄덕이자 뒤에 있던 김 대표가 뿌듯한 얼굴로 끼어들었다.

"하하, 음악이 이렇게 심오합니다. 물론 선생님 옷도 그렇겠죠! 하하, 완성한 것 같은데 알고 보니 어떤 한 부분이 부족하다거나 너무 과하다거나. 본인은 잘 모르는 법이죠. 하하, 안 그래 윤후야?"

"전 잘 아는데요?"

우진은 흠칫 놀라는 김 대표를 보고 조용히 웃었다. 그러다가 문득 제프에게 준 옷이 떠올랐다. 분명 아무것도 새로 만지지 않았다고 했다. 그런데도 빛이 보이는 건 과한 부분은 없다는 말이었다. 그럼 무언가가 추가되었다는 말인데, 따로 옷을 만진 것이 아니니 다른 외적인 부분일 것이었다.

벨트는 세운과 성훈의 작품이었고. 나머지도 전부 I.J에서 나온 것이었다. 그렇다고 다른 액세서리를 한 것 같진 않았다. 디자이너에겐 손가락 관절이 중요하다면서 반지도 착용하지 않는 철저한 사람이었다. 눈에 띄는 것은 없었지만, 분명 자신이 모르는 무언가가 있다는 생각에 우진은 입을 꾹 다물었다.

"뭐 해?"

"생각."

"어? 이제 반말하네?"

"엇."

"알았어. 난 괜찮은데 다른 사람들 스케줄 때문에 가야 할 거 같아. 다음에 연락할게."

갑작스러운 우진의 모습에 라온 소속사 식구들은 후와 우진을 번갈아 보며 수군거렸다.

"진짜 독특하네. 윤후랑 말투는 완전 다른데 하는 짓은 비슷하네."

"원래 끼리끼리 모인다고 하잖아."

그동안 윤후를 봐서인지 라온 사람들은 우진의 행동을 심각하게 받아들이지 않았다. 다만 아직까지 남아 있던 우진의 부모님만이 미안한 얼굴로 사과했다.

"우리 우진이가 어려서부터 어디에 빠지면 정신을 못 차려요. 손님 모시고 이런 실례를 범해 죄송합니다."

그러자 김 대표가 손사래까지 치더니 우진의 아빠 손을 덥석 잡았다.

"아닙니다! 하하. 이 정도야 뭐. 너무 개의치 마세요. 하하, 저희는 아주 감사하기만 한걸요. 혹시 압니까. 쇼 덕분에 노래들이 다시 조명을 받을지. 하하하, 아무튼 저희는 이만 가보겠습니다."

모두가 돌아간 후, 그곳에 남은 것은 우진의 부모님과 I.J 식구들, 그리고 무대와 영상팀 및 쇼에 관련한 스태프들뿐이었다. 그들은 전부 생각에 빠져 있는 우진을 바라보고 있었다.

우진은 그런 것도 모른 채 혼자만의 생각에 잠겼다. 하지만 아무리 생각해도 떠오르는 부분이 딱히 없었다. 자신이 보지 못한 것이 무언인지 도무지 감이 잡히지 않았다. 오래 생각해도 찾을 수 없자 지친 우진의 눈에 조금씩 주변 모습이 들어왔다.

"아! 다 가셨어요?"

"휴, 엄마가 못 살아. 아직도 그래? 다른 분들이 얼마나 걱정하시겠어."

그러자 미자가 수줍은 듯 미소 지으며 우진을 대변했다.

"걱정보다는 열정적인 모습을 보고 많이 배우고 있습니다."

"어머. 우리 우진이를 그렇게 봐주시다니 말만이라도 너무 고마워요."

다들 미자를 보며 혀를 내둘렀다. 그사이 우진은 정신을 차리고 주변 스태프들에게 사과했다.

"저 때문에 쉬시지도 못하고 죄송해요. 다음 타임까지 얼마나 남았어요?"

"10시가 마지막이니까 딱 30분 남았어요. 좀 있으면 기자들이 올 거 같아요."

"벌써요?"

마지막 타임은 기자들을 위한 시간이었다. 자신이 그렇게 오랜 시간 생각에 빠져 있었다는 것을 알아차리지 못한 우진이 되묻자, 아빠가 시계를 들어 올렸다.

"봐! 9시 30분이잖아. 너 거의 30분은 이러고 있었거든?"

"아……."

약속에 대해 누구보다 철저한 분이시니 혼나는 건 당연했다. 시계를 찬 손목을 두드리며 나무라는 아버지의 말에 우진은 멋쩍게 웃었다. 그러다 갑자기 벌떡 일어났다.

"매튜 씨! 매튜 씨!"

"네. 저 여기 있습니다."

"매튜 씨, 아까 찍은 사진 있죠?"

"어떤 사진 말씀이십니까?"

"제프 선생님하고 찍은 사진이요."

"있을 겁니다. 찾아보겠습니다."

매튜는 곧바로 휴대폰을 뒤적거려 사진을 찾은 뒤 우진에게 내밀었다. 우진은 놓치는 것이 있을세라 손가락으로 사진을 확대하며 자세히 면면을 살폈다.

잠시 뒤 우진은 뭔가 찾았다는 듯 작게 감탄사를 흘렸다. 하지만 매튜의 눈에는 손가락 하트를 하고 있는 제프의 손만 보일 뿐이었다.

"하트는 왜 보십니까?"

"하트 말고요."

"하트 말고 다른 게 있습니까? 혹시… 돈 달라는 겁니까!"

"아니요! 그런 거 아니고! 여기, 여기."

우진이 가리킨 곳을 보던 매튜는 그제야 알아차렸다는 듯 고개를 끄덕이며 입을 열었다.

"시계군요."

*　　　　*　　　　*

다음 날.

우진은 어젯밤 Moon 매거진에 올라온 기사를 봤다. 쇼 영상에서 변신하는 모습을 편집한 영상도 함께였다.

〈패션쇼의 새로운 패러다임을 열다〉

세계적인 반열에 오른 디자이너 임우진 씨의 개인 브랜드 I.J(Infinity of Jin's)가 3일부터 홍대입구 근처의 소극장에서 패션쇼를 개최했다. 이번 패션쇼엔 '변신(Change)'이라는 주제에 맞춰 모델이 아닌 일반인이 무대에 섰다.

실용적인 디자인으로 유명한 I.J가 새롭게 선보인 디자인은 지금까지 보였던 실용적인 면에 I.J의 로고인 인피니티 패턴을 새겨 한층 고급스러워졌다.

신제품이 아닌 옷도 상당수였다. 쇼가 진행될수록, 무대의 올라온 디자인 하나하나에 많은 애착을 가지고 있다는 점을 알 수 있었다. 또한 I.J의 패션쇼는 타 패션쇼와 달리 한 달간 진행된다는 점도 특별하다.

아쉽게도 신제품 판매 계획은 없다고 밝혔다.

우진이 원하던 대로 너무 과하지 않게 작성한 기사였다. 입장 시간과 쇼까지의 틈이 길다며 지적하는 내용도 있었지만, 전반적으로 만족할 만했다. 하지만 다른 기자들이 쓴 기사는 장 기자의 기사와 달랐다.

장 기자는 옷에 중심을 두고 기사를 작성한 반면 다른 기사들은 플로팅 홀로그램 방식에 중점을 뒀다. 게다가 이 방식을 사용 중인 라온이나 다른 K-POP 공연장을 더 중점적으로 다뤘다. 우진이 유명하다고는 하지만 대중들의 관심은 연예인 쪽이라 생각하고 작성한 기사들이었다.

하지만 우진은 그 기사들이 크게 신경 쓰이지 않았다. 어차피 오늘부터 일반 고객들에게도 패션쇼가 공개될 터였다. 일반 고객들의 평가가 더 중요했다.

우진이 기사를 볼 때, 장 노인이 우진의 책상 위에 서류를 내려놓았다.

"휴가 계획서이니라."

"벌써 정하셨어요?"

"정할 것도 없고만. 안에 보거라."

우진은 서류철을 열었고, 서류철 안에는 아무것도 없었다.

"아무것도 없는데요?"

"그래. 아무도 안 냈다."

"왜요?"

"한 실장도 집보다 여기 있는 게 편하다고 하고, 나도 그렇고."

"그래도요. 그동안 제대로 쉬지도 못하셨잖아요."

"돈 받은 만큼 일해야지. 한 실장이 저번 월급날 나한테 와서 확인까지 하고 아주 기절초풍했다. 귀걸이 인센티브까지해서 1,000만 원이라고 말해줘도 손까지 벌벌 떨더고만."

"그러셨어요?"

"그래, 다음 달도 있는데, 참 사람하고는… 퇴직금이냐고 묻고… 아무튼 그랬다. 게다가 저번에 주문 안 받고 거의 한 달은 놀았다고, 휴가 가기가 미안하니 안 간다는구나."

우진은 빈 서류철을 보며 목을 긁적였다.

쇼에 IJ 직원들 모두가 필요한 건 아니었기에 나눠서 휴가를 주려고 했는데, 휴가 계획서를 제출한 사람이 아무도 없었다. 우진은 고맙기도 하고 부담스럽기도 했다. 지금 미자만 하더라도 아침부터 연락 오는 취재진들 때문에 출근해서 지금까지 계속 전화만 붙드는 중이었다.

"그럼 휴가 필요하신 분은 언제든지 말씀해 주세요."

"됐대도. 뭔 휴가 못 보내서 안달 났나. 지금 겨울이라 어디 갈 데도 없고만!"

"해외여행 가시면 되죠. 휴가비 드린다고 했잖아요."

"쯧쯧, 한번 써보니 돈 쓰기 쉽지?"

장 노인은 우진을 나무랐지만, 얼굴만은 웃고 있었다.

"지금쯤 첫 공연 시작했겠고만. 홍 대리 말로는 이미 가득 찼다고 했고. 죄다 젊은이들뿐이라고 하더구나."

"네, 저도 아까 들었어요."

"그런데 매튜는 패션쇼장에도 안 나타나고… 뭘 시킨 게야?"

"그냥 뭐 좀 부탁드렸어요."

그때 마침 숍 문이 열리는 소리가 들렸고, 매튜가 도착했다. 다만 혼자가 아니라 제프와 데이비드까지 대동한 채였다.

우진을 본 제프는 대뜸 손가락질부터 했다.

"너! 어떻게 알았어."

"네?"

"내 시계 어떻게 알았냐고. 매튜가 대뜸 나한테 시계 좀 보자고 하던데!"

매튜에게 제프의 시계가 어떤 종류인지 알아봐 달라고 부탁했다. 설마 제프에게 직접 물어볼 줄은 생각하지 못했던 우진은 어이가 없어 웃음이 나왔다.

"웃지 말고! 아이, 기분 나쁘네. 뭐가 이렇게 빨라! 따라잡히는 거 같잖아!"

"이미 따라잡힌 거 같은데. 허허허."

"뭐!"

데이비드는 마구 웃더니 소파에 앉았다. 곧이어 제프까지 소파에 앉고 나서야 우진도 그들 앞에 자리했다.

"신기한 녀석이야."

"그냥 조금 달라 보여서 그랬어요."

"손 올릴 때만 보이는데 뭐가 달라 보여. 참 나, 그래서 시계도 취급하려고?"

"그냥 좀 알아보려고요. 혹시 어디 거예요?"

"'블랑팡'. 우리 브랜드는 아니야. 우리가 시계 취급은 안 하거든. 우리 브랜드로 내놓으려면 기술자들부터 영입해야 하는데, 그렇다고 기존에 있던 브랜드보다 뛰어난 것도 아니니까 위에서 반대하더라고. 알지? 우리 대표 제이슨? 그 썩은 눈으로 뭘 한다고… 아무튼 데이비드한테 물어봐. 헤슬은 시계도 만드니까. 개똥 같아서 살 마음도 안 드는 시계지만."

데이비드는 씨익 웃으며 입을 열었다.

"눈은 자네가 더 썩은 거 같네만. 그러니까 장사꾼이라는 거지."

제프에게 한 소리를 하고 난 데이비드는 말을 이었다.

"이름 있는 장인을 영입하려면 힘들 겁니다. 미스터 임도 디자이너시니 잘 아실 겁니다. 그들도 우리와 다를 게 없으니까요. 시계 디자이너부터 정밀 세공사 등 엔지니어까지 요즘에는 한 사람이 전부 만드는 게 아닙니다. 물론 미스터 임은 혼자 하시지만. 허허, 그래서 우리 헤슬은 어렸을 때부터 지원을 해서 기술자들을 양성했죠. 대부분 스위스 장인들에게 직접 배우고요. 그 비용만 해도 어마어마합니다. 미래를 보고 하는 투자죠. 아마 I.J에서 시계를 취급하려고 궁금해하는 거겠죠? 고생 좀 할 겁니다."

옷을 만드는 데도 여러 분야가 나뉘었다. 우진이 아직 시계까지 만들 생각은 없었지만, 시작한다 하더라도 어려울 것 같았다.

"게다가 그 사람들은 다른 나라 브랜드로 작업하길 꺼려하죠. 기술자들끼리 모여 자신들만의 브랜드를 내놓는 게 훨씬 이득이다 보니. 게다가 시계의 나라 스위스 출신이라는 명목도 이어갈 수 있고. 정 만드신다면 추천해 드릴 순 있습니다. 다만 그쪽에서 거절할 가능성이 높습니다."

"추천이요?"

"저희가 지원을 했지만, 온전히 저희 소속은 아니거든요. 협력 업체나 다름없죠. 자신들끼리 조합도 만들어서 브랜드도 있고. 아실 겁니다. 'Ciel'이라는 브랜드."

"아… 거기가 헤슬 거였구나……."

"정확히 말하자면 저희 건 아니고, 저희의 지원을 받은 기술자들이 만든 브랜드죠. 허허."

우진도 'Ciel'이라는 브랜드를 들어봤다. 시계 하나에 몇천만 원이나 하는 브랜드로, 우리나라에는 청담동에 있는 명품 백화점 단 한 곳에만 입점해 있었다. 가격이 상당하다 보니 우진은 고개가 저절로 저어졌다. 엄청난 부자가 아니고서는 부담되는 가격이었기에, 잘못하면 고객에게 부담을 줄 수도 있었다.

"아무튼 저희가 연락을 해놓겠습니다. 허허."

"괜찮은데……."

"보답이라고 생각하시면 됩니다."

"보답이요?"

"허허, 저희도 이번 쇼를 보고 많이 배웠습니다. 이 사람도 벌써 생각 중일 겁니다. 이미 제프 우드 대표한테 말했을 수도 있고요."

제프는 순간 움찔했다.

"아무튼 제가 오늘 온 이유도 쇼 때문입니다. 시즌에 맞춰

단 한 번만 하는 쇼가 아니라 I.J 쇼처럼 사람들이 계속 볼 수 있는 쇼를 했으면 합니다."

"그거 저희 기술 아닌데요? 저희도 신청해서 허락받고 사용했어요."

"허허, 압니다. 그래도 영감을 받은 건 사실이니까요. 세계적인 패션쇼에서는 기존의 방식을 유지하겠지만, 대부분 브랜드들에게 앞으로 많은 영향을 줄 것은 틀림없습니다. 각자 자신들의 디자인을 독특한 연출로 내놓겠죠. 그리고 시작은 물론 I.J고요, 허허."

우진은 설마 하는 생각이 들었다. 하지만, 제프의 반응을 보니 진짜인가 싶기도 했다.

"헤슬도 헤슬 고유의 색을 보여줄 수 있는 쇼를 준비할 것 같습니다. 그때 초대해 드리죠. 허허허."

"언제 하는데!"

"허허, 스파이도 아니고 남의 회사 기밀을 알아내려고 하나? 제프 우드보다 하루 먼저 할 생각일세."

"우린 헤슬보다 이틀 더 빨리!"

딱 7살짜리 애들 같은 모습에, 두 사람을 존경하던 자신이 약간 부끄러웠다.

*   *   *

며칠 뒤.

패션쇼장과 숍을 오가느라 굉장히 바빠진 우진은 차 안에서도 온통 일에 대한 생각뿐이었다.

"일단 한국의 시계 브랜드와 제조회사 특징에 대해 조사해 놨습니다. 조만간 해외 기업도 따로 조사하겠습니다."

"네."

종이를 펄럭거렸지만, 무슨 말인지 도통 이해가 되지 않았다. 본다고 알 것 같지도 않았다. 시계만 하더라도 종류가 엄청났고, 만드는 방식도 차이가 났다. 그리고 만드는 방식에 따라 가격이 천차만별이었다. 우진은 그저 매튜가 조사한 보고서에 있는 시계 사진을 볼 뿐이었다.

디자이너인 우진이 보기에도 외관상 큰 차이를 알 수 없었다. 한국 제품도 굉장히 고급스러워 보였다.

"매튜 씨."

"네, 선생님."

"매튜 씨도 시계 하면 스위스 제품이 좋다고 생각하세요? 막 몇천만 원에서 억까지도 하는 그런 거요."

운전하던 매튜는 우진을 보더니 고개를 절레절레 저었다.

"전 시계 필요 없습니다."

"아니요. 그냥 스위스 시계가 좋은지 궁금한 거예요."

"제 스타일은 아닙니다. 전 애플워치가 좋습니다."

"아……."

몇천만 원짜리를 선물한다고 생각하는 자체가 어이없었다. 우진은 자신도 모르게 저절로 고개가 저어졌다. 보고서를 보는 동안 숍에 도착했다. 우진은 마저 보고서를 볼 생각으로 사무실로 향했다.

"선생님, 헤슬에서 뭐 보냈는데요……."

"뭐를요?"

"잘 모르겠어요. 죄송해요… 서류철에 끼워서 책상 위에 올려뒀어요."

약간 침울해 보이는 미자의 말에 우진은 자신의 책상 위에 놓인 서류철을 들어 올렸다.

"시계 관련한 업체명이네요. 연락처도 없고. 바이에르? 취리히?"

"그랬구나… 영어라… 죄송해요……."

"아니에요. 괜찮아요. 참, 그런데 유 실장님도 스위스 시계 아세요?"

"아니요. 전 시계를 안 차서……."

우진은 괜찮다는 듯 미소를 짓고는 자리에 앉았다. 헤슬에서 보낸 명단은 상당히 많았다. 그들 대부분이 'Ciel'이라는 브랜드에 속해 있었다.

"다 따로따로 일하는 건가? 같은 소속인데도 왜 위치가 다르지? 거리가 가까운 건가……."

"자택 근무 아닐까요?"

"하하, 그럴 수도 있겠네요."

미자는 뭐라도 도와주기 위해 계속해서 우진의 말에 반응했다. 그때 사무실 문이 벌컥 열리면서 세운이 들어왔다.

"우진이 너! 매튜한테만 스위스 시계 사준다고 그랬다며!"

"네?"

"매튜가 그러던데? 어떤 시계 갖고 싶냐고 물어봤다고!"

우진은 고개를 절레절레 저으며 질문했던 의도를 설명했다. 그러자 세운도 입술을 삐죽 내밀더니 입을 열었다.

"난 또 뭐라고. 매튜 저 양반은 꼭 저래. 속은 내가 바보지."

"그런데 마 실장님은 스위스 시계 잘 아세요?"

"잘은 몰라도 조금은 알지. 지금은 조금 어렵지만, 그래도 시계에 대한 자부심은 끝장 나거든. 그만큼 실력도 좋고. 그리고 내가 어렸을 때 아버지하고 한 번 가본 적 있어. 어디더라… 무슨 박물관인데… 그때가 생긴 지 얼마 안 됐었거든? 거기서 시계 만들어보는 체험도 하고 그랬어. 그때 체험시켜주던 노인네가 나를 무슨 자기 쫄따구로 아는지 막 혼내더라고."

"하하."

"웃지 마. 그때 우리 아버지도 계속 웃기만 했는데… 아무튼 그 노인네 말대로 만든 시계가 기계식 시계야. 그런데 거의 10년 가까이 고장이 안 나더라. 보통 5년에 한 번씩 수리 안

하면 시간도 안 맞는다던데, 그런 것도 없이 10년 동안 잘 썼지. 가죽만 내가 갈아서."

"얼마 주고 만들었는데요?"

"모르지. 너무 오래전이라 기억 안 나. 그렇게 안 비쌌던 거 같은데… 한 100프랑 줬나? 기념품이라 엄청나게 쌌던 거 같은데. 아무튼 한국 와서도 한참 차고 다녔어."

시계에 대해 모르는 우진도 수리 없이 10년 동안 멀쩡했다는 시계가 대단하다고 느껴졌다.

"지금은요?"

"고장 났지. 수리 맡겼더니 뭐 안에 무브먼트가 손댈 수 없는 거라고 하던데."

"무브먼트요?"

"자동차로 치면 엔진 같은 거라더라. 나도 잘 몰라. 아무튼 그래서 수리 못 했지. 그래도 가죽 줄은 내가 틈틈이 갈아놔서 멀쩡해. 한번 볼래?"

*   *   *

아드리아노와의 추억이 깃든 물건이기에 버리지는 않았을 것이다. 세운이 시계를 가지러 간 사이, 세운의 말을 다시 생각하던 우진은 문득 걱정이 생겼다.

I.J의 이름을 내걸고 시계를 내놓았는데 얼마 지나서 고장

나 버리면 큰일이었다. 그러다 보니 아무 업체에 맡길 수 없다는 생각이 들었다. 그렇다고 장인들을 초빙할 수도 없었고, 그 사람들이 I.J 이름으로 시계를 만들어 준다는 보장도 없었다. 아무래도 헤슬에서 보낸 명단 중 몇 명을 만나봐야겠다는 생각이 들었다.

하지만 스위스까지 직접 가야 하다 보니, 아직 할 일도 많은데 너무 급하게 생각하는 건 아닐까 생각도 들었다.

책상에 올려놓은 서류철을 들어 올리던 우진의 눈에, 며칠 전에 올려놨던 또 다른 서류철이 보였다. 다름 아닌 I.J 식구들의 휴가 계획서였다. 우진은 두 개의 서류를 번갈아 봤다. 그러고는 갑자기 미자를 보며 질문을 했다.

"유 실장님, 여권 있으세요?"

"네? 아니요……."

우진이 고개를 끄덕거릴 때, 세운이 상자를 들고 돌아왔다.

"마 실장님, 여권 있으세요?"

"나? 아마 기한 지났을걸? 예전에 국적 회복할 때 만들었는데 그게 10년이 넘었으니까. 왜?"

우진은 고개를 끄덕이고는 휴가 계획서를 펼쳤다. 그리고 그곳에 두 사람의 이름을 적었다.

"할아버지랑 홍단아 씨하고 성훈 삼촌도 여권 없나? 카우 씨랑 매튜 씨는 있을 거고."

"갑자기 여권은 왜!"

"아무래도 스위스를 한번 가볼까 하는데, 같이 갔으면 하거든요."

"뭐? 나도?"

"휴가도 아무도 안 가서서, 일하러 가는 김에 같이 가면 좋을 거 같아서요."

"어! 진짜? 아, 그럼 사진부터 찍어야 하는데. 유 실장! 사진 찍으러 가자! 이 앞에 사진관 있어! 내가 가는 김에 성훈이한테 물어보고 갈게."

미자는 우진을 한 번 보더니 세운을 향해 말했다.

"지금 업무 시간이에요."

"괜찮아요. 다녀오세요."

"거봐! 빨리 가자! 맞다. 우진아, 이거, 시계. 떨어뜨리지 말고!"

잠시 뒤 사무실 밖에서 성훈을 데리고 신나게 떠드는 세운의 목소리가 들렸다. 우진은 피식 웃고는 세운이 주고 간 시계 상자를 쳐다봤다.

나무에 가죽을 덧댄 케이스는 세운이 직접 만든 것이 확실했다. 케이스 자체만으로 굉장히 올드하다는 느낌이었다. 상자를 열자 동그란 손목시계가 보였다. 마치 시계 가운데에 사은품이라는 글이 적혀 있을 것 같은 느낌의 시계였다. 세운에게 미안했지만, 돈 주고 살 것 같은 디자인은 아니었다.

뒷면을 돌려보니 세운이 말했던 박물관 이름이 새겨져 있었다.

[Clock and Watch Museum Beyer]

여행 간 김에 한번 들러보는 것도 나쁘지 않을 것 같았다.

*   *   *

한국 디자이너 협회장 이장호는 인터넷에 쏟아지는 기사들을 보며 못마땅한 듯 혀를 찼다. 패션쇼의 꽃인 모델을 구하지 못했다는 보고까지 받았기에 대수롭지 않게 여겼다. 그래서 언제 머리를 숙이고 올지 기다리고 있었건만, 쇼가 상당히 성공적이었다.

"참, 사람들 하고는… 디자인에 대해 아무것도 모르면서 아주 물고 빨고 난리도 아닙니다."

"음……."

"저도 궁금해서 가봤는데 그냥 꼼수를 부린 정도입니다. 패션쇼에서 영상을 틀어놓는 게 말이나 됩니까?"

"그렇지."

"아무리 시대가 변했다고 해도 실제가 아닌 영상으로 쇼를 한다는 게 정신 나간 놈이죠. 사람들이 그냥 그게 신기해하니까 자꾸 기사가 나오고요. 디자이너가 디자인으로 인정을 받아야지. 안 그렇습니까?"

함께 있던 디자이너들도 I.J 쇼에 대해 부정적인 반응을 보였다.

"협회 차원에서 단단히 경고해야 하지 않을까요? 시대가 변했다고 해도 지켜야 할 게 있는 건데."

"다들 그렇게 생각하나?"

"변화하더라도 선생님이 주도하셔야 하지 않겠습니까. 새파랗게 어린놈을 무슨 거장이니, 뭐니. 언론들도 전부 썩었습니다. 게다가 I.J에 연락하면 거기서 일하는 계집애도 꼬치꼬치 캐묻기나 하고, 협회라고 하면 바로 끊어버리고! 아주 전부 싹수가 노랗습니다."

이장호는 별것도 아닌 것 같은 우진이 신경을 건드리는 게 짜증났다. 좋게 넘어갈 수 있는 걸 왜 자초해서 어렵게 만드는지 영 못마땅했다.

"JoJo 편집장한테 연락 좀 하게나."

"뭐라고 할까요?"

"그 위에 서문일보 국장하고 자리 좀 마련하게."

서문일보에서 JoJo 패션지를 운영하고 있었고, 당연히 서문일보가 더 파급력이 강했다.

"내 대한민국에서 옷을 만드는 사람으로 이런 꼴은 더 이상 못 보겠네."

"당연하신 말씀입니다."

"이건 사기나 다름없지 않은가! 있을지 없을지도 모르고. 화려한 영상으로 아무것도 아닌 디자인을 거창해 보이게 만들고. 그런 눈속임이 사기가 아닌가! 디자이너로서 참을 수가 없네! 모쪼록 패션쇼란 디자이너의 피와 땀과 정성을 녹인 결정체나 다름없는 일인데, 그걸 이렇게 우습게 만들다니."

"옳은 말씀입니다! 저희는 선생님을 지지합니다."

이장호는 당연하다는 듯 의자에 몸을 기댄 채 고개를 끄덕거렸다.

*　　　　*　　　　*

며칠 뒤. I.J 식구들이 전부 응접실에 자리했다.

"카우 씨, 정말 괜찮겠어요?"

"전 괜찮아요? 아직 한국도 많이 못 봤는걸요?"

팟사라곤은 남아 있겠다고 말했고, 그 이유가 동생인 댕 때문이라는 것을 알다 보니 모두 이해했다. 그리고 남아서 공연장까지 관리한다고 하니 더욱더 미안했다.

"그쪽에 말해놨으니까 이틀에 한 번만 가세요. 그리고 첫 타임만 보시고 오시면 돼요."

"그리고 택시도 일주일 동안 예약해 놨으니까 가고 싶은데 있으면 데려다줄 게야."

"그리고 좁은 집 대신 우리 집에 있어. TV 큰 거 봤지? 집 좀 지켜줘. 하하."

"그리고 제가 반찬 좀 넣어놨어요."

다들 팟사라곤만 남겨두고 가기가 미안했는지 계속 신경을 썼다.

"저 괜찮습니다? 걱정하지 마세요?"

"알았어요. 무슨 일 있으면 저한테 바로 전화하시고요."

"알겠습니다?"

우진은 고개를 끄덕이고는 입을 열었다.

"다들 여권은 챙기셨죠?"

"그럼! 당연하지! 나 48면으로 만들었다! 어디 갈 때 말만 해! 하하."

"삼촌은 뭐 하세요?"

"아, 장미하고 장미 엄마가 선물 사 오래서 그거 보고 있는 중이야."

세운처럼 잔뜩 들뜬 홍단아는 성훈의 휴대폰을 보며 지적했다.

"사모님한테 감자 칼 사다 주시면 쫓겨날 거 같으신데요?"

"왜? 엄청 유명하다는데? 초콜릿은 안 좋아하고, 다른 건 좀 비쌀 거 같아서 그거로 정했는데… 좀 그런가? 인터넷에 후기 보니까 엄청 좋다던데."

"뭐……."

다들 고개를 저었다. 이번에는 우진마저 성훈의 말에 동의하지 않았다.

"그럼 갈까요?"

"그래, 고만 떠들고 슬슬 준비하는 게 좋겠고만. 짐은 다 실었고. 다들 엉덩이 떼게나."

아직 시간이 많이 남았지만, 다들 들뜬 얼굴로 자리에서 일어났다. 그리고 다 같이 가게로 나가 밖에 대기 중인 차에 올라탔다.

"가게 문 닫고 있어도 되니까 편하게 계세요. 그럼 저희 갈게요."

"알겠습니다? 조심히 다녀오세요?"

I.J 식구들은 창문을 통해 손을 흔들었다. 잠시 뒤 차가 사라졌고, 팢사라곤도 동생 댕을 데리러 집으로 향했다.

"형, 나 때문에 안 갔지?"

"아니야. 나만 바빠."

"거짓말⋯ 선생님보다 바빠?"

"내가 더 바빠. 오늘도 늦게까지 일해야 해서 너 데리러 온 거 아니야. 그리고 대표님도 일 때문에 가신 거야."

휠체어를 밀던 팢사라곤은 댕의 머리를 쓰다듬었다. 그리고 어느새 다시 숍으로 돌아왔다. 그런데 숍 앞에 익숙한 얼굴이 고함치고 있는 게 보였다.

"저 사람⋯ 엄청 유명하다는 사람 아니야?"

"맞아, 제프 우드라는 사람. 그런데 왜 온 거지?"

그동안의 경험상 제프가 굉장히 이상한 사람이라고 생각하던 팻사라곤은 고개를 갸웃거리며 걸음을 옮겼다.

"안녕하세요?"

"아! 깜짝이야. 어. 카우라고 했던가?"

"팻사라곤입니다?"

"어? 분명 우진이가 카우라고 그랬는데? 아니었나? 내가 잘못 알았나 보네. 아무튼 왜 숍에 아무도 없어요? 전부 패션쇼장에 갔나?"

"해외여행 가셨는데요?"

"…뭐? 어디로!"

"스위스로요."

"뭐야! 말도 안 하고! 연락되죠? 일단 들어갑시다."

대표로 있는 우진도 어려워하는 사람이기에 팻사라곤도 어쩔 수 없이 제프를 데리고 숍으로 들어왔다.

"그런데 이쪽 얼굴은 처음 보는데?"

"제 친동생입니다."

"안녕하세요, 댕이에요."

팻사라곤은 동생과 자신과의 관계를 확실하게 밝혔다. 피부색이 완전 극과 극이다 보니 동생이라고만 소개하면 뒤에 따르는 질문이 항상 있었다. 그래서 아예 처음부터 확실히 밝혔다.

"그렇군. 난 또 직원인 줄 알았네."

하지만 제프는 휠체어에 앉은 댕에게서 순식간에 관심을 거뒀다. 팡사라곤이 혼자 예민하게 군 것 같아 머쓱해할 때, 갑자기 제프가 숍을 휘젓고 다녔다.

"저기가 탕비실이지? 난 커피부터. 뭐 마실래요?"

"네?"

"내 거 타오는 김에 타 주려고. 내가 기막힌 거 알았거든요. 맥심 모카골드라고 아나? 아주 환상이지. 소프트하면서도… 진한 모카 향기까지……! 먹어봤어요? 내가 챙겨 왔는데."

믹스커피까지 흔들던 제프는 탕비실로 가 팡사라곤과 댕의 커피까지 타 왔다. 그러고는 소파에 앉아 홀짝이며 입을 열었다.

"우진이 내 전화 안 받던데."

"제가 해보겠습니다."

하지만 팡사라곤도 우진과 전화 연결이 되지 않았다. 혹시 무슨 일이 있는 건가 싶어 홍단아에게 전화를 걸었더니 연결이 되었다.

─카우 씨! 무슨 일 있으세요?

"아니요? 대표님이 전화가 안 돼서요?"

─아! 지금 선생님 바쁘세요. 선생님 알아보는 사람들이 사진을 찍자고 해서! 장난 아니에요. 완전 연예인 같아요.

"그렇군요? 별일 없는 거였군요?"

─네! 이따가 연락하라고 전해 드릴게요.

통화를 마친 팻사라곤은 제프에게 그대로 전해주었다.

"그러니까 왜 갑자기 스위스를 가! 이게 다 데이비드 때문이지! 시계 취급하는 게 쉬운 건 줄 아나. 참."

제프는 무엇 때문인지 굉장히 아쉬워하는 얼굴이었고, 팻사라곤은 별다른 대꾸 없이 앞에 자리했다. 그러자 제프가 팻사라곤과 댕을 힐끔 보더니 입을 열었다.

"그런데 우진이 쇼에 얼마 들었는지 알아요?"

"무대와 영상 비용에 기술 지원 비용까지 해서 4억 3천 정도 들었습니다. 앞으로 지급해야 할 비용도 꽤 남아 있고요."

"어? 어떻게 그렇게 잘 알아요?"

"제가 담당인데요?"

"아! 하하, 그렇구나! 우린 쇼장 빼고도 50억 정도 투자하는데. 하하하하. 50억! 하하, 열 배가 넘네!"

팻사라곤은 자신더러 어쩌라는 건지 이해하지 못하고 제프를 멍하니 바라봤다. 그러자 옆에서 듣고 있던 댕이 못마땅한 얼굴로 입을 열었다.

"선생님은 유명한 분이시니까 당연히 차이가 있죠. 우리 선생님도 앞으로 더 유명해지시면 50억은 우스울걸요?"

"나처럼 유명해지기 쉬운 줄 아나! 하하, 공연장만 해도 우리가 5배는 큰데!"

우진을 무척이나 좋아하고 따르는 댕이기에 나온 뾰족한 반응이었다. 팻사라곤은 혹시 동생이 실례하는 건 아닐지 조심스러워할 때, 제프가 일어나더니 댕의 옆에 자리했다.

"잘 봐요. 여기서 우리가 알아본 곳인데. 뉴욕에 있지. 하하, 완전 비교되죠?"

"크다고 다 좋은 건 아니잖아요."

"허, 크면 좋지! 작다고 좋나? 영상 팀도 엄청나게 붙일 건데?"

"그래도 최초는 우리 선생님이잖아요!"

"아니던데? 기술도 MfB 거고 그걸로 공연들 많이 하던데?"

댕은 우진이 밀리는 게 분한지 얼굴을 찡그렸다. 팻사라곤은 동생이 자신 말고 누구를 좋아하는 것도 신기하고, 우진을 대변해 주고 있는 것도 신기한 마음에 대화를 듣고만 있었다.

"그거 자랑하시려고 오신 거예요?"

"어! 맞아요! 자랑하려고 왔는데 우진이 없어서 서운할 뻔했어. 그런데 다행이네! 하하하."

"그래도 한국에서는 우리 선생님이 더 유명하잖아요."

"잘 몰라서 하는 소리 같은데, 내가 제프 우드거든요? 한국이라고 해도 내가 훨씬 유명하지! 하하."

댕은 얼굴까지 붉어지더니 팻사라곤을 향해 소리쳤다.

"형! 내 휴대폰 줘봐!"

"어?"

"내가 기사 검색해서 보여주게! 우리 선생님이 얼마나 유명한지!"

팟사라곤은 웃으며 휴대폰을 건네주었고, 댕은 주르륵 나열된 우진의 기사를 보여줄 생각으로 검색하기 시작했다. 그런데 한국어로 된 기사를 보던 댕이 고개를 갸웃거렸다.

"댕, 왜 그래?"

"형, 기사가 이상해."

"뭔데? 난 아직 읽고 쓰는 건 부족하니까 네가 알려줘."

"선생님보고 생태계 교란종이나 다름없대. 소비자를 현혹하는 짓이라고 안 좋은 말만 하는데……?"

제6장

별점 주는 제프 I

갑자기 우진을 자랑하던 댕이 심각한 표정으로 휴대폰을 보자 제프는 피식 웃었다.

"내가 훨씬 유명하지? 내가 그런 사람이지, 하하."

약간 초조한 마음도 있었던 제프는 일부러 큰 목소리로 웃었다. 하지만 댕이 기대했던 반응을 보이지 않았다.

"너무 충격받지 않아도 돼요. 우진이도 앞으로 노력하면 나 정도까진 안 되더라도 비슷하게는 될지도 모르지. 비슷하게도 힘들려나? 하하하."

열심히 자화자찬했지만, 댕은 들은 척도 하지 않고 팻사라곤과 대화를 나눴다. 상당히 심각한 얼굴들이었기에 제프는 걸음을 옮겨 댕의 휴대폰을 봤다.

"무슨 얘기인데요? 내가 너무 유명해서?"

"그 얘기가 아니에요."

"그럼?"

댕은 제프에게 기사를 읽어줬다. 그리고 그사이 팟사라곤은 우진에게 연락을 취하려 했다.

"아, 한국도 이러네. 사람 사는 게 거기서 거기란 말이야. 누가 잘되면 배울 생각은 안 하고 깎아내리려고만 해. 헤이! 빅맨! 이름도 어려워. 아무튼 지금 우진이한테 전화하지?"

"그렇습니다."

"하지 마. 지금 휴가 겸 일하러 간다며. 괜히 뒤숭숭하게 뭐 하러 연락해?"

"무슨 일 있으면 연락하라고 하셨습니다."

"무슨 일이 있어? 아무 일도 없는데. 내가 처리해 줄게. 놀다 오게 내버려 둬. 스위스까지 가서 뭐 하고 올지 궁금하잖아. 딱 봐도 여행만 하고 올 것 같긴 한데, 하하."

제프는 마구 웃더니 댕에게 붙어 다른 기사에 대해서도 물었다. 그리고 한참이나 듣고 나서야 피식 웃으며 허리를 폈다.

"들어보니까 내가 끼어들어도 되겠네. 그런데 이장호? 처음 듣는 이름인데 뭐 저런 사람이 협회장이야. 우리나라 협회도 마음에 들진 않지만 다이앤 정도는 돼야 그렇구나 하는데. 그리고 웃긴 놈들이야. 서울패션위크에 참가해 달라고 우리한테 그렇게 초대장을 보내면서 정작 요즘 핫한 우진이는 쳐냈대? 어이가 없네."

"기사가 잘못 나온 것 같습니다. 협회에서 대표님께 참가해 달라고 요청했는데 대표님이 거절하셨습니다. 그리고 준비하신 게 이번 패션쇼입니다."

"그렇지? 참. 하는 짓거리들 하고는."

제프는 곧장 휴대폰을 꺼내더니 어디론가 연락했다.

"조셉, 아직도 인터뷰 요청 들어오지? 그것들 좀 잡아봐. 아니! 데이비드는 필요 없고, 나만 잡아. 뭐 하러 같이 잡아."

＊　　　　　＊　　　　　＊

다음 날. 청담동 협회 사무실에 있던 이장호는 주변에 있던 디자이너들에게 축하를 받았다.

"역시 대단하십니다. 그동안은 한국에 와서 일 때문에 바빴던 모양입니다, 하하."

"이제 제프 우드하고 안면도 트고, 그러다 보면 해외에도 진출하게 되는 건 아닐까요?"

"자네들도 참 선생님을 잘 모르는군. 선생님이 그동안 한국에서 바쁘지만 않으셨어도 벌써 세계적인 디자이너로 유명하셨을 거야. 예전에 파리에서 패션쇼도 한 차례 하셨는데! 하하, 안 그렇습니까, 선생님?"

이장호는 미소를 보이고 있었지만, 미소 속엔 걱정이 가득했다. 무슨 생각으로 갑자기 인터뷰가 잡힌 건지 알 방법이 없었다. 우진의 반응만 살피던 중 갑자기 방송국에서 연락이 왔고, 알아보니 제프 우드의 한국 방문기라는 타이틀로 나가는 방송에서 인터뷰 요청을 받았다.

제프 우드가 I.J와 거래를 하지 않고 있다면 모를까, 기사들을 보고 찾아온 건 아닐지 내심 걱정이 되었다. 자신이 아무리 한국에서 힘을 쓰고 있다고 해도, 상대는 세계 패션계의 거장이라 불리는 제프 우드였다.

그때, 디자이너 중 한 명이 사무실에서 촬영 준비를 지시하던 연출을 불렀다.

"무슨 내용으로 촬영하는지 알 수 있겠습니까? 하하."

"그렇게 긴장하지 않으셔도 돼요. 그냥 한국 패션산업을 구경하신다고 그래서요. 대기업 브랜드부터 개인 숍까지 막 돌아다니고 계시네요. 유쾌한 분이시더라고요."

"하하, 그렇습니까? 그런데 언제쯤 오시는지 알 수 있겠습니까?"

"동묘에 잠깐 들린다고 하시더니 조금 늦네요. 죄송합니다. 이제 도착할 때 되셨으니까 잠시만 기다려 주세요."

"하하, 아닙니다. 그나저나 저희 선생님도 잘 좀 부탁드립니다."

"잘 부탁할 게 뭐 있나요."

옆에서 듣고 있던 이장호는 카메라까지 있으니 그 일에 대한 얘기를 꺼내진 않을 것 같아 조금 안심했다. 그리고 제프가 일정에 잡혀 있는 대로 스케줄을 소화하는 중이겠거니 싶어 고개를 끄덕였다.

그때 연출의 휴대폰이 울렸고, 잠시 통화를 한 그가 촬영팀에게 지시를 내렸다.

"지금 도착하셔서 올라오실 거예요. 아까 말씀드렸죠? 다큐 형식이라 컷 없이 그대로 가거든요. 그냥 평소처럼 자연스럽게 하시면 돼요."

연출의 말을 들은 이장호는 제프를 맞이하기 위해 벌써부터 미소를 지었다. 잠시 뒤, 복도에서부터 큰 웃음소리가 들려왔다.

"하하하, 이봐요. 카메라 감독! 내 말이 맞죠? 내가 태어나서 틀린 말 한 적이 없거든. 당신 어깨가 좁은 데다가 동그래서 딱 붙는 거 안 어울려요. 좀 크게 입으라고! 지금 입은 것처럼! 하하, 오버핏 알죠?"

"그런데 좀 간지러운데요……."

"하하, 땅바닥에서 굴러다니던 거 입어서 그런가?"

카메라를 들고 따라오는 VJ들과 대화하던 제프는 사무실로 들어오다가 멈칫거렸다.

"잘못 온 거 아닌가? 여기는 그냥 사무실인 거 같은데?"

"맞아요. 한국 디자이너 협회 사무실 맞는데요?"

제프는 사무실 안으로 한 걸음 내밀더니 주위를 쓱 둘러봤다.

"꼭 제이슨 사무실 같네."

제프가 사무실을 둘러보며 고개를 저을 때, 이장호가 다가왔다.

"하하, 안녕하십니까. 한국 디자이너 협회장 이장호입니다."

"하이, 나 알죠?"

"네? 아, 하하. 잘 알고 있습니다. 제프 우드 씨를 모르면서 옷을 만든다고 할 수 있겠습니까?"

"옷도 만듭니까?"

"당연하죠. 하하."

"여기서요?"

"하하, 여기는 협회 일을 보는 사무실이죠. 작업하는 곳은 따로 있습니다."

제프가 고개를 끄덕이자, 이장호는 서둘러 그를 소파로 안내했다. 두 사람 모두 디자이너이다 보니 자연스럽게 옷에 대한 얘기가 오갔다. 이장호도 연륜이 있는지라 경험을 바탕으로 말을 했다. 곧 처음에 있던 어색한 분위기도 많이 사라졌다.

"디자이너라면 자기만의 색이 뚜렷해야 한다고 생각합니다. 후배들에게도 그렇게 가르치고 있고요, 하하."

"오, 그렇군요. 그럼 회장의 색은 뭔가요?"

"하하, 전 기본을 중요하게 생각합니다. 기본에 충실한 게 제 나름의 색이죠."

지켜보던 디자이너들이 손뼉 치는 시늉을 했다. 제프도 대답이 마음에 드는지 씨익 웃었다.

"그럼 회장이 보기에 내 색은 어떤가요?"

"하하, 그야 이미 유명하시지 않습니까? 많은 디자이너들에게 영감을 주는 디자인. 유행의 창시자이자, 선구자가 아니십니까."

"흠… 생각보다 말이 잘 통하네."

제프는 곤란한 듯 턱을 쓰다듬더니 다시 질문했다.

"숍이 어디에 있습니까? 한번 구경하고 싶은데."

"하하, 오시면서 보셨을 겁니다. 바로 옆 건물이 제가 있는 숍입니다."

"아? 5층짜리 건물? 창밖에서 테일러들 잔뜩 보이는 그곳?"

"하하, 맞습니다. 이미 보셨군요?"

"원단 수납한 곳을 밖에서 볼 수 있게 만들어놓은 곳, 거기 맞아요?"

"하하, 2층인데 보셨군요. 오가면서 사람들이 볼 수 있게 해놨는데 아무래도 2층이다 보니 못 보는 분들도 많더군요. 그래도 제프 우드 선생님 같은 분들 덕분에 유지하고 있습니다."

제프는 이장호를 보고 피식 웃더니 혼자 중얼거렸다.

"말하고 행동하고 다른 게 꼭 파슨스 영감탱이들 같네."

"네?"

"아니에요. 못 들었으면 됐어요. 그런데 미스터 임한테는 왜 그런 식으로 얘기하신 건지 물어봐도 되려나?"

이장호는 순간 움찔했다. 이렇게 대놓고 물어볼 줄은 생각도 못 했다. 그렇다고 앞에 카메라가 돌아가는 중인데 대답을 피할 수도 없었다.

"그런 걸 왜 여쭤보시는지……."

"그냥 궁금해서요. 기사 보니까 미스터 임 디자인들을 눈속임이라고 엄청나게 깎아내렸던데. 하긴, 얼마 전까지만 해도 똥이긴 했는데… 그걸 보신 건가? 그걸 보면 그런 소리를 할 만도 하지. 하하."

이장호는 우진을 깎아내리는 말에 제프를 조심히 살폈다. 지금 자신의 경계를 풀게 하려는 건지 알 수 없는 말에 더욱 조심스러웠다.

"하하, 그 정도는 아닙니다. 충분히 인정받을 만한 실력이죠. 다만 전 그런 실력으로 도대체 왜 이상한 짓을 하는지 이해할 수가 없더군요."

"뭐가요?"

"홀로그램 방식 말입니다. 사실 소비자들을 속이는 기만행위나 다를 바 없다고 생각합니다."

"하긴. 속이긴 속였지. 오히려 실제로 보는 게 더 좋은데, 하하."

이장호는 어색한 웃음을 보였고, 제프는 마구 웃으며 말을 이었다.

"실제로 가서 본 적 있어요? 없죠? 한번 보는 게 좋을 텐데."

"하하, 그렇습니까? 인터뷰들은 제 개인적인 생각이니까요. 너무 신경 쓰지 않으셔도 됩니다."

이장호는 최대한 정중하게 대답하면서도 당당하려고 애썼다. 제프는 그런 모습을 보면서 피식 웃었다.

"아무튼 한번 보면 생각이 달라지실 거예요. 우리 제프 우드도 지금 한창 준비 중이니까. 하하."

"무엇을 말입니까?"

"홀로그램 쇼요. 우리 대표가 워낙 추진력이 좋아서 지금 준비하고 있을지도 모르죠, 하하."

이장호는 얼굴을 찡그렸고, 제프는 그런 이장호에게 얼굴을 가까이 들이밀었다.

"이건 비밀인데. 우리가 헤슬보다 빨리해야 하거든요, 하하하."

마이크까지 차고 뭐가 비밀이라는 건지. 제프는 혼자 신나서 떠들어댔다.

*　　　　*　　　　*

촬영을 마치고 숙소로 온 제프는 휴대폰을 손으로 가린 채 뒤에 있던 조셉을 노려봤다.

"이 입 싼 놈아! 벌써 얘기했어? 어디 가!"

조셉이 슬금슬금 뒷걸음질 치자 제프는 고개를 젓더니 목을 가다듬었다.

"별말 안 했다니까."

─벌써 얘기 다 들었다. 그런데 그거 때문에 전화한 거 아닌데. 뭐 찔리는 거 있어?

"뭐야! 그거 아니야?"

─아니다. 큰소리치고 한국 갔는데, 통 보고가 없어서 연락한 거다.

"난 또 뭐라고. 인터뷰했다고 잔소리하려는 줄 알았네."

─그건 할 말 없지. 우리가 쇼를 안 하면 모를까, 하는 이상 잘한 일이다. 그래도 더 이상 그거에 대해서 언급하지 마. 한국 사람들 똘똘 뭉치는 기질 있는 거 알지? 내후년 한국 진출하려고 조사한 자료 보면 아시아 매출 5%가 한국에서 나온다고 예상했어. 무시할 수준 아니니까 미운털 안 박히게 하고.

"미운털은 무슨. 지들이 뭔데 날 미워해? 옷만 잘 만들면 다 사게 돼 있어."

─멍청한 소리 하지 말고. 계약이나 따와. 그리고 디자인 보내라.

자기 할 말만 하더니 끊어버렸다. 제프는 분한지 전화기에 대고 이를 갈았다.

"멍청하기는 누가 멍청해! 조셉! 내가 멍청해?"

"선생님이요? 말도 안 됩니다. 제가 아는 분들 중에서 가장 똑똑하신 분인데."

"당연하지! 눈깔이 썩었어. 휴, 그런데 방송은 언제 나온 대?"

"한 주는 걸린다고 하던데요. 그러니까 인터뷰만 하시자니까."

"한 5분 나가는 건 폼이 안 나잖아. 나 제프 우드야!"

조셉은 익숙한지 자연스러운 얼굴로 맞장구쳤다. 그러고는 제프 앞에 서류 하나를 하나 올려놓았다.

"디자인 팀에서 보낸 디자인이에요."

"어, 줘봐."

"이번엔 별점 좀 잘 주세요. 애들 힘들어 죽으려고 해요."

"잘해야 잘 주지."

"수습인데 당연히 부족하죠."

"당연? 그런 게 어디 있어. 시끄럽고. 이리 줘봐."

서류를 한 장씩 넘기던 제프는 인상을 찡그렸다. 조셉은 이번에도 제프가 안 좋은 평가를 내릴 모양이라고 생각했다.

"기본이 안 되어 있어, 기본이. 도대체 이 애들을 왜 받은 거야? 이런 옷을 누가 입어. 오트쿠튀르 나가? 꼭 이런 놈들이 설명도 길어. 옷으로 평가를 받아야지, 입으로 평가를 받으려고 해요. 안 그래?"

"자기 생각을 좀 더 알아보기 쉽도록 쓴 거 같은데요."

"그걸 이렇게 써놓으면 입는 사람이 알아? 누구 만날 때마다 '여기 라운드가 왼쪽으로 처진 것은 규칙적인 틀에서 벗어나 자연스러움을 연출하려고 만든 옷이에요' 이러고 다닐 거야? 어떤 미친놈이 그러고 다녀! 딱 보고 멋있다! 예쁘다! 이런 반응이 나와야지. 꼭 오늘 봤던 그 영감탱이 같은 소리 하고 있네."

제프는 혼자 화를 내다 말고는 조셉을 쳐다봤다. 그리고 씨익 웃자, 영문도 모르는 조셉은 불안함을 느꼈는지 하지 말라는 듯 고개를 저었다.

"영감탱이도 별점 좀 줘야겠네."

*   *   *

이른 아침부터 숍에 들른 이장호는 판매 직원 및 매니저, 테일러 등 직원 전체를 이끌고 숍을 둘러봤다. 직원들은 혹시라도 지적당할까 봐 말 한마디 없이 조심스러운 얼굴이었다.

그때 숍 문이 열리더니 또 다른 직원이 들어왔다.

"넌 뭔데 이제 오는 거야?"

"죄, 죄송합니다. 사진을 빨리 찾아와야 할 것 같아서요."

"무슨 사진?"

"그게……"

직원이 말을 제대로 못 하자, 그나마 이장호와 오래 일했던 매니저가 나섰다.

"제프 우드하고 찍으신 사진을 로비에 걸어두려고 액자 주문했습니다."

"그거 말인가? 이리 가져와 봐."

이장호는 허벅지까지 올라오는 액자를 받아 들었다. 그리고 포장지를 뜯자 미술 전시품이라도 되는 듯 은박 포장지로 감싸여 있었다. 포장지에서 액자를 빼 들자 은색 테두리의 액자가 보였고, 액자 안에 자신과 제프가 찍은 사진이 보였다.

이장호는 옆에 있던 직원들에겐 보이지 않을 정도로 얼굴을 찡그렸다. 제프 때문에 자신이 했던 말을 바꿔야 했다. 일반 디자이너라면 모를까, 제프 우드나 헤슬이 홀로그램 쇼를 하게 되면 자신이 예전에 했던 말을 대중들이 지적할 수도 있었다.

그러다 보니 말을 바꾸기 위한 행동을 먼저 해야 했고, 보여주기 형식으로 I.J의 쇼까지 다녀왔다. 분명 파격적이라는 생각은 들었지만, 기존의 입장에서 크게 다른 생각은 들지 않았다.

다만 대동한 기자와의 인터뷰에선 보통의 홀로그램을 사용한다고 착각해서 일어난 실수라고까지 말해야 했다. 본의 아니게 I.J를 칭찬해야 해서 속은 쓰렸지만, 그래도 제프 우드나 헤슬에서 쇼를 내기 전에 말을 바꿔 그나마 다행이었다.

지금이야 속이 쓰리지만, 두 곳에서 쇼를 선보이게 되면 어제 쇼를 보고 한 칭찬으로 자신의 안목이 조명받을 것 같았다. 그러다 보니 어제 제프와의 인터뷰 이후부터 계속 I.J를 칭찬하며 다녀야 했고, 그게 전부 제프 때문이라는 생각에 그다지 반가운 사진은 아니었다.

"로비 카운터 뒤에 걸어둘 예정입니다. 괜찮을까요?"

"알아서 해."

"SNS에는 이미 올렸습니다. 사진에 달린 댓글을 추첨해서 5% 할인권을 선물로 드리려고 합니다."

"그래, 이벤트 같은 건 알아서 하고. 예약은 어떤가?"

"오늘 40명 정도 있습니다. 대부분 신혼부부들입니다."

정장 전문에서 예복까지 겸한 지 오래된 편은 아니었다. 그럼에도 한국에서 이장호의 이름이 있다 보니 결혼을 앞둔 신혼부부들의 예약이 평일에도 상당히 많은 편이었다.

"그래, 반수제는 추천하지 말고, 수제로 추천해. 새로 들어온 호정 원단 추천하고."

"아무래도 예복이다 보니 해외 원단으로 하려고 합니다."

"차이 없으니까 호정 추천하라고. 그리고 대여 턱시도 전부 호정 원단으로 제작해. 남아돌잖아."

재료비가 거의 반값 정도 차이가 나는데 받는 가격은 비슷하게 받았다. 그러다 보니 직원들은 숍에서 일하면서도 절대 지인이나 가족에게 이곳을 추천하지 않았다. 그 뒤로도 이장호의 지시는 계속 이어졌다.

그때 로비 전화기가 울렸다. 카운터 담당 직원은 입을 가린 채 조용히 전화를 받았다.

자주 있는 일이기에 이장호는 신경 쓰지 않고 계속 지시를 내렸다. 그리고 전화를 받은 직원이 다시 자리로 돌아올 때였다.

따르릉—

따르릉—

띠리리리—

카운터에 있던 3대의 전화가 동시에 울렸다. 이장호는 시끄럽다는 듯 직원들에게 고갯짓을 했고, 직원들은 급하게 카운터로 들어갔다. 그러자 매니저가 웃으며 말했다.

"SNS에 올린 사진 때문에 선생님 명성이 더 올라갔나 봅니다."

"명성이 올라가기는. 만나보니까 별거 없던데. 아무튼 저 액자는 카운터 뒤에 걸어둬."

"네, 알겠습니다."

"난 협회에 나가볼 테니까 무슨 일 있으면 바로 전화하고."

이장호는 계속해서 울려대는 전화에 기분이 좋은지 미소가 생겼다. 그러고는 숍을 나가려 할 때, 카운터에 있던 직원의 목소리가 들렸다.

"고객님 성함이 어떻게 되시죠? 5시 예약 임동건 씨요. 확인되셨네요. 어떤 일 때문에… 취소요?"

이장호는 인상을 찡그렸다. 숍을 운영하다 보면 취소가 있는 건 다반사였기에 그대로 고개를 저으며 걸음을 옮기려 했다. 그런데 그 옆에서도 비슷한 말이 들려왔다.

"상담을 취소하신다고요? 네, 알겠습니다. 혹시 다른 곳으로 상담을 받으러 가시는 건가요? 아, 네."

"예약 취소하신다고요?"

전화를 받은 직원들이 모두 같은 말을 했다. 그것으로도 부족했는지 이미 계약서까지 작성하고 작업이 진행 중인 실장들의 휴대폰에도 고객들의 전화가 오기 시작했다.

"네, 신랑님. 네? 아니에요. 이미 어느 정도 완성하셔서, 취소한다고 해도 계약서에 적힌 대로 계약금은 돌려받을 수 없으세요. 그건 계약서를 보실 때 제가 말씀드렸잖아요."

이장호는 갑자기 이게 무슨 일인가 싶었다. 분명 어제 인터뷰도 잘했고, 만약에 무슨 일이 있다고 해도 다음 주나 돼야 방송이 나갈 터였다. 게다가 어제 IJ 쇼를 보고 한 인터뷰에서도 좋은 말만 했기에 문제 될 게 아무것도 없는데, 지금 벌어지고 있는 상황이 이해가 되지 않았다.

그때, 옆에 있던 매니저의 휴대폰이 울렸다. 이장호가 먼저 받으라고 재촉했다.

"아, 이사님. 어쩐 일이세요. 네? 설마요. 제가 알아보고 다시 전화드리겠습니다."

전화를 끊자마자 이장호가 급하게 나섰다.

"뭔가?"

"거래처 K웨딩입니다… 그런데 이상한 말을 하네요. 제프 우드가 무슨 평가를 했다고 하는데, 그 얘기가 계속 퍼지는 중이랍니다. 웨딩 카페나 웨딩 업체는 이미 계속 올라오는 중이고요."

"무슨 평가? 누가 나를 평가해?"

"그게… 일단 제가 확인부터 해보겠습니다."

매니저는 곧바로 컴퓨터 앞으로 가서 가입되어 있는 웨딩 준비 카페에 들어갔다. 제목만으로도 쉽게 원인을 찾을 수 있었다.

〈쓰레기를 추천해 주는 K웨딩 절대 가지 마세요. I웨딩에서 할 걸 그랬네요.〉

그 글을 클릭해 들어가니 후기 같은 글이 작성되어 있었다.

ㅇㅈㅎ디자인.

초성으로 적어났지만, 누가 봐도 '이장호 디자인'이었다. 작성자는 이미 이곳에서 옷을 맞췄던 사람이었다. 글 마지막에는 인증 샷이라며 결혼식 사진을 올려났고, 그 밑으로는 댓글이 달려 있었다.

　—어머, 정말 우리 부모님 결혼사진인 줄…….
　—합성한 거 같은데.
　—합성 절대 아니에요. 올해 1월이에요.
　—대박. 제프 우드 평가 짱이다… 그런데 I.J는 예복 안 하죠?
　—우리 예랑이 가뜩이나 못생겨서 옷이라도 좋은 거 입히려고 여기 예약했는데, 그렇게 안 좋나요?
　—취소하세요! 사진 보고도 예약하면 호구 인증하는 꼴!

　그 외에도 '이장호 디자인'에 관련된 글들이 꽤 많았다. 매니저가 그중 누군가가 링크해 놓은 걸 따라 들어갔고, 그제야 그 이유를 알 수 있었다.
　제프 우드의 SNS였다. 한국의 숍에 대해 평가해 놓은 글이 있었고, 그 밑으로 엄청난 팔로워 수에 맞게 수많은 나라의 댓글이 보였다. 매니저가 급하게 글을 클릭해 들어가니 영어로 된 글이 보였다.

　〈한국의 숍 — I.J〉
　젊은 디자이너가 있는 숍이라고 믿기 힘들 정도로 모든 것이 완벽하다. 디자이너의 감이 상상할 수 없을 정도로 뛰어나다. 이곳에서는 자신이 평소 원하는 스타일보다는 머리부터 발끝까지 디자이너에게 맡기는 걸 추천한다.

다만, 디자이너가 모든 작업을 하다 보니 예약하기가 쉽지 않은 점이 아쉽다. 그래도 예약을 할 수만 있다면 지금 당장에라도 하는 걸 추천한다. 분명 새롭게 변신한 자신을 볼 수 있을 것이다.

총점 ★★★★★ S+

I.J에 대해 극찬을 쏟아냈다. 그 밑으로도 수많은 숍이 있었고, 대부분 B에서 C를 받았다. 특이한 점은 동대문의 상가들 역시 B를 받은 것이었다. 수많은 옷가게들이 밀집되어 있어 소비자들의 선택권을 넓혀준다는 이유가 크게 작용했다.

그리고 중간 정도 왔을 때, '이장호 디자인'이 보였다. 매니저는 급하게 스크롤부터 내려 별점부터 확인했다.

총점 ★☆☆☆☆ E

매니저가 얼굴을 찌푸리며 스크롤을 올릴 때, 옆에서 콧김이 느껴졌다. 이장호가 얼굴이 빨개지다 못해 터질 것 같은 모습으로 서 있었다. 그는 거칠게 매니저의 손에서 마우스를 뺏어갔다. 그러고는 천천히 글을 읽었다.

〈이장호 디자인〉

기본을 중요시한다는 디자이너의 말처럼 디자인만은 기본에 충실했다. 다만 그 디자인이 80년대에나 유행하는 디자인이라는 것. 기본을 지키더라도 시대에 맞춰 기본을 지켜야 하는데, 이곳은 마치 세월이 멈춘 듯한 느낌이다. 게다가 기본을 중요시한다는 디자이너의 말과 달리, 원단 관리는 허술했다. 원단들을 햇빛이 들어오는 창가에 배치해 보기에는 좋지만, 변색될 것이 분명하다. 원단 관리조차 못 하는 숍의 모습을 보고 할 말을 잃었다.

다만, 올드한 느낌을 즐기는 사람이라면 추천한다. 그리고 이 의견들은 전부 개인적인 의견임을 밝힌다.

그 밑으로 처음으로 달린 댓글이 헤슬의 공식 계정이었다.

—'오래간만에 맞는 말을 하는군' 이라고 전해달라십니다.

"이런 개호로 새끼!"

이장호는 마우스를 집어 던졌다. 자신이 우진에게 했던 말을 그대로 사용했다. 개인적이고 주관적이라는 말. 별거 아닌 것 같은 말에 이렇게 화가 날 줄은 몰랐다. 게다가 헤슬에서까지 댓글을 다니 화가 더욱더 치솟았다.

이장호는 심호흡하더니 곧바로 휴대폰을 꺼내 들어 어제 촬영한 방송작가에게 전화를 걸었다.

"나 이장호입니다. 디자이너 협회장이라고! 제프 우드 연락처 좀 알려주십쇼. 뭐요? 안 된다고? 알려달라면, 알려달라고!"

매니저는 다급하게 이장호를 말렸지만, 이미 폭주 상태나 다름없었다.

"이거 놔! 관리를 어떻게 했길래 저런 말이 나와! 이거 놔라."

"선생님, 진정하세요."

매니저는 거의 전화를 뺏다시피 해 사과한 뒤 전화를 끊었다.

짜악—

"이런 건방진 자식이⋯ 그래, 말 나온 김에 다 죽어보자. 테일러들 다시 모여."

이장호는 슈트까지 벗고는, 볼을 감싸고 있는 매니저에게 테일러들을 불러 모을 것을 지시했다.

"옷을 어떻게 만들었길래 저딴 말을 해! 동묘 길거리에서 파는 쓰레기보다 평가가 낮은 게 말이 돼? 너, 가서 지금 작업 중인 거 가져와."

숍에 소속된 테일러 중 한 명이 급하게 올라가더니 작업 중인 슈트를 가져왔다. 이장호는 대충대충 살펴보더니 땅에 처박았다.

"이러니까 그딴 소리를 듣는 거잖아! 이거 누구한테 배웠어!"

"……."

테일러들은 아무런 말도 하지 않았다. 이장호 숍에 몸담고 있지만, 누구도 이장호에게 배운 적이 없었다. 대부분 숍에 있다 나간 선배들이나 지금 몸담고 있는 선배들에게 실무를 배웠다.

"하, 쓰레기 같은 놈들… 너희들 때문에 내가 그런 평가를 받아야 해? 야, 김 실장, 넌 애들 데리고 가서 2층부터 정리해. 누가 원단을 창가에 내놔!"

"그건 선생님께서… 아닙니다. 알겠습니다."

직원들은 폭풍이 빨리 지나가길 바랄 뿐이었지만, 지금도 계속 걸려오는 전화를 보면 쉽게 진정할 것 같지 않았다.

*   *   *

숍에 있던 팟사라곤은 미칠 지경이었다. 갑자기 숍에 전화가 미친 듯이 걸려왔다.

전화야 받지 않아도 되지만, 패션쇼가 열리는 소극장은 문제가 생기면 큰일이었다. 첫 공연 시간부터 줄이 끝도 없고, 대기하는 사람도 엄청나다는 말을 전해 들었다. 그리고 그 원인이 지금 옆에서 커피를 홀짝거리는 사람 때문이라는 것도 알게 됐다.

"그게 뭐라고 했더라? 맞다? 진상? 개진상이네?"

"뭐야, 왜 갑자기 이상한 말을 해요. 영어로 해!"

"개진상?"

"뭐야, 어감이 이상한데. 욕이지! 아닌가? 웃으면서 하니까 모르겠네. 그나저나 우진이는 언제 와요?"

우진이 휴가를 간 동안 숍에서 팟사라곤과 함께 있던 댕은 혼자 미친 듯이 웃었다. 그때 제프의 휴대전화가 울렸다.

―제프 우드? 나 이장호요!

"이장호?"

―한국 디자이너 협회장이오!

"아하! 어쩐 일이십니까?"

―어쩐 일은! 지금 당신이 이래도 되는 거요? 우리가 당신 때문에 입은 피해가 얼마나 되는지나 아시오? 지금 당장 글을 지우지 않으면 고소하겠소!

"고소? 하하, 고소? 해. 난 또 글 써야지."

제프는 실실 웃는 얼굴로 일방적으로 전화를 끊어버렸다. 그러자 댕이 약간 걱정스러운 얼굴로 입을 열었다.

"아저씨가 걱정돼서 그러는 건 아닌데, 그렇게 막 해도 괜찮아요?"

"괜찮아. 나 제프 우드야. 말했지? 나 엄청 유명하다니까?"

"유명하니까 문제 될 수 있잖아요."

"네가 좋아하는 우진이처럼 어중간하게 유명하면 그렇지. 나 정도 되면 걱정 안 해도 돼. 나 돈 많거든. 하하, 그리고 디자이너가 자기 주관이 뚜렷해야지. 누가 뭐라 한다고 바뀌면 돼? 그럼 안 돼."

댕은 얼굴을 씰룩이면서도 제프가 싫지 않은지 피식 웃었다.

『너의 옷이 보여』 6권에 계속…

초대형 24시 만화방

신간 100%, 샤워실, 흡연실, 수면실(침대석), 커플석, 세탁기 완비

▪ 광명 광명사거리역점 ▪

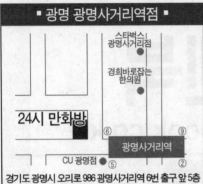

경기도 광명시 오리로 986 광명사거리역 6번 출구 앞 5층
02) 2625-9940 (솔목타워 5층)

▪ 강북 노원역점 ▪

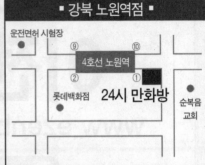

서울 노원구 상계동 340-6 노원역 1번 출구 앞 3층
02) 951-8324 (화용빌딩 3층)

▪ 일산 정발산역점 ▪

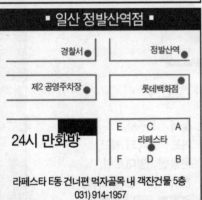

라페스타 E동 건너편 먹자골목 내 객잔건물 5층
031) 914-1957

▪ 일산 화정역점 ▪

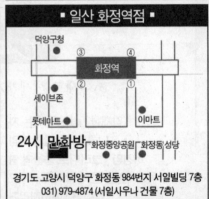

경기도 고양시 덕양구 화정동 984번지 서일빌딩 7층
031) 979-4874 (서일사우나 건물 7층)

▪ 부천 역곡역점 ▪

역곡남부역 기업은행 건물 3층
032) 665-5525

▪ 부평역점 ▪

(구) 진선미 예식장 뒤 한신포차 건물 10층
032) 522-2871

밥도둑
약선
요리
王왕

가프 현대 판타지 소설

MODERN FANTASTIC STORY

유치원 편식 교정 요리사로 희망이 절벽인 삶을 살던
3류 출장 요리사.
압사 직전의 일상에 일대 행운이 찾아왔다.

[인류 운명 시스템으로부터 인생 반전 특별 수혜자로 당첨되었습니다.]
[운명 수정의 기회를 드립니다.]
[현자급 세 전생이 이룬 업적에서 권능을 부여합니다.]
-요리 시조의 전생으로부터 서른세 가지 신성수와 필살기 권능을 공유합니다.
-원조 대령숙수의 전생으로부터 식재료 선별과 뼈, 씨 제거법 권능을 공유합니다.
-조선 후기 명의의 전생으로부터 식치와 체질 리딩의 권능을 공유합니다.

동의보감 서른세 가지 신성수를 앞세워
요리의 역사를 다시 쓰는 약선요리왕.
천하진미인가, 천하명약인가? 치명적 클래스의 셰프가 왔다!

Book Publishing CHUNGEORAM

유행이 아닌 자유추구 -
WWW.chungeoram.com

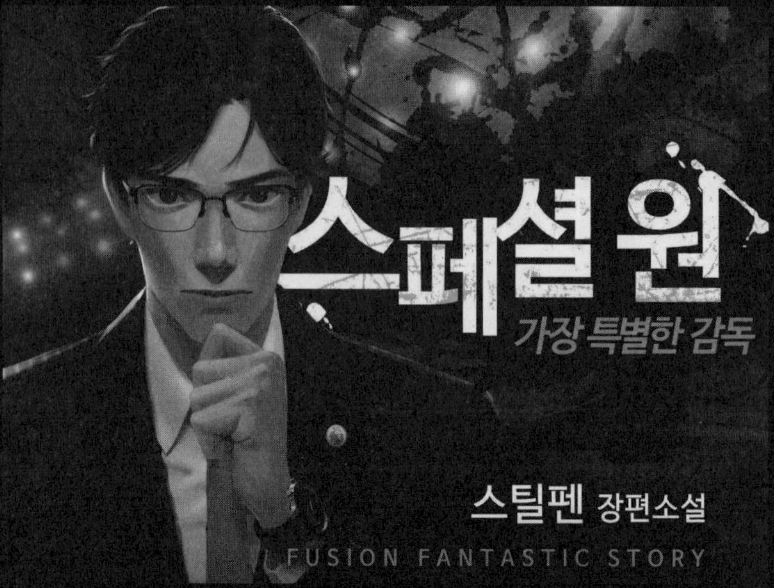
스페셜 원
가장 특별한 감독
스틸펜 장편소설
FUSION FANTASTIC STORY

인생 2회 차,

축구의 신

백린 현대 판타지 소설

MODERN
FANTASTIC
STORY

인생 2회 차는 축구 선수로 간다!

어린 시절 축구가 아닌 공부를 택했던 회사원 윤민혁.
뒤늦게 자신에게 재능이 있었음을 깨닫고 깊이 후회한다.
어느 날 술에 취해 신의 석상 앞에서
울분을 쏟아내는데…….

"자네가 정말 그럴 수 있는지 한번 지켜보겠네."

회사원 윤민혁,
회귀 후 축구 선수 되다!

Book Publishing CHUNGEORAM

유행이 아닌 자유추구
WWW. chungeoram.com

MODERN FANTASTIC STORY
강준현 현대 판타지 소설
주무르면 다 고침!
희귀병을 고치는 마사지사가 있다?
트라우마를 겪은 후 내리막길을 걸어온 한두삼.
그는 모든 걸 포기하고 고향으로 향하게 된다.
그리고 그곳에서 특별한 능력을 얻게 되는데…….
"도대체 나한테 무슨 일이 생긴 거지?"
한두삼,
신비한 능력으로 인생이 뒤바뀌다!
Book Publishing CHUNGEORAM
유행이 아닌 자유추구 -
WWW.chungeoram.com